KB124008

로크미디어가
유혹하는
재미있는 세상

다시 사는 재벌가 망나니 20

2022년 7월 22일 초판 1쇄 인쇄
2022년 7월 27일 초판 1쇄 발행

지은이 맹물사탕
발행인 김정수 강준규

기획 이기헌 왕소현 박경무 강민구 조익현
책임편집 금선정
마케팅지원 이원선

발행처 (주)로크미디어
출판등록 2003년 3월 24일
주소 서울시 마포구 성암로 330 DMC첨단산업센터 318호
Tel (02)3273-5135 **편집** (070)7860-2726 Fax (02)3273-5134
홈페이지 rokmedia.com E-mail rokmedia@empas.com

ⓒ 맹물사탕, 2021

값 8,000원

ISBN 979-11-354-7869-7 (20권)
ISBN 979-11-354-9456-7 04810 (세트)

다시 사는 재벌가 망나니

맹물사탕 현대 판타지 장편소설

20

ROK
MEDIA
로크미디어

Contents

1장

지금 석동출의 머릿속에 떠오르는 건, 김철수가 가진 권총에 남은 탄환이 두 발이라는 것뿐이었다.

김철수는 석동출을 물끄러미 쳐다보다가 발걸음을 옮겨 석동출을 향해 걸어왔다.

저벅, 저벅.

그 발걸음에 석동출은 움찔했으나, 김철수는 자신을 스쳐 지나가 총 자국이 난 배성준의 차로 향했다.

덜컹.

조수석 문을 열어젖힌 김철수가 권총을 조수석에 내려놓고 몸을 굽히며 오디오박스를 건드렸다.

"조금 도와주시겠습니까?"

"······또 뭘 하려는 거지?"

김철수는 주머니에서 꺼낸 조그만 드라이버로 오디오박스를 분해하며 대답했다.

"설치했던 도청 장치를 회수해야죠."

"······."

"그사이 석동출 형사님은 탄 정리를 부탁드리겠습니다."

"탄 정리?"

"예. 기껏 상황을 이렇게 꾸며 뒀는데 탄피 위치가 잘못되면 괜한 의심을 살 수도 있으니까요. 가능하면 조지훈 근처에 모아 주셨으면 합니다. 제 생각엔 배성준 형사님 근처에도 한 개 있을 거 같은데. 탄피 줍기는 군대에서 많이 해 보셨죠?"

"······."

석동출은 움직이지 않고 김철수를 보았다.

공구를 만지는 김철수의 허리춤 뒤에는 그가 쏴서 둔 발터 권총 손잡이가 삐죽 솟아 있었다.

"······도와주지 않을 겁니까? 저는 이 뒤로도 바쁜데요."

김철수의 말에 석동출이 힘겹게 입을 뗐다.

"······넌 아무렇지도 않은 거냐?"

"뭐가요?"

"사람을 죽였잖아. 방금. 조설훈을 쏴 죽이면서, 그리고 그 뒤로도 아무 생각이 들지 않은 거냐?"

"아."

김철수는 대수롭지 않게 대꾸했다.

"이 사람 장례식엔 몇 명의 조문객이 모일까, 하는 생각은 했습니다."

"……."

미친놈.

그 대답에 석동출은 결심이 섰다.

석동출은 재빨리 김철수의 허리춤 뒤에 솟아 있는 발터 권총을 뽑았고, 그 바람에 김철수는 몸을 기울인 채 멈칫했다.

"……지금 뭐 하시는 거죠?"

"방아쇠만 당기면 나간다고 했지."

석동출이 권총을 겨눈 채 뒷걸음을 떼며 말을 이었다.

"방아쇠 압력이 강하니까 유의하라고도 했고."

"잘 기억하고 계시는군요. 그 기억력이라면 추후 진술 때는 걱정하지 않아도 되겠습니다."

"입 다물어. 손 들어 올리고 천천히 나와."

"나 참."

김철수는 자신에게 권총이 겨눠진 것조차 해프닝에 불과하다는 듯 몸을 일으켰다.

"인디언 인형이 되려는 것도 아니고. 이번엔 또 뭡니까? 보기보다 귀찮은 사람이네요."

석동출은 속으로 김철수가 허리를 굽혀 조수석의 토카레

프를 주워 드는 속도와 자신이 방아쇠를 당기는 속도를 비교하며 대답했다.

"진실을 말해."

"진실이라뇨?"

"이번 일은 누구의 사주냐? 안기부는 이번 일로 무슨 그림을 그리는 거지? 아니, 애당초 넌 안기부 요원이 맞긴 한 거냐?"

김철수가 한숨을 푹 내쉬었다.

"말씀드리지 않았습니까. 저는 말단에 불과하다고요."

"……그래도 현장 판단을 할 정도라면 아는 게 없진 않겠지."

석동출의 말에 김철수가 어깨를 으쓱였다.

"설령 안다고 한들 당신에게 말할 의무는 없습니다."

"……이래도?"

김철수는 방아쇠 위에 올린 석동출의 손가락을 보며 피식 웃었다.

"진실이라. 새삼 이제 와서 그놈의 진실이 뭐가 중요합니까?"

김철수가 고개를 돌려 현장을 보았다.

여전히 그 시선엔 석동출이 들이민 권총은 안중에도 없다는 눈치였다.

"……진실 같은 건 애당초 이 세상에 중요했던 적이 없습

니다. 더욱이 당사자들이 모두 침묵하고 만 지금 같은 상황
이라면 더더욱요."

김철수는 다시 고개를 돌려 석동출을 바라보았다.

"굳이 이 자리에 남은 '진실'을 말씀드리자면, 이걸로 배성
준 형사님의 명예는 지켜졌고, 배성준 형사님의 자제들도 아
버지를 영웅으로 기억할 수 있게 되었단 것뿐입니다."

"……."

"또, 이게 위로가 되진 못하겠지만 두 자제분이 자라날 때
까지 국가에서 지급되는 연금은 큰 도움이 되어 주겠죠."

김철수가 예리한 눈으로 석동출을 노려보았다.

"그게 아니면, 석동출 형사님께선 구태여 돌을 들춰 배성
준 형사님이 조광과 유착한 부패 경찰이라는 걸 세상에 알
린 뒤, 남은 이들이 손가락질당하며 살아가도록 하실 생각
입니까?"

석동출이 이를 악물었다.

"……나는……."

"애당초 석동출 형사님도 오늘 배성준 형사님과 조광 사이
의 지긋지긋한 악연에 끝장을 보고자 협조하지 않았습니까.
그러지 않았다면 귀중한 권총을 배성준 형사님께 맡길 리도
없었겠죠."

"……."

"그게 아니면, 당신 스스로는 비겁한 방관자로 남아 이 사

태가 물 흐르듯 흘러가게 내버려 둔 채, 발뺌할 생각이었습니까?"

움찔.

그건 석동출의 정곡을 찌르는 말이었다.

분명, 이번 일에 석동출 자신은 '나(배성준)에게 이번 일을 믿고 맡기라'는 말 뒤에 숨어 적극적으로 나서지 않았다.

'할 수 있었음에도 불구하고' 석동출은 제대로 배성준의 계획을 알아보거나, 말리거나, 협력하지 않았다.

분명, 더 나은 방법이 있었을 것이다.

하지만 석동출은 그저, 신뢰라는 붕 뜬 명분 속에서 권총을 빌려주는 것만으로 제 역할을 다했다는 식의 소극적인 동조만을 했을 뿐.

역설적인 이야기이나, 오히려 '조작된 상황 속 석동출'이야말로 비겁하고 우유부단한 자신의 이상에 걸맞은 존재가 아닌가.

이 자리에서 김철수에 의해 조작된 석동출은 배성준을 도와 권총으로 사람을 쏘지 않았는가.

"본의 아니게 정곡을 찌른 모양이군요."

"……닥쳐."

꾸욱.

빗물에 미끄러지지 않게끔, 권총 손잡이를 쥔 석동출의 손에 힘이 들어갔다.

"이러니저러니 해도 너는 아무렇지도 않게 사람을 죽일 수 있는 사이코야."

"아무렇지도 않다니. 말씀드리지 않았습니까. 이 사람 장례식엔……."

"닥쳐. 그게 평범한 사람이 할 생각이냐?"

"그야 평범하진 않죠."

김철수가 무표정한 얼굴로 석동출을 보았다.

"우리는 죽어도 이름 하나 남지 않고, 비석에 별 하나만 새겨질 뿐이니까."

"……."

"어디 외국에서 누구에게 어떻게 얼마나 고통스럽게 죽었을지도 모를 선배님이 숱한데 그에 비하면 이 정도로 자신의 죄가 덮이는, 직전에 보였던 추한 모습을 세간에 알리지 않고, 고통 없이 죽어 없어진 조설훈은 호상이나 다름없습니다. 그걸 두고 부러워한 게 평범하지 않다고 하면, 예, 그야 평범하지 않죠."

"……."

석동출은 그 말을 들으며 왠지, 이 자리에서 처음으로 김철수의 감정을 엿본 기분이었다.

김철수가 왼손을 내밀었다.

"알아들었으면 이만 제 총은 돌려주십시오."

"……."

"말로 해서는 안 되는 겁니까?"

그 순간 김철수가 몸을 기울여 조수석에 놓인 권총을 집어 들었고.

석동출은 반사적으로 총구를 내려 김철수의 다리를 향해 방아쇠를 당겼다.

꾸욱.

주지했던 대로, 방아쇠 압력은 사격 훈련 때 쏴 봤던 경찰 권총에 비해 뻑뻑했다.

그 직후 석동출은 김철수를 쏘고 말았단 생각에 아차 싶은 후회감이 몰려들었다.

이번에도 자신은, 그 욱하는 성질을 버리지 못한 것이다.

딸각.

자동권총 공이가 빈총을 두드렸다.

"그런 상황에서도 급소는 피하시는군요."

척.

석동출의 이마 한가운데에 토카레프의 총구가 닿았다.

석동출은 마른침을 꿀꺽 삼켰다.

"……처음부터 빈총이었냐."

"말씀드리지 않았습니까, 절대 쏘지 말라고요."

그제야 석동출은 권총을 들이대도 김철수가 눈 하나 깜짝 않던 까닭을, 이 총으로 조설훈을 위협할 때조차 방관하며 말리지 않던 까닭을 알았다.

'처음부터 부처님 손바닥 위였군.'

생각해 보면 서로의 신분을 알고 있다고는 하나, 고작 오늘 처음 만났을 상대에게 선뜻 권총을 내어주는 것부터 의심을 해야 했다.

하다못해 받았을 때 탄이 몇 발 들어 있었는지 확인이라도 해야 했다.

김철수가 말을 이었다.

"추가로 말씀드리자면 이 자리에 시체가 한 구 더 늘어난다 한들 절차가 조금 더 복잡해질 뿐, 저는 아무 상관 없습니다. 이미 총격전은 벌어졌고, 거기 남는 건 석동출 형사가 조지훈이 쏜 이 권총에 맞아 죽었다는 '사실'뿐이니까요."

"……."

"더욱이 아직 탄은 두 발이나 남아 있습니다."

말 그대로다.

'……그래서 아까 생뚱맞은 인디언 인형 운운했던 건가.'

김철수의 입에서 나온 '인디언 인형'이란, 그도 언젠가 읽었던 추리소설을 인용해 비유한 것이었다.

여기서 시체 한 구가 더 늘어나, 상황을 입증할 사람이 모두 사라진다 한들, 그가 조작한 '정황적 사실' 자체는 이제 변하지 않는다.

그런데 지금 석동출은 절망보다는 왠지, 김철수를 쏘지 않아서 다행이라는 안도감이 들었다.

다만 그조차도 자신의 손에 피를 묻히지 않아서 다행이라는 생각에서 기인한 이기적인 안도감이라는 것이, 그 가슴속에 묵직하게 내려앉았다.

"하지만."

김철수가 석동출의 이마에서 권총을 내려놓았다.

"개인적으로는 그러고 싶지 않습니다."

석동출은 김철수에게서 눈을 떼지 않은 채 입을 뗐다.

"……이왕이면 현장에 남은 허점으로 인해 '미제 사건'으로 남는 것보다, 내 보고서를 빌리는 편이 더 안전하니까?"

"맙소사, 형사님은 저를 무슨 미친놈으로 아시는 겁니까? 저는 그저 이 이상 사람이 죽지 않으면 해서 그런 겁니다."

김철수가 툴툴거렸다.

"그러니까 이만 제 총 돌려주세요."

"……그래."

석동출에게서 총을 건네받은 김철수는 빙긋 웃으며 방아쇠를 당겼다.

탕!

토가레프에서 쏘아진 9mm 탄이 석동출의 다리를 꿰뚫었다.

"악!"

석동출은 그대로 바닥에 쓰러졌고, 김철수는 석동출을 내려다보며 입을 뗐다.

"생각해 보니까, 그렇게나 치열한 총격전이 벌어졌는데 형사님께 아무 상처도 없으면 이상할 거 같아서요."

"……개, 개새끼."

석동출이 고통을 억누르며 숨을 쉭쉭 들이쉬었다.

"여, 역시 미친놈 맞잖아!"

김철수가 빙긋 웃었다.

"빈총이라곤 해도 먼저 총을 들이댄 건 형사님입니다만?"

"……."

"그래도 생명에 지장은 없게 해 드렸잖습니까. 물론 방치하면 위험하긴 할 테지만."

김철수는 오디오박스에서 떼 낸 기계장치를 옆구리에 끼고 발걸음을 옮겨, 이를 조설훈의 차에 실었다.

이후 그는 조지훈의 시체에 토카레프를 쥐여 주는 등, 제 할 일을 기계적으로 마치곤 배성준의 시체를 뒤져 핸드폰을 꺼내 석동출에게 돌아왔다.

김철수는 몸을 낮춰 석동출의 손에서 장갑을 뒤집어 벗겨 준 뒤, 이를 주머니에 쑤셔 박았다.

"그러면."

김철수가 핸드폰을 건넸다.

"제 배려가 헛되지 않게끔 얼른 지원 요청을 하세요."

석동출은 이를 악문 채 김철수를 노려보다가 핸드폰을 받았다.

"……너는?"

"저는."

김철수가 몸을 일으켰다.

"돌아가면서 예의 실낙원에 조설훈의 차를 가져다 놓으려고요. 잊으신 건 아니죠? 조설훈은 여기에 납치되어 왔다고."

"……그래."

"아차."

김철수는 주머니에서 실탄 두 발을 꺼내 석동출 앞에 땡그렁, 떨어트렸다.

"잊을 뻔했습니다. 어쨌건 실탄이 분실되면 큰일이겠죠?"

"…….""

"그거로 저를 쏘지는 않으시리라 믿고, 그럼."

발걸음을 옮기던 김철수가 멈칫하더니 고개를 돌려 석동출을 보았다.

"아, 석동출 형사님."

"……이번에는 또 뭐야."

"뒷좌석에 있던 걸레 좀 빌려 가도 될까요?"

"맘대로 해!"

짜증이 솟구친 석동출이 버럭 소리 지르자 김철수는 빙긋 웃어 보였다.

"감사합니다."

"……얼른 꺼져."

"예. 또 뵐 일은 없을 것 같지만, 그럼 수고하세요."

그 길로 석동출의 차에서 걸레와 예의 가방을 챙긴 김철수는 이를 조지훈의 차에 실은 뒤.

부웅.

차를 몰아 환영이 사라지듯 자리를 떠났다.

쏴아아.

그들을 비추던 헤드라이트 불빛이 사라진 어둠 속에서, 빗소리만 남은 적막감은 석동출에게 남아 있는 '현실'을 잔혹하게 때려 박았다.

특히, 이 자리에 있는 모두가, 자신을 제외하곤 죽어 있다는 사실을.

'선배님은, 죽은 건가.'

경황이 없어서 배성준의 죽음을 추도할 엄두도 내지 못했는데, 어째서인지 그건 김철수가 사라지고 없는 지금이라고 해서 다르지도 않았다.

아직 현실감이 없어서일까.

다리의 고통은 지금 이 순간이 현실임을 잔인하게 일깨우고 있는데도.

"……제기랄."

배성준의 차에 기대 있던 석동출은 힘겹게 몸을 일으켜 조수석에 올라탔다.

"크윽."

총에 맞은 다리가 '쑤시듯' 아팠다.

"……."

투둑, 투두둑.

앞 유리를 때리는 빗소리를 들으며 석동출은 조수석에 기대듯 앉아 멍하니 오디오박스를 보았다.

그 짧은 사이, 김철수는 오디오박스를 분해해 기계를 빼낸 뒤, 아무 일도 없다는 듯 재조립을 마쳐 둔 상태였다.

'철저하군……. 응?'

문득 생각해 보니, 이 빗속에 핸드폰이 먹통이 되었으면 어떡하나 싶어 석동출은 얼른 핸드폰을 열었다.

딸각.

다행히, 핸드폰은 생활방수 처리가 되어 있었는지 무사했다.

얼마 전 '불량 제품 화형식' 같은 퍼포먼스까지 벌였다더니, 삼광전자의 기술력은 믿을 만했다.

'……돌아가거든, 나도 한 대 장만할까.'

석동출은 시답잖은 생각을 하며, 꾹, 꾹, 112 버튼을 눌렀다.

쏴아아.

억수같이 쏟아지는 비는 왠지 모르게 오늘을 기점으로 많은 것이 변할 것 같단 걸 예감하게 만들었다.

'내 기억에 의하면 이번 장마는 제법 기록적인 폭우로 기록될 텐데.'

또한, 그에 따른 수많은 수재민도 생길 것이다.

이에 따라 TV에서 수재민 돕기 성금을 모금하고, 각 기업이 앞다퉈 가며 기부금을 내던 것이 내 기억 속에도 남아 있다.

'우리 회사도 얼마 정도는 내 두는 게 좋겠지.'

잠시 새마음아동복지재단을 이용해 볼까 하는 생각도 들었으나, 지금 상황에선 조심해서 나쁠 게 없단 생각에 나는 생각을 고쳤다.

'아니. 한동안은 가능한 한 구봉팔과 연결 고리를 느슨하게 보일 필요가 있어.'

조세광의 구속으로 조광은 한동안 정신이 없을 것이다.

'뿐만 아니라 SBY가 지동훈의 가족을 납치하려던 사건을 막아 냈으니.'

그 납치범의 배후에 누가 있었는가 하는 것쯤은 공공연한 비밀로, 이 일의 실체가 세간에 알려지는 것도 어디까지나 시간문제였다.

'……이런 상황에 조설훈이 잠잠한 게 왠지 마음에 걸리는군.'

소문엔 긴급 주주총회를 열기로 했다던데, 그에 대한 대비를 하느라 바쁜 것일까.

'아무튼 조광도 슬슬 분열의 조짐이 보여. 아직은 조성광이 살아 있어서 상당수 지분이 동결되어 있지만…… 이 상황에 조설훈이 조지훈과 손을 잡으면 나도 어떻게 될지 장담할 수가 없군.'

그러잖아도 오늘 아침 기자회견에서 발표한 것으로 조광과 그 계열사의 주가는 파랗게 곤두박질쳤다.

하지만 이는 조설훈에게도 마냥 악재는 아니어서, 현금 장사로 총알이 많은 조설훈이라면 이 기회를 놓치지 않고 지분을 확보하려 술수를 부릴 것이다.

'주주총회에서 조설훈의 사장 해임 건이 나왔을 때, 구봉팔은 어떻게 움직여야 할지.'

차가 부드럽게 멈춰 섰다.

"도착했습니다, 사장님."

나는 상념을 멈추고 운전석의 강이찬에게 미소를 지었다.

"수고했습니다. 오늘은 비가 많이 내리니 돌아갈 때 이 차를 이용하세요."

"예, 사장님."

"그리고, 이거."

나는 뒷좌석에 놓인, 시저스 2호점에서 포장한 치킨을 힐끗 쳐다보았다.

"일부러 강이찬 씨 몫까지 포장해 왔으니까 돌아가서 드세요."

"아……."

강이찬은 몸을 돌려, 내게 감사를 표했다.

"신경 써 주셔서 감사합니다."

"아뇨, 뭘요."

시저스에서 잔뜩 가져온 치킨은 회사 관계자 일동에게 모조리 나눠 주고도 강이찬의 몫이 남을 정도였다.

"잠시만 기다려 주십시오."

차에서 내린 강이찬은 자연스럽게 뒷좌석 앞에 우산을 들고 대기했다.

"감사합니다."

오늘처럼 비가 내리는 날엔 곧장 저택 내 실내 주차장에 차를 세워도 괜찮았겠지만, 나는 법인 차량 이용에 공사를 구분해야 한단 생각에 비가 오나 눈이 오나 일부러라도 대문 앞에서 내려 집까지 발걸음을 하곤 했다.

내가 강이찬의 배웅을 받아 현관 앞에 서자마자, 마치 기다렸다는 듯 인터폰 소리가 흘러나왔다.

—도련님. 오늘은 안쪽에 주차를 하시랍니다.

인터폰에서 나온 고용인의 목소리에 우리는 잠시 그 자리에 멈춰 섰다.

이휘철의 지시일까, 아니면 사모?

'비가 많이 내려서 그러나?'

강이찬이 나를 보았다.

"……어떻게 하시겠습니까? 사장님."

어리둥절해하는 강이찬의 질문에 나는 하는 수 없이 고개를 끄덕였다.

"음, 일단 분부대로 하죠."

우리가 다시 차에 올라타자마자 대문 옆 주차장으로 이어지는 슬라이트 문이 철커덩 소리를 내며 열렸다.

강이찬은 널찍한 실내 주차장에 차를 댔다.

주차장에는 오늘따라 웬일인지 이휘철이 서서 나를 기다리고 있었다.

'하필이면 이휘철인가.'

나는 떨떠름한 속내를 감추지 않으며 차에서 내렸다.

"다녀왔습니다, 할아버지."

"음."

이휘철은 웃음기 없이 딱딱하게 굳은 얼굴로 내 인사를 받더니 곁에서 묵례하는 강이찬을 힐끗 쳐다보았다.

"자네는 잠시 대기하고 있게."

"……예. 어르신."

"성진이는 집으로 들어와라."

나는 대기하는 강이찬을 힐끗 살피며 이휘철을 따라 집 안으로 들어갔다.

실내 주차장에서 이어진 저택 지하실로 발걸음을 떼자마자 이휘철이 입을 뗐다.

"음식 냄새가 나는구나."

"예? 아, 네. 신메뉴를 개발하고 남은 걸 조금 포장했거든요."

"운전기사에게 챙겨 준 거냐?"

"예."

"……일단 그건 수거하게 하마."

부하에게 준 걸 빼앗긴 좀 그렇지 않나, 물으려고 했으나 이휘철의 모습이 평소와 달라서 말하질 못했다.

이휘철이 말을 이었다.

"그리고 너는 올라가서 안동댁의 지시를 따라 옷을 갈아입거라."

"무슨 일인가요, 할아버지?"

이휘철이 계단을 오르며 대답했다.

"조성광 회장이 죽었다."

"……예?"

조성광이 죽었다고?

'비록 오늘내일하던 사람이긴 해도, 지금 죽을 사람은 아닌데.'

아니, 원래라면 죽었을 이휘철도 생존해 있으니, 사람의 생사 여부는 사소한 일로도 틀어질 것이다.

현관과 주차장 사이를 잇는 차양지붕을 타고 빗방울이 뚝뚝 떨어져 내렸다.

대기하고 있던 고용인들이 우리에게 우산을 씌워 주었고, 이휘철이 현관으로 발걸음을 옮기며 말을 이었다.

"너에겐 거기 가야 할 의리가 있으니, 가서 챙겨 주어라."

"……예."

의리라.

조성광의 장례식장을 찾는 건, 내겐 의리 이전에 의무에 가까운 일이었다.

'어쨌건 그래서 치킨을 수거하겠단 거군.'

의문 하나는 해소되었다.

이휘철이 말을 이었다.

"특히 오늘은 그 집안에 더 힘든 하루가 될 게다."

"예."

"그러니 너는 최대한 성의를 다해 도와주어라."

하긴, 어젯밤 장손인 조세광이 구속된 마당이니 오죽할까.

나는 괜히 조설훈에게서 불똥이 튀지 않을까 염려되었지만, 얼굴을 비치는 정도는 괜찮을 것이다.

"할아버지도 가실 건가요?"

내 말에 이휘철은 고용인이 열어 둔 현관문 앞에 멈춰 서더니 나를 물끄러미 쳐다보았다.

"아직 모르는 게냐?"

"……예?"

혹시 조세광이 처한 입장 때문에 '힘든 하루' 운운한 거라면, 그 내용은 이미 오늘 아침에 이휘철과 대화를 나누었을 터인데.

"……아니."

이휘철은 흠, 하고 가벼운 한숨을 내쉬더니 굳어 있던 인상을 조금 부드럽게 폈다.

"모른다니 됐다. 나는 따라가지 않을 테지만, 절차나 형식은 내 비서를 딸려 보낼 테니 그에게 배워 두어라."

"예."

이휘철은 가지 않는 건가.

하긴, 이휘철도 조성광과 면식 정도는 있겠지만, 그렇다고 아주 친분이 있어 뵈진 않았으니 장례식 첫날엔 가지 않을 것이다.

'이휘철의 입장이란 것도 만만치 않으니까. 그 행보 하나하나는 정치적으로 해석될 여지가 크지.'

우리는 현관으로 들어섰다.

입장부터 요란했던 탓인지 한성진과 한성아, 안동댁 등은 입구에서 미리 우리를 기다리고 있다가 이휘철에게 꾸벅 고개를 숙였다.

"다녀오셨어요."

그러면서 평소와 달리 웃지 않는 건, 이휘철에게서 흐르는 기묘한 기류를 읽은 탓이리라.

"성진이는 얼른 올라가 보거라."

이휘철은 내 등을 슬쩍 밀어 주곤 용건을 마쳤다는 양 성큼성큼 서재로 향했다.

이휘철이 퇴장하자마자 한성진이 부리나케 다가왔다.

"무슨 일이야? 안동댁 아주머니 말씀으론 너 장례식장에 가야 한다던데."

"아. 그럴 일이 있어."

"나도 갈까?"

"아니야."

나는 계단을 오르며 대답했다.

"너까지 갈 필요는 없어. 넌 모르는 사람이니까."

"응……."

말마따나, 한성진은 조광 측과 일체의 면식도 없으니까.

그때 핸드폰이 울렸다.

나는 안동댁에게 양해를 구한 뒤, 방으로 향하며 전화를 받았다.

"여보세요."

ㅡ……서, 성진아.

누군가 했더니 조세화였다.

"응."

ㅡ미. 미안. 누구한테 전화를 해야 할지 몰라서. 나, 있지…….

수화기 너머 조세화의 목소리엔 슬픔보다 당혹감이 묻어 있었다.

-아빠도 전화를 받지 않으시고, 오빠는…….

조세화는 한차례 숨을 참았다가 토하듯 말을 이었다.

-미안해. 당장 생각난 게 너였어.

"아니, 괜찮아."

나는 모른 척하며 물었다.

"무슨 일이야?"

-……방금, 할아버지가 돌아가셨어.

"……."

시간상, 이휘철의 정보 습득이 조세화보다 더 빨랐던 모양이다.

'이휘철은 병원 관계자에게 들은 건가.'

나는 한차례 뜸을 들였다가 옷을 벗으며 대답했다.

"알았어. 당장 갈게."

-고마워. 그리고…… 미안.

"아니야, 신경 쓰지 마. 어디로 가면 될까?"

나는 조세화의 말을 들으며 고개를 끄덕였다.

시신은 조성광의 자택으로 운구할 예정이랬다.

다소 갑작스럽긴 했으나 조성광의 임종 자체는 예정된 수순이어서, 장례 준비는 이미 마쳐 둔 모양이었다.

"그러면 거기서 보자. 최대한 일찍 갈게."

-……응.

뚝.

전화가 끊겼다.

"괜찮아요. 제가 입을게요."

"네, 도련님."

나는 안동댁이 셔츠 단추를 잠가 주는 걸 만류한 뒤, 단추를 마저 채웠다.

'……흠.'

나는 왠지 모르게, 조세화가 말했던 내용 중 조설훈과 연락이 닿질 않더란 대목이 신경 쓰였다.

'그 정도로 바쁜 건가?'

설령 그가 바쁜 와중에 조세화의 전화를 무시하더라도 개인 연락처로 몇 차례 신호가 갔을 터이고, 하다못해 비서를 통해서 조성광의 부고를 전해 들었을 법도 한데.

'……왠지 마음에 걸리는군.'

검정색 정장으로 옷을 갈아입고 나오자, 늙수그레한 이휘철의 수행비서가 문 앞에 대기하고 있었다.

원래라면 그도 이휘철의 임종과 함께 은퇴를 해야 했지만, 이번 생에선 그러지 못한 채 이휘철의 그림자처럼 그 일거수일투족을 챙기고 있었다.

'수행비서인…… 김 실장, 이었나.'

면식은 있으나 성씨와 직책만 알 뿐, 풀네임은 나도 모른다. 사모와 이태석도 그를 부를 일이 있을 때면 '김 실장'이라고만 불렀다.

그는 이태석의 비서인 최 비서나 박 비서와도 어딘지 달랐고, 그 권한이란 집 안에도 자주 발을 들일 정도여서 때론 저택 고용인 같단 생각마저 들 정도였다.

'……그도 물론 평범한 인간은 아니겠지.'

그런 이휘철의 충복이 내게 붙어 있다는 건 조금 거슬렸지만, 마냥 마다할 수만도 없는 게 내 입장이었다.

"가시죠."

그는 내게 정중하지만 사무적으로 인사한 뒤, 앞장섰다.

현관 근처에는 한성아가 치킨 포장을 든 채 기다리고 있다가 나를 보며 웃었다.

"오빠, 이거 봐라? 치킨이야! 비서 할아버지가 가져다주셨어."

강이찬의 치킨은 한성아에게 간 건가.

강이찬에겐 다음에 따로 챙겨 줘야겠다.

"근데 오빠 정장? 멋있다."

한성아의 말에 한성진은 겸연쩍어하는 얼굴로 한성아의 입을 다물게 했다.

"그런 말 하는 거 아니야."

"왜?"

"그게…… 아무튼 그런 게 있어."

나는 일부러 슬쩍 미소 지었다.

"아니, 괜찮아. 너희랑은 상관없는 일이니까 평소처럼 지내도 돼. 치킨은 나눠 먹어."

한성아는 '거봐' 하는 식으로 한성진을 흘겨본 뒤 내게 물었다.

"근데 이성진 오빠, 퇴근했는데 어디 가?"

"장례식장."

"엑."

그제야 한성아도 아차 싶어 하며 우물쭈물 사과했다.

"미, 미안. 나, 그런 줄도 모르고……."

"신경 쓰지 말라니까."

갈 때가 되어서 간 조성광의 죽음은 나름 호상이고, 하물며 한성진 남매가 완전한 타인일 터인 존재의 죽음을 애통해 줘야 할 필요는 없다.

더욱이, 오히려 원래라면 오늘 있었던 한성아의 TV 출연을 두고 소회를 풀며 마무리해야 할 하루였다.

나 역시도 조성광의 죽음보다 한성아를 챙겨 주지 못한 것이 오히려 마음이 쓰일 정도였다.

"그러니까 집에서 한군이랑 치킨 먹고 있어."

"응."

나는 한성아의 머리를 쓰다듬어 준 뒤 한성진을 보았다.

"이만 가 볼게. 아마 늦게 돌아올 거야."

"응, 다녀와."

"기다릴 필요 없으니까, 성아는 시간 되면 재워."

"그래."

왠지 아빠가 된 기분이군.

'어떤 의미에선 썩 틀린 것도 아니려나.'

나는 한성진 남매의 배웅을 받으며 주차장으로 향했다.

"오셨습니까."

내가 옷을 갈아입는 사이 김 실장에게 사정 청취를 들었는지, 강이찬은 딱딱하게 굳은 얼굴로 내게 인사했다.

"죄송해요. 퇴근이 밀려서."

"아닙니다. 신경 쓰지 마십시오."

달칵.

나는 강이찬이 열어 준 뒷좌석에 올라탔다.

휴대용 탈취제가 아직 상품화되지 않은 시대여서일까, 차 내부는 치킨 냄새 대신 향수 냄새가 은은했다.

'의외로 향수 고르는 센스가 좋군. 아니, 강이찬이 고른 건 아닐 테니, 이건 김 실장의 안목이겠지.'

한 듯, 하지 않은 듯.

과연, 이휘철을 오랫동안 보필해 온 사람다운 센스였다.

김 실장이 조수석에 올라타자마자 나는 강이찬에게 조성광 회장의 자택 주소를 말했다.

강이찬은 군말 없이 차를 몰았다.

주택가를 빠져나온 자동차가 어느 정도 주행 속도를 붙이기 시작하자 김 실장은 나직이 응당 내가 따라야 할 장례 예법을 설명하기 시작했다.

"먼저 상주에게 목례를 합니다. 이때 아무리 친분이 두텁고 반가운 만남이라 할지라도 '안녕하십니까' 류의 인사는 하지 않습니다. 왼손을 오른손 위에 포개야 하며……."

뭐, 나 정도 나이가 되면 장례식장은 뻔질나게 드나들곤 하는 법이지만, 지금은 시대가 달랐기에 어느 정도 새겨들을 것도 없지 않았다.

'특히 내가 살던 근 미래엔 자택장례란 시골이라도 잘 하지 않는 거였으니까.'

교외에 자리한 조성광의 저택은 장례 준비가 한창이었다.

내가 살던 시대 기준으로는 어지간해선 병원에 딸린 장례식장을 이용하는 것이 관례처럼 굳었지만, 이 시기엔 아직 저택에 호롱불을 밝혀 문상객을 받는 문화가 남아 있는 모양이었다.

그렇다고는 하나, 20세기 말엽에 이르러서도 자택장례를 고집하는 것이 보편적인 유형은 아니었다.

'이것도 막바지이긴 하지.'

시대가 바뀌면 죽음을 배웅하는 방식도 편리해지는 것이다.

'더욱이 사망자가 그 조성광 회장이니, 세간의 눈을 의식

해서라도 문상객을 가려 받을 필요가 있겠고.'

특히 조성광 회장은 그 '일본에서 건너왔다'는 태생에 콤플렉스라도 있었던 모양인지, 유독 기와 얹은 한옥을 고집했다.

그래서 본의 아니게 조성광 회장의 자택 장례식은 한 시대를 풍미했던 거물의 마지막과 시대의 저묾을 상징하는 모양새가 되어, 이는 나 같은 문상객으로 하여금 과도기 말미에 남은 한물간 전통 특유의 쓸쓸한 정취를 느끼게 해 주었다.

'마치 구시대가 저물어 감을 상징하는 것 같군.'

어쨌건 거인의 말로에 어울리는 장소였다.

한편으론 그런 조성광조차 제아무리 죽음을 미리 대비했다 하더라도 비가 오는 날 갈 줄은 몰랐던 듯했다.

검은 정장 차림의 험상궂은 사내들은 담벼락 아래 근조화환이 놓일 장소에 비를 맞아 가며 천막을 설치했고, 상급자인 듯한 사내가 이따금 부하에게 조인트를 까는 모습도 왕왕 보였다.

'저 근조화환을 보니, 새삼 꽃집도 나쁘지 않았을 것 같군.'

이 악천후 속에 그나마 상주에게 다행인 건, 조성광 회장의 자택은 앞으로 찾아올 수많은 문상객을 받을 수 있을 만큼 크고 넓었단 점이었다.

타이어가 자갈을 밟는 소리와 함께, 우리가 탄 차는 주차장으로 이어지는 철문 앞에 섰다.

철문 버팀대에 설치된, 이 시대엔 아직 보기 드문 CCTV가 우리를 향했다.

-어디서 오셨습니까?

강이찬은 창문을 내려 철문 입구에 설치된 인터폰을 향해 입을 뗐다.

"SJ컴퍼니 이성진 사장입니다."

잠시 후, 지잉- 하고 철문이 열렸다.

우리는 자갈 깔린 주차장에 차를 세웠다.

비가 내리는 늦은 밤이어서 그런 것일까, 아니면 조성광이 죽은 지 얼마 되지 않은 때여서?

그만큼 주차장은 한적했고, 빈 공간이 많았다.

차에서 내린 나는 김 실장이 씌워 준 우산을 받아 입구로 향했다.

마당에는 문상객으로 하여금 비나 햇볕을 피할 수 있는 옥외 캐노피가 넓게 설치되어 있었고, 조성광의 부하들은 지위 고하를 막론한 채 조명에 의존하여 그 아래 단상이며 탁자를 설치하느라 분주했다.

그 캐노피 너머 대청마루에 방명록을 받는 사내가 서 있어서, 나는 구두를 벗고 방명록에 이름을 썼다.

'아직 문상객은 많지 않군. 아니, 아예 내가 처음인가?'

방명록 앞의 사내는 이 자리에 어울리지 않는 꼬맹이가 뒤에 도열한 어른들을 대신해 방명록에 이름을 쓰는 것이 퍽 이상했던 모양이었으나, 아무 말도 하지 않았다.

방명록에 서명을 하고, 김 실장이 챙겨 준 두툼한 봉투를 함에 넣고 있으려니 쿵쿵, 마루를 울리는 발 구름 소리가 들렸다.

"성진아!"

평소와 달리 검정색 계통의 점잖은 복장을 한 조세화가 나를 보더니 발걸음을 빨리 해 성큼 다가왔다.

조세화는 그대로 나를 와락 끌어안을 것처럼 바짝 다가오더니—나를 끌어안지는 않고 다만—내 손을 꼭 잡았다.

"와 줘서 고마워. 늦은 시간인데."

조세화의 팔에는 한 줄짜리 친족 완장이 메달려 있었다.

나는 고개를 저었다.

"아니야. 당연히 와야지."

"……고마워."

조세화는 내게 거듭 감사를 표했다.

"아저씨는?"

내 물음에 조세화는 입술을 잘끈 깨물며 고개를 저었다.

"……아직…… 연락이 안 돼. 심지어는 작은아버지도."

"……."

"있잖아, 나……."

조세화는 내게 무어라 말을 하려다가 뒤늦게 주위를 살피곤 입을 꾹 다물더니 내 손을 놓았다.

"미안. 오래 붙잡았네. 할아버지께 인사드릴래?"

나는 고개를 끄덕인 뒤, 조세화의 뒤를 따라 분향소로 향했다.

강이찬과 김 실장은 나를 따라오지 않고 마루 위에 서서 묵묵히 대기할 뿐이었다.

소리 없이 향이 타들어 가는 분향소에는 조성광이 생전에 찍은 영정 사진이 꽃 한가운데 놓여 있었다.

내가 분향소로 발을 들이자 여인들이 나를 힐끗 쳐다보았다.

아마 조세화의 모친과 조지훈의 아내일 것이다.

조지훈의 어린 자식들은 보이지 않았다.

'원래라면 이 자리에 조설훈이 상주 자격으로, 아니면 차남인 조지훈이 있거나, 하다못해 장손인 조세광이라도 있어야 할 텐데.'

나는 조성광의 영정 사진에 두 번 절을 한 뒤, 여자들과 맞절을 했다.

절을 마치고 정좌한 나를 보며, 조세화가 여인을 보았다.

"엄마, 이쪽은 이성진이라고 해요."

이 여자가 조세화의 모친인가.

실제 조성광 회장과 정을 통한 사이였음에도 불구하고 그녀의 얼굴엔 비통함보단 피로감과 약간의 짜증—그 사이 비치는 나를 향한 호기심 정도만 엿보일 뿐이었다.

마치, 조성광의 죽음 따윈 갈 때가 된 사람이 갔을 뿐이라는 듯이.

'게다가 모녀 관계도 별로 원만해 보이진 않는군. 사모가 이성진을 대하는 것에 비하면 애정이 보이질 않아.'

조세화는 그녀가 바라지 않는 자식이었던 걸까.

'……이러니 조세화가 조성광에게 의존했던 것도 어딘지 이해가 가는군.'

나는 그런 생각을 뒤로 물리며 정중하게 인사했다.

"처음 뵙겠습니다. 이성진입니다."

여인은 나를 재단하듯 물끄러미 쳐다보더니 고개를 끄덕였다.

"잘생겼네."

"……감사합니다."

"나이는 세화보다 한 살 어리고? 그러면 국민학생?"

"예. 천화초등학교에 재학 중입니다."

"아, 그래. 요즘은 초등학교랬다. 이야기는 들었는데. 요즘 세화랑 친하게 지낸다지?"

"예. 그렇습니다."

"또, 삼광 그룹 장손이라면서?"

"예."

"들으니까 무슨 사업도 한다던데. 컴퓨터로 뭔가 어쩌

고…….”

무슨 맞선 보나.

조세화는 꼬치꼬치 캐묻는 모친이 부끄러웠는지 얼른 입을 뗐다.

“엄마, 저 잠깐만 자리를 비워도 될까요?”

그녀는 의외로 순순히 조세화의 청에 응했다.

“그러렴.”

모친이 고개를 돌려 분향소 바깥에 내리는 비를 쳐다보았다.

“늦은 데다가 날씨도 이 모양이니 오늘은 손님도 없을 거 같고.”

정승 장례보다 정승집 개 장례에 손님이 더 온다고 했겠다. 모친의 말은 왠지 그런 뉘앙스를 품고 있었다.

“……네. 감사합니다.”

조세화는 자리에서 일어선 뒤, 내 소매를 붙잡고 분향소를 나섰다.

그녀는 마루를 지나 어느 방으로 들어가 드르륵, 미닫이문을 닫은 뒤에야 내 소매를 놓았다.

“미안.”

조세화가 나를 보며 쓴웃음을 지었다.

“조금 어수선하지?”

“괜찮아. 지금은 다들 그럴 거야.”

"……응."

그녀는 수줍게 고개를 끄덕이더니 방을 둘러보았다.

"무의식중에 왔지만, 이 방도 오랜만이네."

그 말에 나는 방을 둘러보았다.

장롱 외에 별다른 가구나 장식이 없는 방이었다.

조세화가 말을 이었다.

"이따금 할아버지 댁에서 묵고 갈 때면 이 방을 썼거든."

"그래?"

"응. 게다가 나, 기억은 안 나지만 어릴 땐 할아버지 댁에서 살았던 적도 있대."

조세화는 그리움이 묻어나는 눈길로 방을 둘러보았다.

나는 그런 그녀를 보면서, 그녀가 아직 조성광의 죽음이 실감 나지 않아서인지, 애써 아무렇지 않은 척할 뿐인 건지, 모르겠단 생각을 했다.

'어쩌면 둘 다일 수도 있고.'

나는 조세화의 재잘거림에 맞장구를 쳐 주었다.

"그러면 여긴 익숙하겠네."

"할아버지 댁이기도 하지만, 내 집이나 다름없지 뭘. 지금은 고용인들이 방을 싹 치워 뒀긴 한데……."

조세화는 장롱을 열어 이불을 확인하더니 빙긋 웃으며 장롱을 닫았다.

"응, 있다."

이어서 조세화가 킁킁 이불 냄새를 맡았다.

"깨끗하네. 할아버지가 입원 중일 때도 관리는 계속했나 봐. 성진이 너도 여기서 자고 가도 되겠어."

글쎄.

그야 따지고 보면 밤샘을 할 만큼의 의리는 있지만 나도 아직 어린이에 불과한데.

'아니, 오히려 어린이라는 입장을 내세우면 늦은 밤 하루 묵고 가는 것도 괜찮겠지.'

그렇다고 그럴 생각이 든단 건 아니지만.

'혼자 온 것도 아니고.'

조세화가 말을 이었다.

"또, 강이찬 씨였나? 네 운전기사랑……."

"김 실장님?"

"응, 그분들도 주무실 수도 있어. 이 방은 아니지만, 이 집에는 빈방이 많이…… 있거든."

그렇게까지 말하니, 마치 내게 하루 묵고 가길 종용하는 듯했다.

조세화 스스로도 그걸 깨달았는지, 귓바퀴를 붉히며 고개를 돌렸다.

"……뭐, 어디까지나 그럴 수도 있단 거니까, 너무 신경 쓰진 마."

"아니야. 고마워."

솔직히 장례식장에 얼굴을 비치고 적당히 위로를 건넨 지금, 이대로 돌아가도 상관은 없다.

하지만 왠지 나도 모르게 쉬이 발걸음이 떨어지질 않았다.

그건 홀로 남은 조세화가 슬픔에 잠길 것이 걱정된 것이 아니라, 조설훈과 조지훈의 부재가 어딘지 마음에 걸린 탓이었다.

'뭔가, 있는 건가.'

그러고 보니 조세화도 나를 보자마자 무언가 말하려 했고.

'조세화는 둘의 부재에 대해 어딘가 짐작 가는 구석이 있는 모양이군.'

나는 슬쩍 조세화를 떠보았다.

"혹시 무슨 일 있어?"

"……응?"

"방금 전부터 왠지 남들에겐 비밀로, 나한테만 하고 싶은 말이 있는 거 같았거든."

"……."

조세화의 얼굴에서 억지로 짓고 있던 미소가 사라졌다.

"……들켰네."

조세화가 한숨을 내쉬었다.

그 한숨 속에서 민트 향이 났다.

"있잖아, 실은……."

그때 쿵쿵, 마당을 울리는 발 구름 소리가 들리더니 조세화 모친의 다급한 목소리가 들렸다.

"세화야, 애, 세화야!"

조세화는 움찔하며 하려던 말을 멈추곤 내게 쓴웃음을 지었다.

"미안. 손님 오셨나 봐. 조금 있다가 계속할게."

"괜찮아. 신경 쓰지 마."

조세화는 내게 살짝 웃어 보인 뒤, 드르륵, 미닫이문을 열었다.

"네, 엄마."

나는 무심결에 그녀가 나간 미닫이문 틈새를 엿보았다가, 헛숨을 들이키며 반사적으로 몸을 숨겼다.

'김보성?'

잘못 본 게 아니었다.

'……호랑이 굴에 들어와도 정도가 있지!'

마루 위에는 김보성 검사가 조성광의 부하들에 둘러싸여 그 자리에 서 있었다.

김보성의 등장은 어느새 자택 내로 파다하게 입소문이 퍼진 모양이었다.

'내가 누군지 아는 사람이 많은 모양이군.'

그가 주차장에 차를 대고 분향소까지 발걸음을 옮기는 그 짧은 사이, 김보성의 방문 소식을 들은 떡대들이 주위로 우르르 몰려와 있었다.

"씁, 이거 누가 안까지 들였어?"

"하, 한수가 담당입니다."

"박한수? 조지훈 형님 쪽이잖아. 떠그럴, 왜 그쪽 애가 그 걸 하고 앉았냐?"

개중엔 그를 입구에서 돌려보내지 않고 조성광의 자택까지 들인 책임 소재를 묻는 웅성거림도 섞여 있었다.

'급하게 긁어모았군. 일손이 부족한 건가?'

책임을 떠넘기는 꼴을 보니, 장례식장은 조성광 직속뿐만 아니라 조설훈의 파벌, 조지훈의 파벌 등등이 섞여 있는 모양이었다.

'여태껏 내부 단속이 이루어지지 않고 있단 이야기겠지.'

하지만 이는 달리 말하면 이곳은 김보성에게 아주 위험한, 약간의 자극만으로도 터질 화약고나 다름없는 장소임을 의미하기도 했다.

어젯밤 김보성이 지휘하는 광수대가 조설훈의 장남을 구속했다는 이야기는 저들 사이에서도 이미 파다하게 퍼져 있었다.

그런 김보성이 조성광의 장례식장에 나타났다는 건 그들 멋대로 도발이라 해석할 여지도 분분했을뿐더러 어느 한 놈의 '어긋난 충성심'이 화약고로 튈 불똥이 될 수도 있단 것쯤은 김보성도 이해하고 있었다.

그러나 김보성은 오히려 그렇기 때문에, 자신이 이곳을 직접 방문해야 한다고 생각했다.

그건 그가 생각한 최소한의 도리였다.

'……그야 그뿐만은 아니지만.'

김보성의 방문으로 촉발된 혼란과 사태를 목소리와 웅성 거림이 보다 직접적으로 와닿기 시작했다.

"세화야, 얘, 세화야!"

그 소란이 자택 내부까지 파다하게 퍼진 것인지, 구두를 벗고 방명록 위에 선 김보성 앞에 드르륵, 안쪽 미닫이문이 열리며 여자애 하나가 모습을 드러냈다.

"네, 엄마."

여자애는 분향소에서 나온 여자 곁으로 오다 말고 발걸음을 멈칫했다.

'이 아이가…….'

김보성은 왠지 그녀를 보자마자 그녀가 조세화임을 직감했다.

김보성을 본 조세화는 잠깐 놀란 표정을 지었으나, 조세화는 이내 놀란 기색을 무표정한 얼굴 아래로 감추곤 다시 발걸음을 옮겨 여인 곁에 섰다.

방 안쪽에 있다 나와서 그런지 아직 눈앞의 남자가 누군지 알아챈 눈치는 아니었으나, 주변 상황을 보고 김보성이 환영받지 못하는 부류의 손님임을 직감한 모양이었다.

눈치가 빠른 아이였다.

김보성은 여인에게 고개 인사를 했다.

"처음 뵙겠습니다. 광역수사대에서 온 김보성 검사입니다."

"……."

김보성 검사.

그 소개에 조세화가 움찔했고, 그러거나 말거나 이미 누군가로부터 '광역수사대 김보성 검사'가 방문했단 보고를 전해 들었던 여자는 분향소 앞에 버티고 서서 딱딱하게 굳은 얼굴로 입을 뗐다.

"이번에는 어쩐 일이시죠?"

인사를 인사로 받지 않는, 무례한 응대였다.

하지만 그 무례함 속에는 김보성이 몸소 장례식장을 찾았다는 것에서 불길함을 읽은 듯, 목소리가 조금 떨리고 있었다.

김보성이 대답했다.

"회장님께 조문을 드려도 되겠습니까."

"……대체 무슨 염치로……!"

욱하는 여인을 말린 건 조세화였다.

"들어오세요."

"세화야, 너……!"

"손님이잖아요."

조세화는 담담하게 말을 받은 뒤, 김보성 주위에 도열하고 선 사내들을 슥 둘러보곤 몸을 돌려 분향소로 들어가 제자리에 섰다.

그 행동거지에선 왠지 모를 묘한 박력이 있었다.

검은 정장들은 서로 눈치를 살피다가, 누군가 먼저 혀를 차며 뒷걸음질을 치자 우르르 거리를 벌렸다.

그 바람에 주도권을 빼앗긴 조세화의 모친은 하는 수 없이 조세화를 따라 분향소로 돌아갔고, 김보성은 그제야 분향소 안에 발을 들일 수 있었다.

"……."

김보성이 조문을 하는 동안, 분향소 안쪽 조성광의 친지들은 딱딱한 얼굴로 그 모습을 바라볼 뿐이었다.

김보성은 두 차례 절을 한 뒤, 그들과 절을 나누었다.

"얼마나 상심이 크십니까."

형식적인 위로의 말에 여인은 아무 말도 하지 않았고, 조세화가 대신해 김보성의 말을 형식적으로 받았다.

"찾아 주셔서 감사드립니다."

이후, 문을 열어 둔 분향소 바깥으로 빗소리만 아스라이 들릴 뿐인 짧은 침묵이 감돌았다.

그 어색한 공기를 깨트리며, 김보성이 신중하게 입을 뗐다.

"단도직입적입니다만, 드릴 말씀이 있습니다."

모친은 적의가 묻어나는 투로 김보성의 말을 받아쳤다.

"바깥양반이 오실 때까지 기다려 주실 수는 없나요?"

"……다름이 아니라 조설훈 사장님과 조지훈 이사님과 관련한 것입니다."

그 말에 모친은 멈칫했고, 한참 전부터 불안한 기류를 읽고 있던 조세화는 아랫입술을 잘근 깨물었다가 힘겹게 물었다.

"아……버지께 무슨 안 좋은 일이라도 생긴 건가요?"

김보성은 일부러 사무적인 어투를 골라 대답했다.

"여기 오기 직전 보고받은 내용입니다. 조설훈 사장님과 조지훈 이사님이 돌아가셨습니다."

공기가 순식간에 얼어붙었다.

"……."

"……."

마치 시간이 멈춘 듯한 정적 속에서 그들에겐 향불 연기가 움직이는 소리마저 들릴 것 같았고, 오직 저 바깥의 빗소리만이 이 시간과 장소가 현실임을 일깨울 뿐이었다.

"지금……. 누가 죽었다고요?"

모친이 떨리는 목소리로 입을 열었다.

"지금 그게, 장례식장에서, 하실 말씀인가요?"

"죄송합니다. 하지만."

"그 입 닥……!"

모친은 채 말을 잇지 못하고, 쿵, 눈을 까뒤집으며 쓰러졌다.

"엄마!"

조세화가 다급하게 기절한 모친을 향해 몸을 굽히자, 김보성 역시도 반사적으로 얼른 다가섰다.

"오지 마세요!"

"······."

김보성은 조세화의 말에 멈칫할 수밖에 없었다.

이윽고 소란에 놀란 사람들이 분향소로 우르르 몰려들자, 조세화는 손을 들어 그들을 멈춰 세웠다.

'······과연.'

만일 김보성이 모친을 부축하고 있었다면, 누군가 섣불리 오해를 했을 상황이었다.

조세화는 담담한 얼굴로 고개를 돌려 분향소의 다른 여인을 돌아보았다.

"숙모님, 어머니를 모시고······."

하지만 기절만 하지 않았다 뿐이지, 그 자리에서 조지훈의 부고를 받아 든 여인 역시 낯빛이 창백하게 질려 있었다.

조세화는 다시 고개를 돌려, 분향소 바깥을 둘러싼 인물 중, 얼굴에 흉터가 있는 장년의 사내를 눈으로 지목해 입을 열었다.

"길평 아저씨."

그는 조성광의 오랜 심복이었다.

"예, 아가씨."

"사람을 시켜 어머니와 숙모님을 방에 모시고 가 주세요. 길평 아저씨는 즉시 주치의를 불러 주시고요."

"알겠습니다."

사내가 눈짓하자, 그중 몇 사람이 분향소로 들어와 두 여인을 분향소 바깥으로 데려갔다.

그 와중에도 조세화가 가만히 그 모습을 지켜본 덕분이라 해야 할지 이 사태를 불러온 것으로 보이는 김보성을 향한 해코지는 일어나지 않았다.

잠시 소란이 있은 뒤, 분향소에는 조세화와 김보성 단둘만이 남았다.

조세화는 남은 사람을 분향소 멀리 물린 뒤, 예의 얼굴에 흉터가 난 조성광의 심복만을 멀지 않은 곳에 대기하게 하고 김보성을 마주 보았다.

"실례했습니다."

조세화가 입을 열었다.

"괜찮다면 어떻게 된 일인지, 자세히 들을 수 있을까요?"

이런 생각을 떠올리기에는 적합지 않은 자리였으나, 김보성은 솔직하게 감탄하는 중이었다.

'조성광의 핏줄이 어디 가진 않았군.'

거침없이 지시를 이어 가는 조세화에게선 조성광의 닮은 꼴이라 불리던 조설훈에게서도 볼 수 없었던 당주의 품격마저 느껴졌다.

'호부 아래 견자 없다지만, 조성광이라는 당대의 거물이 가졌던 카리스마는 대를 건너뛰어 이 여자애에게 발현된 건가.'

비록 수상쩍은 범죄 혐의로 가득한 조성광이라지만, 김보성이라 할지라도 맨손으로 일가를 일으켜 세운 조성광의 능력까지 폄훼할 생각은 없었다.

아니, 오히려 초임 시절 선배 검사들로부터 조성광이란 거인의 초인적 면모를 전설처럼 전해 들었던 김보성은 반신반의하던 것이 결코 과장되지 않은 일화였으리라, 조세화를 향해 내심 고개를 끄덕이게 할 지경이었다.

거기에 나이는 아무런 문제도 되지 않는다.

더군다나 김보성은 조세화와 비슷한 느낌을 받았던 인물을 한 사람 더 알고 있었다.

김보성이 대답했다.

"죄송합니다. 아직 수사 중인 사안이어서 발설하기는 어렵습니다."

그래서일까, 김보성은 자식뻘인 조세화를 향해서 자연스럽게 존대를 했다.

조세화가 차분히 김보성의 말을 받았다.

"깊이 알고자 하는 건 아닙니다. 그저 두 분의 사인이 사고사인지, 아니면 피살인지 정도만이라도 들을 수 있으면 합니다."

"……."

방금 전 부친과 삼촌의 죽음을 전달받은 것치곤 무척 냉정한 질문이었다.

김보성이 조설훈과 조지훈의 죽음을 보고받은 건, 사실상 조성광 회장의 부고 소식을 들은 직후였다.

사무실을 찾아온 강하윤은 짧게 조씨 형제와 배성준의 죽음을 전했다.

"예?"

김보성은 저도 모르게 앉은 자리에서 벌떡 일어서고 말았다.

"강 형사님, 지금 그게 무슨 말씀입니까?"

김보성의 말에 강하윤은 딱딱하게 굳은 얼굴로 대답했다.

"방금 전 연락을 받았습니다. 석동출 형사가……."

강하윤의 보충 설명을 들은 김보성은 그 자리에 풀썩 주저앉았다.

"……맙소사."

조성광의 죽음에는 이렇게까지 놀라지 않았다.

그야, 조성광이 오늘내일하는 상태라는 건 공공연한 사실이었고, 그래서 김보성도 조성광의 죽음과 시신을 자택으로

운구했단 보고를 받은 직후엔 '그랬군' 하는 정도의 감상밖에 없었으나.

'그래도 이럴 수가 있나.'

이런 말을 입 밖에 내서도 안 되겠지만, 이건 그야말로 '줄초상'이었고, 조설훈이나 조지훈의 죽음이란 그가 생각하기로도 어처구니가 없는 일이었다.

'더군다나 배성준 형사까지…….'

그래서 조성광의 죽음을 보고하러 온 방승혁조차 강하윤의 말에 한동안은 놀란 얼굴로 가만히 서 있을 뿐이었다.

"……검사님. 어떻게 하시겠습니까?"

방승혁의 말에 김보성은 멍하니 그를 보았다.

"예? 아. 일단은 광수대로 사건을 이전시켜야 하겠군요."

방승혁이 미간을 살짝 찌푸렸다.

"……그보다 누군가는 유족에게 이를 알려야 하지 않겠습니까?"

그 말에 김보성은 퍼뜩 정신을 차렸다.

"아, 그렇죠. 맞습니다. 그거라면……."

김보성은 아차 하며 서류 더미를 들추려다가 멈칫했다.

'……누구에게?'

더군다나 하필이면, 조성광의 유산을 상속받을 두 사람이 모두 죽었다.

그 둘을 제하고 유일하게 상주 자격이 남은 인물은 조세광이었지만, 그는 현재 구속된 상태였다.

'줄초상이라, 곤란하게 됐군.'

그뿐만 아니라, (부패 경찰 혐의로 수사 중이긴 했으나)배성준 형사 마저 순직했다.

별달리 사적인 친분은 없었다지만 그래도 광수대 사람이 죽은 것이다.

제아무리 목석같단 평가를 받는 김보성이라고 한들, 그 속이 아무렇지 않을 리가 없다.

'하지만 이래서야 애도할 시간도 없겠어.'

김보성은 주먹을 꾹 쥐었다.

오늘부터 쭉 바쁠 거라곤 예상했지만, 이런 방식을 바란 건 결코 아니었다.

방승혁이 툭 하고 김보성의 어깨에 손을 얹었다.

"잠시 쉬시겠습니까?"

"……아닙니다. 죄송합니다."

방승혁이 김보성의 어깨를 재차 두드렸다.

"조금 머리를 식히시죠. 이런 기분이면 뭘 해도 꼬이니까요. 저는 그사이 커피라도 타겠습니다."

검사 복은 계장 복이라더니, 이럴 때면 중심을 잡아 주는 방승혁의 연륜이 고마웠다.

"……감사합니다."

"신경 쓰지 마십쇼. 아, 강 형사님도 드시겠습니까?"

방승혁의 말에 강하윤이 당황하며 손사래를 쳤다.

"아, 아닙니다. 저는……."

"괜찮다면 드시죠. 이 뒤로 곧장 업무 지시가 이어질 거 같으니까요."

"……예."

"게다가 일차 보고를 들은 강 형사님이 계셔 주시는 편이 상황 정리에도 도움이 될 것 같습니다."

사무적인 어투로 상황을 정리한 방승혁이 포트에 전원을 넣으며 부드럽게 말을 이었다.

"강 형사님, 위급하다고는 들었습니다만, 석 형사님 용태는 어떻습니까?"

그 말에 강하윤이 쓴웃음을 지었다.

"하반신 총상입니다. 현재는 병원으로 긴급 이송된 것으로 알고 있습니다."

방승혁은 괜히 뻥 뚫린 문을 보며 쓴웃음을 지었다.

"……그렇군요."

까딱하면 석동출도 순직할 뻔한, 위험한 상황이었다.

그 대목에서 김보성이 멈칫했다.

'……응?'

왠지 이상한데.

김보성은 이 상황 전체에서 까닭 모를 위화감을 느꼈다.

'……이거, 지나치게 깔끔하지 않나?'

아직 초동에 불과하여 제대로 된 정리는 이루어지지 않았으나, 그 자체만으로도 이번 일이 언론에 대서특필되는 건 시간문제일 것이다.

조지훈이 조설훈을 납치하여 그를 살해했고, 마침 그를 쫓던 배성준 형사와 석동출 형사는 현장을 목격하곤 조지훈 패거리와 총격전을 벌였다.

그 과정에 배성준이 순직, 조지훈과 신원미상자는 현장에서 사살되었다—트렁크 속의 또 다른 신원미상자는 다른 장소에서 살해된 듯했다.

이처럼 사건 자체는 무척이나 난잡했음에도 불구하고 김보성은 왠지 모르게 상황이 '지나치리만큼 깔끔'하단 생각에 미쳤다.

'마치 엉킨 실타래를 가위질 한 번으로 끝내 버렸다는 느낌이야.'

하지만 김보성조차도 그 직관에서 기인한 위화감을 느끼는 것과는 별개로, 도대체 무엇에서 '깔끔하다'는 생각이 들고 말았는지는 당장 생각이 정리되질 않았다.

'위화감은 드는데 무엇 하나 확 하고 와닿는 건 없군…….'

그러는 사이, 방승혁과 강하윤이 두런두런 대화를 이어 갔다.

"저, 방승혁 계장님. 조금 개인적인 질문입니다만……. 저희 선배님께 들으니 어젯밤 석동출 형사가 검사 사무실을 찾아와 행패를 부렸다고 들었습니다. 사실입니까?"

"아, 예."

방승혁이 겸연쩍어하며 대답했다.

"수사 배정 문제로 불만이 많으신 것 같더군요."

방승혁은 쓴웃음을 지었다.

"당시엔 저도 조금 지나쳤다고 반성 중입니다."

"하지만 석동출 형사가 방승혁 계장님께 먼저 폭행을 가했다고 들었는데. 몸은 괜찮으십니까?"

"별거 아닙니다. 그분도 저를 조금 밀친 것에 불과하죠. 대단하진 않습니다."

그 말에 김보성은 잠깐 생각을 멈추고 속으로 웃었다.

대단하지 않긴, 방승혁째로 문을 박살 낼 정도였는데.

강하윤이 딱딱한 얼굴로 말을 받았다.

"그래도 그건 석동출 형사님이 잘못하신 거라고 생각합니다."

"뭐어."

딸각, 하고 물이 끓은 포트가 자동으로 전원을 내렸다.

"석동출 형사 입장에선 납득가지 않는 부당한 처사였다고 여길 만했을 겁니다."

방승혁이 인스턴트 커피를 탄 종이컵 세 잔에 뜨거운 물을 따랐다.

"……이제는 뭐가 어쨌건 다 끝난 일이지만요."

강하윤은 방승혁이 내민 종이컵을 받으며 조심스럽게 물었다.

"끝난 일이라니……."

"Y서에 가해진 감사는 배성준 형사의 부정에 혐의를 둔 일이었으니 말입니다. 하지만 혐의 당사자가 순직하고 만 지금은 뭐가 되었건 이대로 종결하는 것이 관례가 아니겠습니까?"

"……."

"저희도 그게 일종의 예우라고 생각하니까요."

이런 말을 하긴 뭣하지만, 배성준 형사는 '영웅적 죽음'을 맞았다.

대한민국 사회는 죽음에 관대하다.

죽음 이후엔 과거에 있었던 과오가 덮이고, 좋았던 점만을 부각해 포장하기 마련이다.

하물며 그 대상이 다른 일도 아닌, 악인을 상대로 한 임무 수행 중 사망했다고 하면 포장하기에 더욱 좋다.

경찰 입장에서도 '그는 부패 혐의로 수사를 받고 있었습니다' 하고 발표하는 것보단 '평소에도 강직한 성품과 충실함으로 동료들에게 귀감이 되는' 운운하며 순직자를 띄워 주는 것이 대외적으로나 내적으로나 나쁘지 않은 합의점에 도달하는 길인 것이다.

민주주의 사회란 결국 여론과 지지도에 좌지우지되는 것

이므로.

방승혁이 툭 하고 김보성 앞에 종이컵을 내려놓았다.

"설탕은 뺐습니다."

"……."

"……검사님?"

하지만 김보성은 방금 전부터 생각에 잠겨 반응을 하지 않고 있었다.

'……이미 끝난 일?'

때때로 어떤 명료함은 죽음으로 완성된다.

그리고 이번 일로 다섯 사람이 죽었다.

그 다섯 사람 중 한 사람인 배성준은 그 영웅적인 죽음의 형태로 자신에게 가해진 혐의를 벗게 될 뿐만 아니라 오히려 위험한 임무 수행 중 순직한 영웅으로 뭇사람들에게 기억되리라.

그렇기에 배성준의 명예는 죽음으로—이런 말이 용서된다면—완성되고, 명료해진다.

'더군다나 상황을 전달한 건 유일하게 살아남은 석동출 형사고, 하필 그는 유독 배성준 형사를 따르는 자였지.'

사건의 '유일한 목격자'인 석동출이 배성준의 죽음을 미화할 수 있다면, 그걸 하지 않을 이유는 정의감이며 진실을 수호하겠다는 신념이라는 허울 외에는 없다.

그리고 김보성의 생각에 석동출 같은 부류는 그런 관념적인 신념과 개인 간의 유대 사이의 저울이 있다면 개인 간의 유대에 더 무게를 싣는 부류였다.

그런 사람이 아니라면 '남의 일로 분노한' 어젯밤 같은 일은 벌어지지 않았을 것이다.

'……즉, 속단하긴 이르지만 석동출 형사의 목격담을 내가 곧이곧대로 믿을 이유는 없다는 거지.'

어쩌면, 배성준(과 석동출)은 조지훈과 처음부터 한패였을 수도 있다.

배성준 입장엔 조설훈이 입을 다물어 주는 것만큼 좋은 일도 없으니까.

'그게 아니면, 배성준과 함께 손을 잡고 관계자를 모조리 살해……. 아니, 이건 과잉이군. 아무리 그래도 그건 아니야.'

이처럼, 김보성이 떠올린 명료함은 여기서부터 혼탁해진다.

'만일 죽음으로 상황이 정리된다고 한다면, 조지훈이 조설훈을 죽일 까닭이 있나?'

속단하기는 어렵겠지만, 아무리 그래도 형제가 서로를 죽여야 할 상황이란 지나치게 극단적이다.

심지어 얼마 전에는 둘이 화해를 했다는 정황도 나오지 않았는가.

그것도 조설훈이 몸소 조지훈의 도청을 용서해 가면서 말이다.

하다못해 조설훈이 조지훈의 도청 기록이 존재했단 걸 눈치챘다고 하더라도, 그건 이미 상호 협의를 마친 일이었다.

　'굳이 따지면 유산 문제가 있긴 하지만…….'

　이제 와서 새삼?

　유산을 두고 다투다 서로에게 상해를 입힌 형제 이야기쯤은 이 세기말에 딱히 드문 이야기도 아니었다.

　하지만 이번엔 어딘지 달랐다.

　석동출이 보고한─것을 전달한 강하윤의 말에 의하면─조설훈의 죽음은 사실상 일방적인 처형이었고, 그땐 시간상 조성광의 죽음이 확정되기 전의 일이었다.

　그러니 이는 우발적인 것이 아닌, 사전에 시간과 장소, 범행 도구를 구비한 채 벌어진 계획범죄였다.

　'아니면 그사이, 상황이 극단적으로 변할 만한 변수가 있었나?'

　짐작 가는 바가 없는 건 아니었다.

　조세광의 구속, 지유진의 납치 미수…….

　하지만 그건 조지훈이 짊어져야 할 리스크는 아니었다.

　'……아니. 이걸 상식선에서 생각하고 마는 게 내 한계일지도 모르겠군.'

　김보성은 속으로 쓴웃음을 지었다.

　때마침 들려온 조성광의 부고가 놀랍지 않았던 것은 그가 조만간 작고할 것이란 예감이 있었기 때문이었다.

조성광의 사후 그 유산이 각각 장남과 차남에게 분배되리란 것은 증권가를 떠도는 공공연한 이야기였고, 그가 중환자실에 입원했다는 정보만으로도 관련주가 요동을 칠 정도였다.

그런 상황에 조설훈은 궁지에 몰려 있었다.

아들이 살인 혐의로 구속되었고, (아직 용의자가 입을 열지는 않았으나)그 증인의 가족을 협박하려 한 교사 정황이 명명백백했다.

그뿐이랴, 김보성은 도청 녹취록을 토대로 지금 조설훈이 박상대와 유착 관계였을 뿐만 아니라 정순애 살해에 도움을 주었으리란 혐의로 기소를 준비 중이었다.

'그리고 도청기를 설치한 것으로 추정되는 조지훈은 조설훈이 박상대와 긴밀한 사이였다는 걸 잘 알고 있는 인물이지.'

이런 와중에 조성광이 덜컥 숨을 거두기라도 하면, 그때부터 조설훈이 바라지 않는 상황에서 유산 상속 과정이 집행된다.

비록 구체적인 상속 배분은 알 수 없으나, 조지훈 입장에서는 조설훈을 살해한다는 리스크를 짊어질 이유가 없다는 것이 김보성의 생각이다.

만약 김보성 자신이 조지훈의 입장이라면, (그들 간의 해묵은 갈등은 차치하고)조성광에게 상속받은 지분을 이용해 조설훈을 압박하면 그뿐이다.

'즉……. 지금으로선 조지훈이 조설훈을 살해할 동기는 없어.'

그조차도 상식에 기반을 둔 채 김보성이 알 리 없는 두 사람 간의 감정적 요소를 배제한 추리에 불과했다.

'……그 반대의 경우라면 모를까.'

역시 리스크는 있지만, 차라리 조설훈이 조지훈을 살해하기로 마음먹고 움직였다면 정황상 맞아떨어지는 부분이 많을 지경이다.

조설훈 입장에선 조지훈 한 사람만 죽어 준다면, 그것만으로도 현 궁지를 벗어날 타개책이 생긴다.

조지훈만 사라진다면 조설훈은 (유류분[遺留分]을 제외하고)조성광의 유일한 상속자가 될 뿐만 아니라 자신의 치부—박상대와의 유착 (조지훈이 그 사실을 알고 있다면)및 살인 동조—를 알고 있는 입을 줄일 수 있게 된다.

여기에 조지훈의 죽으면 그가 가졌던 지분이 쪼개지고, 자신에겐 압도적인 지분이 남으니 조광 그룹에서 터져 나오는 불만을 찍어 누르며 왕으로 군림하는 것도 가능함은 물론이다.

그러니 김보성으로서는 아무리 생각해도 조설훈이 조지훈을 살해하려면 했지, 그 반대의 경우는 도통 떠올리기 힘든 것이다.

'그렇게 따지면 뭐가 됐건 살인은 정당화할 수 없는 것이

긴 하다만.'

어찌 되었건 두 형제는 공멸했다.

그 자체가 명료함으로 남은 것이라면, 김보성이 떠올릴 유일한 명료함이었다.

……그게 아니면.

'그 외에, 두 사람의 공멸로 가장 큰 이득을 볼 사람이 있나?'

그 생각을 떠올리자마자, 김보성은 저도 모르게 자리에서 벌떡 일어섰다.

"……."

그 자세로 멈춰 선 채, 한동안 생각에 잠겨 있던 김보성이 입을 뗐다.

"제가 직접 조성광 회장의 장례식장에 가서 알리겠습니다."

김보성의 폭탄 발언에 방승혁은 마시던 커피를 뿜을 뻔했다.

그리고 조성광의 자택에 마련된 장례식장.

「……그저 두 분의 사인이 사고사인지, 아니면 피살인지 정도만이라도 들을 수 있으면 합니다.」

　김보성은 조세화의 말을 속으로 반추하며 짧은 생각에 잠겼다.
　조세화의 냉정함이 타고난 것인지, 아니면 미리 '알고서 대비'를 하고 있었던 것인지, 지금 그로선 가늠하기 힘들었다.
　'그래도 부친의 죽음을 들은 직후치고는 지나치게 냉정하군.'
　그렇다.
　냉정하게 보았을 때, 조성광과 조설훈, 조지훈 세 사람의 죽음으로 현시점에서 가장 큰 이득을 볼 사람은 눈앞의 소녀인 것이다.
　'보다 구체적으로 말하자면, 실세로 거듭난 구봉팔과 조세화겠지.'
　그러나 김보성은 일단, 이 소녀 앞에서 침묵을 택하기로 했다.
　"죄송합니다. 말씀드릴 수 없습니다."
　"……."
　그 가진 바 능력과 잠재력에 잠깐 놀라긴 했으나, 조세화는 고작해야 자신의 자식뻘인 소녀에 불과했다.
　조세화는 지금 혈육의 죽음을 들은 직후였다.
　더군다나 석동출의 보고에 의하면, 조설훈은 조지훈에게

살해당했다.

그 죽음이 존속상잔이라는 최악의 형태였다는 것만큼은 어떻게든 시간차를 두고 알려야 하지 않겠는가.

비극적인 소식을 전달하는 것에는 신중해야 하는 것이 마땅한 도리였다.

김보성이 말을 이었다.

"하지만 그 외에 도와드릴 것이 있다면 제가 할 수 있는 선에서 최선을 다해 도와드리겠습니다."

"……."

조세화는 짧은 침묵 뒤 입을 뗐다.

"그러면 혹시 구속 중인 오빠의 외출 허가를 받을 수 있을까요?"

"……."

"현재 상주가 공석이어서요. 그리고 검사님 말씀대로라면 저희 아버지의 장례도 준비를 해야 한다고 생각합니다."

특이 사안이긴 하나, 판례가 없는 건 아니었다.

김보성은 역시나, 하고 생각하며 대답했다.

"비록 상주 자격으로 참석할 수는 없으나 방문하는 선에서는 선처해 보겠습니다."

"……감사합니다."

조세화는 꾸벅 고개를 숙인 뒤, 조심스레 입을 열었다.

"초면에 실례지만…… 개인적으로 한 가지 부탁을 더 드려도 될까요?"

"말씀하십시오."

조세화가 고개를 숙인 채로 입술을 잘근 깨물었다.

"부축을…… 해 주세요."

"……."

"이대로라면 일어서기 힘들 거 같아서요."

그 말에 김보성은 뒤통수를 한 대 맞은 기분이었다.

"……그러겠습니다."

김보성은 조심스럽게 조세화를 부축해 일어섰다.

그 가벼움에 김보성은 새삼 '아직 어린아이구나' 하는 생각
이 들었다.

분향소를 나서며, 조세화는 대기하고 있던 사내에게 사무
적으로 말을 건넸다.

"죄송하지만, 잠시 쉬다가 올게요. 그동안만이라도……."

"예, 아가씨."

"……고마워요."

조세화는 김보성의 부축을 받아 어느 방 앞에 섰다.

"저, 그러면 이만……."

"……."

드르륵, 미닫이문을 열고 방으로 들어가는 조세화의 뒷모
습을 보면서, 김보성은 아무런 말도 할 수 없었다.

문이 닫히고 잠시 후.

"흐윽, 흑, 흑……."

조세화의 숨죽인 울음소리가 미닫이문 너머로 새어 나왔다.

'……제길.'

김보성은 그 울음소리에 주먹을 꾹 쥐었다.

'뭐가 이득을 본단 거냐. 혈육이 연달아 죽었는데, 그만큼 비극적인 일도 없는데도…….'

어린 소녀의 울음소리가 김보성을 무디게 만들었다.

후우.

김보성은 한숨을 깊이 내쉬곤 쿵쿵, 마루를 울리며 발걸음을 옮겼다.

그 인간적인 면모 탓에, 그는 방 안의 조세화가 이성진의 품에 안겨 울음을 터뜨리고 있으리라곤 생각지도 못한 채, 그대로 자리를 떠났다.

2장

조세화를 떠나보내며 나는 무언가 일이 심상치 않게 돌아간단 느낌이 들었다.

'김보성이 여긴 어쩐 일이지?'

나는 문 바깥으로 귀를 기울였다.

방음이 잘되는 집은 아니었으나, 마루를 사이에 두고 분향소까지 거리가 제법 멀어서 이렇다 할 대화 소리는 들리지 않았다.

하지만 그중 아주 희미하게, 조세화 모친의 표독스러운 목소리가 들렸다.

"……대체 무슨 염치로……!"

그 목소리는 이내 누군가가 말을 끊은 듯 들리지 않았고,

이후엔 거리가 만들어 낸 적막뿐.

'무슨 염치, 라.'

하긴, 김보성은 조세광의 구속영장을 발부한 장본인이니 이 자리에서 그녀의 노골적인 적의를 받아도 할 말이 없을 만은 했다.

'설마, 광수대 쪽에서 이번엔 조설훈의 구속영장을 들고 온 건가? 그야, 한다면 지금이 적기이긴 한데……'

암만 그래도 장례식장에 구속영장을 들고 오는 건 조금 심하지 않나.

'아니면 이미 구속을 마친 뒤일지도 모르겠군.'

그렇게 따지면 조설훈의 부재도 이해는 갔다.

'결국 오늘 있었던 납치 미수 건에 관해, 부하 중 한 놈이 입을 연 건가.'

다만 그렇게 추리해 버리면 조지훈의 부재는 설명이 되질 않는다.

'조지훈은 이번 일에 구속될 만큼 잘못을 저지르진 않았으니까.'

까놓고 말해서 굿이나 보고 떡이나 먹으면 될, 이번 사건의 가장 큰 승자나 다름없는 것이 조지훈인 것이다.

'그렇담 이제부턴 슬슬 조지훈이랑 붙을 준비를 해야겠는데.'

잠시 문 바깥으로 귀를 기울이고 있으려니, 쿵쿵, 사람들이 우르르 몰려왔다가 물러나는 듯 마룻바닥을 울리는 발소리가 제법 요란했다.

그러면서도 고성 하나 들려오질 않는 것이 어딘지 이질적이었다.

'한판 크게 난리가 날 줄 알았더니.'

나는 슬쩍 창문으로 향했다.

창밖은 여전히 억수같은 비가 쏟아지는 중이었는데, 두런두런, 꺾인 벽에서 목소리가 들렸다.

"이게 대체 무슨 일이야?"

"그러게. 아무리 그래도, 여기까지 찾아오다니······."

"······뭔 일이라도 생긴 건가?"

부하들의 불만 가득한 구시렁거림 속에서도 이렇다 할 정보는 들리지 않았다.

그때, 다른 목소리가 들렸다.

"누구야, 저 사람?"

"아, 광수대 김보성 검사랍니다."

"혼자냐?"

"예."

부하의 대답에 나는 멈칫했다.

'이 호랑이 굴에, 혼자 왔다고?'

나도 전생을 통틀어 몇 번인가 검사를 만날 일이 있었다.

그런데 검사란 족속들은 항상 무슨 배짱인지, 우리 앞에서 마치 목숨이 몇 개는 되는 것처럼 행동하곤 했다.

'그야 검사를 건드릴 만큼 간이 큰 놈은 좀처럼 없으니 그런 것일 테지만.'

자고로 뒷세계의 인간들에게 검사란 불가침의 대상이니까.

대화 소리가 이어졌다.

"떠그럴, 검사가 여긴 무슨 일인데?"

"모르겠습니다."

이후, 담배라도 피울 타이밍에 대화가 멈췄다.

"형님! 큰일 났습니다!"

그 말이 떨어지자마자 부하들은 다시 우르르 자리를 비켰다.

'큰일 났다니?'

그 뒤, 쿵쿵, 마룻바닥을 울리는 발소리가 들리고 정적.

큰일이라더니 싸움 같은 건 벌어지지 않았다.

"……흠."

나는 벽에 기대섰다.

'김보성이 이 자리에 뭔가를 통보하러 온 건 분명한데, 좋은 소식은 아닌 것 같군.'

그건, 조설훈과 조지훈이 지금껏 연락이 닿지 않는 것과 관계가 있는 것은 아닐까.

'혹시, 죽었나?'

설마. 그런 형편 좋은 일이 일어날 리가.

'그래도 왠지…… 무관하진 않을 거 같군. 이거 참, 나가서 확인해 볼 수도 없고.'

나는 그 상태로 잠시 기다렸다.

이럴 줄 알았으면 서류라도 챙겨올 걸 그랬단 생각이 들 즈음, 방 근처로 다가오는 인기척이 들렸다.

나는 구석으로 몸을 숨겼다.

그 후, 드르륵, 미닫이문이 열리고 조세화가 흐느적거리는 발걸음으로 방에 들어오더니, 등 뒤로 문을 닫았다.

직후, 조세화가 고개를 들어 나를 발견하곤, 내 품으로 허물어지듯 다가오더니 나를 와락 끌어안았다.

'어, 어어?'

그 바람에 하마터면 넘어질 뻔했으나, 내 등 뒤의 벽이 막아 준 덕에 꼴사나운 모습은 간신히 면했다.

나는 반사적으로 그녀를 떼어 놓으려다가 손을 멈췄다.

"흐윽, 흑, 흑……."

조세화는 내 품에 얼굴을 묻은 채 억지로 소리를 죽인 채, 울음을 터뜨렸다.

"……."

내 가슴팍에 그녀의 눈물이 묻어 뜨뜻미지근하게 젖어들었다.

'……쓥.'

나는 오갈 데 없는 양손을 아래로 늘어뜨리며, 하는 수 없이 그녀의 슬픔을 받아 냈다.

"……."

그렇게 한참 뒤에야 조세화의 흐느낌이 잦아들었다.

조세화는 코를 한 번 훌쩍이곤 내 가슴에서 얼굴을 떼어 냈다.

'옷 다 버렸네.'

내가 손수건을 꺼내 옷을 닦으려니, 조세화가 내 손에서 손수건을 가져가더니 제 얼굴을 닦아 냈다.

"고마워."

"……괜찮아. 손수건은 가져."

"……응. 미안."

나는 아까 전 조세화가 장롱을 열었을 때, 안에서 방석을 보았던 기억을 떠올리며 장롱으로 가, 방석 두 장을 꺼내 바닥에 놓았다.

"그런데 무슨 일이야?"

나는 자리에 앉으며 시치미를 떼고 물었다.

"누가 찾아왔기에 그래?"

"……."

조세화는 아무 말 없이 방석에 앉았다가 긴 침묵 뒤에 입을 열었다.

"광역수사대 김보성 검사님."

알고 있었지만, 나는 놀란 척했다.

"……그 검사님이 여긴 어쩐 일로?"

그녀는 내가 김보성과 아는 사이라는 건 꿈에도 모른 채 대답했다.

"부고를…… 전하러 오셨어."

부고?

조세화는 고개를 숙인 채 손가락을 꼼지락거리더니 담담히 말을 이었다.

"아빠랑…… 작은아버지가 돌아가셨대."

"……."

하마터면, 이번엔 표정 관리를 실패할 뻔했다.

조세화가 고개를 숙인 채여서, 내 얼굴을 보고 있지 않은 것이 천만다행이었다.

그건, 살아생전의 조성광 역시 의도했던 바는 아니었을 것이다.

조설훈이며 조지훈조차 모르는 일이지만, 조세화는 어딘지 모르게 조성광이 어릴 적 여읜 모친을 닮은 듯했다.

격세유전이었으리라.

그래서일까.

비록 그가 처한 입장 탓에 감추긴 하였으나, 조성광은 늘 그막에 얻은 딸아이를 누가 보아도 티가 날 정도로 아꼈다.

　조세화가 이성진에게 했던 말마따나 그녀는 유년기 일부를 조성광의 자택에서 보냈고, 조성광은 무슨 일이 있으면 조세화를 데리고 다니며 많은 것을 보이고, 많은 이야기를 해 주었다.

　그래서 그들은 자각하지 못하고 있었으나, 조성광은 그 나름대로 말년에 깨우친 바를 조세화에게 전수해 왔다.

　타고난 재능도 있었겠으나 조세화는 인격 형성의 과정에 조성광 곁에서 그가 하는 양을 무의식중에 보고 익히며 자랐고, 그럴수록 조세화의 행동거지는 은연중 조성광을 닮아 갔다.

　그렇기에 조성광은 자신의 분신 같은 조세화를 더더욱 아꼈다.

　심지어 그 애착은 '이 아이가 내 딸로 자라 주었더라면' 하는 바람을 무심결에 담을 지경이었다.

　조세화 역시도 자신에게 애정을 쏟는 조부를 잘 따랐다.

　조성광은 자신에게 애정을 보이지 않는 부모를 대신할 존재이기도 했고, 그건 조세화가 기억하는 가장 오래된 기억조차 조성광과 함께하던 어느 날일 정도였다.

　조성광은 그야말로 '자식처럼' 조세화를 아꼈다.

　이러한 유대 관계는 그녀가 어느 정도 자라 학교 문제며

기타 등등의 제반 사항으로 인해 조설훈의 집에 들어간 이후로도 줄곧 이어졌다.

그러니 노년에 들어 심약해진 조성광이 조세화를 상속자로 올린 건, 어찌 보면 당연한 수순이자 어색하지 않은 일이었다.

오히려 조성광의 유언장 작성을 도와준 그의 변호사는 내심 그가 조세화 몫의 유산을 떼어 놓는 것이 장자(조설훈)에게 힘을 실어 주기 위함이라 여길 정도였다.

조세화가 김보성 앞에서 침착함을 유지할 수 있었던 건, 그녀의 성장 환경이 영향을 준 것도 있었겠지만, 김보성이 장례식장을 방문했을 때 이미 마음의 대비를 한 때문이기도 했다.

조설훈과 조지훈의 부재.

그때 조세화는 이미 자연스럽게 그녀가 지난 밤, 조설훈에게 트로피 속 도청장치를 알렸던 일을 떠올리고 있었다.

당초 조세화는 그 일을 무덤까지 가져가려고 생각했다.

다만, 그러기에 앞서 한 가지 단서가 붙었다.

조성광이 VIP 병실에서 중환자실로 병실을 옮기고, 그녀가 트로피 속의 도청기를 발견했던 날 그녀는 스스로에게 다짐하듯 이성진에게 말했다.

「그럴 일은 없어야겠지만, 만일…… 작은아버지가 아빠

를 함정에 빠트리려고 한다면, 그때 가선 나도 각오를 다질 거야.」

　조지훈이 조설훈과 협력 관계로 남을 것.
　그것이 유일한 조건이었다.
　그리고 어젯밤 조세광이 박길태 살해 혐의로 구속되었다.
　어쩌면 조세광이 박길태를 죽였을지도 모른다는 생각을, 그녀도 하긴 했다.
　하지만 그렇다고 해서 그녀가 '무조건적인 정의'를 숭앙하는 성격은 아니었다.
　조세화에겐 생판 남의 억울한 죽음보단 자신의 가족이나 가까운 사람에게 해가 되는 일을 막는 것이 더 중요했다.
　그래서 조세화는 모른 척—하지만 내심 불안해하며—지내 왔는데. 결국 영원한 비밀은 없다는 양, 일은 터지고 말았다.
　경찰차에 올라타기 전, 창 안의 자신을 향해 손을 흔들어 보이는 조세광을 보면서 조세화는 결심을 마쳤다.
　조세화는 어젯밤 조세광이 구속된 것을 난데없이 벌어진 일이라고 생각하지 않았다.
　협의가 이루어지는 자리에서조차 도청기를 설치했던 조지훈이니, 그는 분명 도청 기록을 순순히 파기하지 않고 어디론가 빼돌렸으리라.

그래서 그녀는 조세광의 구속이 조지훈이 경찰에 정보를 흘렸기 때문이라 생각했다.

경찰의 그 기민한 움직임은 무언가 연역적 확신이 있지 않고선 생겨날 수 없으리라, 생각했다.

어쩌면 조세광이 손에 넣으려던 조지훈의 도청 사본은 이미 경찰의 손에 들어갔을지도 모른다.

조지훈에게 애정이 없는 것은 아니나, 조설훈이며 조세광을 대체할 만큼 우선순위가 있던 건 아니었다.

그리고 그녀는 어젯밤 조설훈에게 도청기를 건네며 '내용을 모른다.'라고 했지만, 그건 사실이 아니었다.

남들 몰래 용산 상가를 뒤진 조세화는 도청기 속의 내용을 모두 알고 있었다.

……물론 조설훈이 박상대를 죽이려고 한 것도.

그래서 조세화가 조설훈에게 도청기의 존재를 알릴 당시, 그녀는 이미 조지훈이 무사하지 못하게 되리란 것쯤은 짐작하고 있었던 것이다.

'하지만, 아빠마저 그렇게 되리라곤…….'

결국 조세화가 이성진 앞에서―심지어 자신보다 한 살 어린―울음을 터뜨렸던 건, 그 죽음의 원인이 다름 아닌 자신이리란 죄의식 때문이었다.

이성진이 떨리는 목소리로―이 상황에 이렇게 생각해서는 안 되지만, 조세화는 어른스러운 척하면서도 아직 속내가 어린 이성진을 사랑스럽다고 느꼈다―물었다.

"두 분이 돌아가셨다니, 어떻게 된 일이야?"

조세화는 손수건을 주먹으로 꾹 쥐며 고개를 저었다.

"말씀, 안 해 주셨어. 아직 수사 중이래."

"……."

이성진은 잠시 생각에 잠겼다가 조심스럽게 입을 뗐다.

"혹시 사인이 어떻게 되는지는……."

"……그것도 말씀 안 하셨어."

이 와중에도 위로의 말보다 그런 걸 먼저 묻는 건, 어딘지 모르게 이성진답단 생각이 들었다.

이성진이 고개를 끄덕이더니, 조세화를 물끄러미 바라보았다.

"세화 너, 뭔가 짐작 가는 게 있지?"

조세화가 움찔했다.

"……왜 그렇게 생각해?"

"왜긴."

이성진이 무표정하게 말을 이었다.

"방금 전부터 줄곧 나한테 무언가를 전하려고 했으니까."

이어서 이성진은 조세화의 가슴을 훅 하고 파고드는 질문을 던졌다.

"설마 너, 네 아버지께 도청기를 알렸어?"

"……."

조세화는 아무렇지도 않게 자신의 죄를 들춰내는 이성진이 미우면서도 한편으론 고맙고, 사랑스러웠다.

현시점에서 나온 정보라고는 고작 '조설훈과 조지훈이 사망했다'는 것뿐이고, 김보성은 두 사람의 사인이 무엇인지 발설하지 않았다.

하지만 그건, 그걸 묵비하는 것만으로도 많은 암시와 단서를 제공하는 법이다.

만약 두 사람의 죽음이 단순 사고사—이를테면 빗길에 차가 미끄러졌다든가—라면 김보성도 이를 밝히는 데 주저함이 없었으리라.

그러나 김보성은 유족 앞에서 이를 함구하였다.

'결국 정상적인 죽음은 아니었단 거겠군.'

공멸.

칼부림이라도 했는지는 몰라도, 두 형제는 결과적으로 한날한시에 최후를 맞았다.

그리고 그 둘의 죽음과 조세화가 내게 줄곧 전하려고 했던 이야기는 서로 무관하지 않을 것이다.

'조세화 역시 둘의 사인에 그런 걸 고려하고 있는 모양이고.'

내가 그 부분을 지적해, 혹시 그녀가 조설훈에게 도청기를 알린 건 아닌지 찔러보았더니 아니나 다를까.

그녀는 내 말에 고개를 끄덕였다.

"응. 어젯밤…… 아빠께 알려 드렸어."

"……."

이거 참.

역시, 조세화는 조지훈이 트로피 속에 감춘 도청 장치를 조설훈에게 알린 모양이었다.

"……저번에, 그 일은 누구에게도 알리지 않기로 하지 않았어?"

"맞아. 그랬지."

조세화가 쓴웃음을 지었다.

"그런데 어제, 오빠가 경찰에 체포되는 걸 보고 있으니 왠지 다음 차례는 아빠일 거 같았어."

"……."

"그래서 아빠는 모든 걸 알고 계셔야만 한다고 생각했고."

조세화의 그 어딘지 서글퍼 보이는 미소가 나를 향했다.

"내 입으로 말하기는 뭣하지만 조광 같은 대기업의 장손에게 구속영장이 발부되었다는 건, 경찰도 이미 그 정도의 증거를 손에 넣었단 거잖아?"

그럴 것이다.

'조설훈도 증인의 입을 다물게 만들고자 극단적이고 조잡

한 방법을 골라야 했으니, 여간한 일이 아니라면 사전에 영장 청구도 반려되었겠지.'

즉, 조세광이 체포된 건 이미 김보성이 빼도 박도 못할 증거를 가지고 판사와 협상을 했단 이야기였다.

조세화가 말을 이었다.

"너도 알다시피, 한 차례, 수사가 끝날 것처럼 보이던 때가 있었어. 하지만 그렇게 되지 않았지. 그렇다는 건 경찰은 다른 증거를 찾았다는 걸 거야."

"……다른 증거?"

"응……. 그건 아마도, 별도의 사본."

조세화가 한숨을 내쉬었다.

"작은아버지는 아빠께 보란 듯 원본을 파기했다지만, 그건 사실 막연한 정황뿐이었잖아? 여기서 우리는, 우리가 알지 못하는 별도의 사본이 있었으리란 생각도 가능해."

오호, 제법이군.

물론 그 추리조차 내가 설계한 손바닥 위에서 벌어지고 있는 것이며, 사실과는 다르지만 조세화는 이럭저럭 그 나잇대 여자애가 생각하기 어려운 결론을 도출해 냈다.

"그리고 작은아버지는 이런 상황에 아빠를 공격해서 가장 큰 이득을 얻을 만한 사람이지. 더욱이…… 작은아버지는 그런 상황에서도 트로피 속에 도청기를 감춰 둘 만한 분이니까."

한번 확증편향에 사로잡히고 난 그녀는 조지훈이 파기한 녹취 기록물 외에 별도의 사본을 보관하고 있었으리라 생각하는 중이었다.

거기에 더해, 조세화는 조세광이 구속된 것을 조지훈이 파놓은 함정이라고 생각한 것이었다.

'그리고 만약 그 사본이 경찰에게 전달되었다면, 하고 그녀 나름대로 생각한 모양이군.'

하긴, 사실과는 과정이 다르지만, 결과적으로 그 도청 사본은 경찰에게 전달되었다.

또, 내가 경찰에게 박길태의 녹취 사본을 전달하지 않았다면 조세광이 체포되는 일은 없었거나 좀 더 늦춰졌거나, 그녀의 짐작대로 수사가 종결되었을지도 모른다.

조세화가 나를 힐끗 쳐다보았다.

"……이럴 줄 알았으면 그 전에 너에게 전화라도 할 걸 그랬다 싶지?"

"……."

"하지만 왠지, 그럴 수가 없더라."

"……왜?"

조세화가 웃었다.

"실은 나, 도청기 들어 봤거든."

"……."

역시, 그랬나.

"내용은 말하지 않을게."

조세화는 내가 도청기 내용을 모르고 있으리라 생각하고 있었다.

'애당초 네가 가진 그것조차 내가 가져다 둔 사본인데.'

조세화가 미소를 거두며 말을 이었다.

"다만, 나는 그걸로 아빠가 무슨 일을 해 왔는지, 또 무얼 할 건지도 알았고, 그게 떳떳하지 못한 일이란 것도 알았어. 하지만…….."

그녀가 입술을 잘근 깨물었다.

"그런 거야말로 우리 집안이 지금껏 해 온 일인걸."

조세화가 주먹을 꾹 쥐었다.

"아니, 그제야 처음으로 우리 집안이 무슨 일을 해 왔는지 알게 되었단 건 아니야. 그동안 나는 그걸, 막연하게 알고 있으면서도 모른 척해 왔던 거지."

조세화의 목소리에 물기가 묻어났다.

"그치만, 나는 그런 집안에서 태어났고, 이런 집안에서 태어난 덕분에 남들보다 풍족하게 살고 있어. 결국 나 역시도 그 모든 일의 일부분이었단 거야. 나를 구성하는 모든 건, 그렇게 만들어진 거지."

스르르.

조세화가 쥐었던 주먹에 힘을 풀었다.

"또, 그러면서도 이 집안에 자부심을 느꼈던 내가 싫었어.

그러고 나니까, 왠지 너에게 연락을 하는 게…… 무서웠어. 네가 이런 나를 경멸할 거라고 생각했어."

그래서 한동안 내게 연락을 하지 않았던 건가.

조세화가 나를 보면서 자조적으로 웃었다.

"사실이 그렇잖아? 명색이 대기업이다 뭐다 하고 있지만, 우리는 너네 같은 독립유공자 집안이랑 달리, 처음부터 다른 사람을 짓밟고 이 자리에 서 있는걸."

글쎄.

삼광이라고 해서 그렇게까지 떳떳한 사업가 집안은 아니다만.

그녀는 내 침묵을 어떻게 받아들였는지, 손등으로 눈가를 훔쳤다.

"하지만 나도 이런 결말을 바란 건 아니었어."

"……"

"나 때문이야. 나만 입 다물고 있으면 됐는데……."

조세화가 울먹였다.

'어쨌건 조세화는 이번 사태의 원인이 자신이라고 여기는 모양이군.'

그럴 수도 있고, 아닐 수도 있고.

조세화가 조설훈에게 도청기의 존재를 일러바친 건, 두 사람의 이번 죽음에 직접적인 원인은 아닐지라도 간접적인 요인 정도는 제공했을지 모른다.

그렇다고 해서 '단지 그것만으로' 조설훈이 조지훈을 해코지하려 들지는 않았을 것이다.

　나는 잠시, 그녀에게 위로의 말을 건네야 할지, 아니면 그런 감정적인 요소를 배제한 조언을 해야 할지.

　아니면 이대로 그녀를 몰아붙여 모든 원인을 조세화의 탓으로 돌려 버릴지 망설였다.

　'지금 시점이라면 세 번째 방안도 나쁘지 않아.'

　전생부터 그녀를 지켜본 바, 조세화는 조성광의 피를 가장 짙게 물려받은 인물이다.

　또한 결과적으로, (그녀도 짐작은 못하고 있으나)현시점에서 조세화는 조성광의 유산을 고스란히 물려받을 존재가 되었다.

　그러니 나로서는 조성광의 피를 물려받은 조세화가 이후로도—혹시나 모든 진실을 알게 된 뒤에도—내게 호의적이리라곤 장담하기 어려우니, 이 기회에 그 싹을 밟아 두는 것도 나쁘지 않다.

　사람의 마음이 가장 약한 순간, 이를 흔들어 그녀를 지금 이상으로 내게 의존하도록 만드는 것도, 어쩌면 가능하리라.

　그렇게 된다면 조세화는 경영에서 손을 떼고 구봉팔에게 모든 걸 일임하게 된다는 이상적인 시나리오로 흘러갈 수도 있겠지만…….

　'지금 상황에 그건 별로 바람직하지 않군.'

　사태는 내가 고려한 것 이상으로 급진적으로 흘러가고 말았다.

더군다나 아직 나도 모든 상황을 다 파악한 건 아니다.

하물며 조설훈과 조지훈 두 사람이 어떤 방식으로 죽음을 맞이하고 말았는지, 나는 모른다.

'영영 알 수 없을지도 모르지.'

만약 상황이 지금과 달리, 조설훈이나 조지훈 둘 중 한 사람이 살아 있다는 방향으로 흘러가기만 했더라도 나는 주저하지 않고 그녀를 벼랑 끝에서 밀었을지 모른다.

조지훈이 죽었을 뿐이라면 그건 그것대로 조설훈을 공격할 구실이 되고, 조설훈이 죽었을 뿐이라면 내분을 조장해 조세화에게 힘을 실으면 그만이다.

하지만 주지하듯 '애석하게도' 두 사람은 한날한시에 죽고 말았다.

'기껏 다 차려 둔 밥상을 엎어 버릴 수는 없지.'

이 상황에 조세화가 구심점이 되어 주지 않으면 조광은 그야말로 사분오열되어 그룹 자체가 해체되어 버릴지 모를 일이다.

'그래도 현 상황은 내게 결코 나쁘지 않아.'

관건은 이 천재일우의 기회를 어떻게 활용하느냐는 것뿐.

나는 조세화의 손을 맞잡았다.

그녀는 몸을 움찔하며 나를 보았으나, 잡힌 손을 빼지는 않았다.

"네 잘못이 아니야."

"……."

"또, 설령 너희 가족이 무슨 일을 해 왔건, 그건 네가 너 스스로를 탓할 문제도 아니야."

조세화가 고개를 떨어트렸다.

"……그래도 만일 내가 그 사실을 아빠께 알리지 않았더라면……."

"그 만약의 결과는 알 수 없어. 짐작할 수도 없고, 더군다나 우리는 아직, 두 분이 어떻게 돌아가셨는지 알지 못해."

나는 재차 말을 이었다.

"너는 지금 잘하고 있어. 나라면 세화 너처럼 할 수 없었을 거야."

어린애를 위로하는 일이 익숙하진 않지만, 나는 최선을 다해 조세화를 다독여 주었다.

사실, 그 어떤 말을 해도 위안은 되지 않으리라.

나는 조세화의 입장이었던 적도 없고, 그녀가 될 수도 없다.

그러니 내가 던지는 모든 위로의 말은 알맹이 없이 텅 비고 공허한 것이다.

하지만 말뿐인 위로라 할지라도, 그걸 받아들이고 소화하는 건 오롯이 본인의 몫이다.

내가 하는 말이 그녀에게 위로가 된다면, 그건 그녀의 가슴속에 잠재한 어떤 요소를 자극한 결과에 불과하다.

조세화가 조심스럽게 고개를 들었다.

눈가엔 눈물이 그렁거렸지만, 그 눈물은 조부의 죽음이나 부친의 죽음에서 기인한 것이거나 어떤 슬픔에서 비롯했단 생각이 들지 않았다.

"내가 잘하고 있다니? 나는 지금 아무것도 하지 않고 있는걸."

"일단…… 나를 부른 건 잘한 일이야."

풋.

조세화가 웃었다.

"뭐야, 그게."

사실, 입 밖에 내지는 않았지만 그녀가 김보성에게 축객령을 내리지 않은 것만으로도 이미 한 고비는 넘긴 상황이라 할 수 있었다.

'조세화는 지금 어쨌건 구심점 역할을 해내려 하고 있지. 그건 그녀의 장래를 위해서도 나쁘지 않은 선택이었어.'

조세화는 내 손에 잡힌 손을 빼내며 눈가를 훔쳤다.

"내가 싫어진 건 아니야?"

"그럴 리가."

나는 어깨를 으쓱였다.

"고작 그런 일로 너를 싫어할 거라면 친구가 되지도 않았어."

"……응."

"오히려 이런 상황에 제대로 된 위로도 못하는 나를 네가 싫어하지 않아서 다행이지."

조세화는 귓바퀴를 붉히며 고개를 숙인 채 무어라 혼잣말을 중얼거렸다.

"……."

"……뭐라고 한 거야?"

"아무것도 아니야."

다시 고개를 든 조세화는 그 얼굴에 한 점의 미혹도 보이질 않았다.

"이젠 괜찮아. 지금은 슬퍼하기만 할 때가 아니니까."

또한 거기엔 왠지, 방금 전 아버지의 부고를 들은 사람이라고는 전혀 생각지도 못할 늠름함마저 느껴졌다.

'뭐야, 진짜로 멀쩡하잖아.'

새삼, 그녀를 책망한단 선택을 하지 않길 잘했다고 생각하며 나는 속으로 혀를 내둘렀다.

상황이 사람을 만드는 걸까, 아니면 그럴 만한 자질이 있는 사람이 상황에 맞춰 각성하는 걸까.

그랬다간 괜히 적을 늘리기만 할 뻔했다.

'……어쩌면, 조성광이 조세화에게 유산을 물려주기로 한 건 단순한 노망이 아니었을지도 모르겠군.'

조세화가 차분한 어조로 말을 이었다.

"다만, 그래도 지금은 냉정한 판단이 힘들어. 그러니까 조금, 도와주지 않을래?"

나는 고개를 끄덕였다.

3장

상주가 부재한 조성광 회장의 장례식은 조세화가 상주 대
리를 맡아 지휘하였다.

이때 조세화는 구봉팔을 불러 장례식장을 통솔하게끔 하
였는데, 당시만 하더라도 조설훈과 조지훈의 널리 죽음이
알려지지 않아 그 자리의 많은 인원들이 이를 경계하였다고
한다.

조설훈과 조지훈의 죽음이 세간에 알려진 것은 조성광의
사망 다음 날 아침 뉴스 속보를 통해서였다.

광수대 측은 조설훈과 조지훈의 사인에 대해 언론에 발표
하지 않았으나, 국내 굴지의 대기업인 조광 그룹 2대가 한날
한시에 줄초상을 맞았다는 건 그 자체만으로도 여러모로 시

끌벅적한 일이었다.

줄곧 비가 내려서일까, 아니면 '정승이 죽고 난 장례식'이어서일까.

조성광 회장의 장례식장을 찾는 문객은 많지 않았다.

오히려 무슨 일인지를 묻는 기자들이 장례식이 이루어지는 조성광 회장의 자택 입구에 진을 치고 앉아 무언가 특종을 건져 가려 아우성이었고, 그 탓에 조문객들은 기자들을 피해서라도 좀처럼 장례식장에 발길을 하지 않을 정도였다.

그중 조설훈의 장남인 조세광이 장례식 이튿날째 조문을 한 뒤, 구치소로 조용히 돌아가는 모습이 기사에 실리기도 했다.

조설훈 및 조지훈의 유족 측은 검찰의 부검 요청에 적극적으로 응했다.

요청 중에는 조성광의 부검 요청도 있었는데, 유족은 '시신을 크게 훼손하지 않는 선에서' 조성광의 시신을 확인하는 정도로 승인하였으나, 그 결과 조성광의 사인은 병원 측이 제출한 기록과 일치했다는 형식적인 보고만이 남았다.

3일째가 되는 날, 발인을 마치고 난 뒤 유족이 모인 자리에 조성광의 유언장 작성을 도왔던 변호사가 찾아와 유언장을 낭독하였다.

'조설훈, 조지훈, 조세화 세 사람에게 유산을 상속한다.'

이 바닥에 관심을 기울이던 사람들에게 그 내용은 충격적이었다.

(현재 상황도 조성광의 본의는 아니었겠으나)고작 중학생에 불과한 여자아이가 하루아침에 조광 그룹의 최대 주주로 부상했단 소식은 또 한차례 언론을 시끄럽게 했으나, 정작 당사자인 조세화는 슬픔에 지쳐서인지 담담한 반응이더란 안타까운 내용의 입소문이 여기저기 퍼져 나갔다.

세간의 관심은 식을 새도 없이 조세화를 향했다.

검사 측은 검사지휘서를 발부하여 부검을 마친 조설훈의 장례 절차 진행을 허가하였다.

조세화 역시 슬픔을 추스를 새도 없이 조설훈의 장례식을 연거푸 준비해야 했다.

얼마 전 대대적으로 기자회견을 열었던 때와 달리 광수대 측은 조설훈과 조지훈의 사인을 밝히지 않았으나, 어디에선가 두 사람의 죽음이 형제간의 다툼 때문이라는 소문이 돌았다.

정말로 그래서일까, 조설훈과 조지훈의 장례식은 유족들이 서로 마주치는 일 없이 멀리 떨어진 장소에서 별도로 진행되었다.

조성광의 장례식장보다 조설훈의 장례식장을 찾은 조문객이 더 많았다.

개중에는 조광의 새로운 후계자로 낙점된 조세화를 향한

호기심으로 발걸음을 한 사람도 있었으나, 이때도 구봉팔은 조세화의 곁을 지키며 잡배들을 물리쳤다.

조지훈의 장례식장은 경우가 조금 달랐다.

조성광의 유산 중 유류분을 제외하곤 얻어 갈 것도 없을뿐더러, 조지훈의 자제는 조세화보다 한참이나 어렸다.

그러니 조지훈의 장례식장엔 응당 조문객이 없어 한산할 것이란 세간의 예상과 달리, 그 장례식장에는 나름의 인물들이 모여들었다.

우선 조광 그룹 내에서도 나름 의리파로 손꼽히던 조지훈의 직속 부하들이 자리를 채웠고, 광금후를 위시한 조설훈과 대립하던 OB 등이 속속들이 조지훈의 장례식장을 찾았다.

즉, 조설훈이나 조지훈이 살아 있더라도 생겨났을 조광의 분열은 두 사람의 죽음으로도 덮이지 않고, 오히려 그럴듯한 명분—꼬맹이에게 이 회사를 맡길 수는 없다—마저 등에 업은 채 그룹 내 파벌 다툼을 보다 노골적으로 드러낸 것이었다.

뻔하고 조악한 명분이었으나, 한편으론 효과적인 구실이었다.

애당초 조광은 창업자인 조성광과 그의 장남인 조설훈, 2대(代)로 이어지는 카리스마가 구심점이 되었던 회사였다.

하물며 조설훈이 유력 후계자로 거듭났을 때조차 잡음이 들리던 조광일진대, 조성광의 젊을 적을 빼다 박은 듯하다는 평가를 듣던 조설훈조차 사망하고 난 지금, 조광은 난데없이 (역량이 검증되기는커녕, 아직 새파란 꼬마 여아)3대째 후계자를 받아들여야 하는 것이다.

그런 상황이니 '초대 회장님과 함께 동고동락하며 조광의 성장을 함께한' 구태들로선 '진정으로 회사의 장래를 걱정한다면' 조세화가 가질 경영권을 빼앗아 '전문경영인'에게 맡기는 것이 조광을 아끼고 사랑하는 주주들에게도 바람직하리란 구실이 서는 것이다.

이렇게 조광은 신흥 세력을 대표하는 조세화 파벌과 기성세력을 대표하는 조지훈(?) 파벌, 두 개로 분열되었다.

기자들은 조설훈의 장례식장을 찾은 조문객과 조지훈의 장례식장을 찾은 조문객을 비교해 가며 조광의 분열을 떠들어 댔고, 조광의 주가는 나날이 하락세를 이어 가며 시중엔 조광의 주식이 풀려 나갔다.

"조광이 돌아가는 꼴을 보아하니, 이거 왠지 얼마 전 삼광그룹이 생각나게 하는걸."

퇴직(복귀 예정)이 머지않아서일까, 김민혁은 오늘도 신문을 보며 내 사장실에 죽치고 앉아 뻔뻔하게 농땡이를 피우는 중이었다.

'확 재취업도 없던 일로 해 버릴까 보다.'

그런 내 생각을 알 리 없는 김민혁이 조간신문을 탁자 위에 놓으며 말을 이었다.

"그 왜, 너희 조부님이 병원에 입원하셨을 때 말이야. 아, 지금은 정정하시지?"

"그럼요."

너무 건강해서 (이런 말 하긴 뭣하지만)이상할 정도지.

지금 이휘철 상태라면 은퇴를 번복하고 다시 삼광 그룹 회장 자리에 앉아도 될 정도다.

'오히려 그렇게 하지 않는 게 이상할 정도야.'

나는 어깨를 으쓱이며 김민혁의 맞은편에 앉았다.

"지금 조광을 그때 삼광이랑 비교하면, 오히려 조광은 더 위태롭죠. 최소한 그때 저희 그룹은 친척 어르신들이 구심점을 잡아 주셨거든요."

그건 이휘철이 생일날 발표한 내 종조부(從祖父)의 '독립유공자' 이야기가 효과적으로 먹힌 것이리라.

'즉, 한 자리씩 챙겨 줄 테니까 선 넘지 말란 암시였지.'

마침 삼광 그룹 계열사의 한 자리씩을 차지하고 있던 이들은 이휘철의 그 발언 속에 담긴 함의를 어렵지 않게 읽어 냈고, 그 덕분에 이태석은 (전생에 있었던)여타 방해 없이 오롯이 삼광전자에만 몰두할 수 있었다.

김민혁이 피식 웃었다.

"그래도 그때 너희 아버지께서 하신 건 가히 교과서적, 아니다, 이건 오히려 구태의연한 인상이군, 그러니까, 흠, 어쨌건 그 대처 방식은 추후 경영사에 길이 족적을 남길 만한 명안이었다고 생각해."

그러며 김민혁은 '불량제품 화형식이라니' 하고 중얼거리며 웃었다.

하긴, 이태석의 '화형식'은 전생에도 시대를 초월한 센세이셔널한 퍼포먼스였다고 평가되곤 했으니.

"덕분에 삼광전자는 세대교체도 성공적으로 이루어 냈고, 신사업인 핸드폰 사업에 품질을 최우선하겠다는 마케팅과 상징성, 세 마리 토끼를 잡았지. 왠지 지금 생각해도 그만한 게 없는 거 같단 말이야."

그 아들 앞에서 보란 듯 이태석을 추앙한 김민혁이 웃음을 거두며 말을 이었다.

"그런데 문제는 조광에겐 그럴 만한 인물도, 동력도 보이질 않는단 거겠지."

김민혁이 조광을 걱정하는 모습에선 왠지 단순한 잡담 이상의 의미가 있는 듯해서 굳이 물어보았다.

"혹시 조광 주식 가지고 계세요?"

"아니. 왜?"

"형이 새삼 조광을 걱정하시기에."

"……왜, 할 수도 있지."

김민혁이 어깨를 으쓱였다.

"지금 와서 조광이랑 우리 회사는 남남도 아니잖아? 일단 우리는 새마음아동복지재단의 후원 기업이기도 하고…… 너도 조세화란 여자애랑 친하다면서."

흠?

재벌가 커뮤니티 사이에선 그렇게 받아들여지고 있는 건가.

김민혁은 왠지 모르게 떨떠름해하는 얼굴로 커피를 한 모금 마셨다.

"게다가 너, 장례식장에도 연거푸 갔잖아. 조성광 회장이랑 조설훈 사장. 게다가 조성광 회장 생전엔 병문안도 몇 차례 갔다지?"

"아, 예. 그랬죠."

딱히 숨기려 했던 건 아니었으나 그렇다고 노골적으로 드러낸 것도 아니었는데, 최근 조세화가 화제의 중심에 오르다 보니 주변을 서성이던 나 역시 물망에 오른 모양이었다.

'또, 김민혁의 말에 의하면 나는 이미 이래저래 화제의 중심에 있었던 모양이고.'

김민혁이 물었다.

"그래서, 어때?"

나는 녹차를 홀짝이며 말을 받았다.

"뭐가요?"

"그……. 뭐랄까, 당사자를 앞에 두고 묻긴 뭣하다만."

김민혁이 말을 이었다.

"진짜 사귀는 사이냐?"

녹차를 뿜을 뻔했다.

"아닙니다."

나는 단호하게 말했다.

"우린 그냥 친구 사이예요."

말하고 보니 열애설 직후 기자회견에 나온 연예인의 뻔한 변명 같단 생각이 들었다.

그래서일까, 김민혁은 의심의 눈초리를 거두지 않은 채 나를 물끄러미 쳐다보았다.

"친구라고?"

"네. 예전에 재종형님의 소개로 알게 되었어요."

"네 재종형님이라면, 시저스 2호점 공동사장인……."

"예, 이진영이라고 합니다."

뭘 그리 꼬치꼬치 캐묻고 그러나.

슬슬 선 넘지 말라는 경고를 보내야 하나, 생각하려니.

"흐음. 그렇다면야."

그는 그쯤 하면 내 상열지사에 대한 추궁은 끝났다는 듯 곧장 다른 주제로 넘어갔다.

"구봉팔 이사님도 그때 알게 된 사이고?"

"아, 네. 그랬죠."

"그러면 혹시 지금 구속되었다던 그 집 장남, 조세광도 아
는 사이냐?"

캐묻는 의도를 알 수가 없군.

나는 대답 대신 물었다.

"뭔가 이상한 소문이 도나요?"

"……그게 이상하다면 이상하고, 아니라면 아닌데."

김민혁이 머리를 긁적였다.

"이번 일로 가장 큰 이득을 볼 게 우리란 이야기가 있어
서."

"……."

"아, 대수로운 이야기는 아니야. 어디까지나 그렇지 않을
까 하는 분석이 나오는 정도지."

김민혁은 내 언짢음을 의식했는지 딱 잘라 선을 그었다.

"아무래도 조광이란 그룹이 물류 유통으론 국내에서 알아
주는 회사잖냐. 그리고 마침 우리는 S&S라는 합자회사를 경
영 중이기도 하고."

김민혁이 말을 이었다.

"왕좌가 비면 자연스레 의자 뺏기 싸움이 벌어지기 마련이
지. 그래서 개중엔 요즘 두각을 보이기 시작하는 S&S 측이
그 빈자리를 노리려 하지 않겠냐는 말도 나오는 중이야."

무슨 이야기인가 했더니.

"나 참."

나는 김민혁에게 보란 듯 피식 웃었다.

"유통은 유통이지만 저흰 분야가 달라요. 물류 전반을 다루는 조광과 달리, S&S는 신선 식품 위주고 따라서 별도의 유통망을 꾸려야 하거든요."

김민혁이 고개를 주억거렸다.

"으음, 그렇긴 하지. 나도 그쪽은 겉핥기 지식뿐이지만, 조광의 유통망이 선 형태라면 우리는 보다 점 형태에 가깝다곤 들은 것 같아."

"그렇습니다. 뭐, 경우에 따라선 어느 정도 반사이익을 볼 부분도 있을지는 모르겠네요. 하지만 고작 그 정도의 반사이익만 보고 제가 조광에 계획적으로 접근했다면, 그건 다소 어폐가 있지 않겠어요?"

"……"

내 지적에 김민혁은 멋쩍은 미소를 커피 잔으로 감췄다.

"그야 그렇지. 나도 그렇겐 생각하지 않았어. 내가 먼저 말해 놓고 이런 말하긴 뭣하지만, 그런 이야기가 있단 정도만 알아 두고 신경 쓰지 마. 원래 남 이야기 좋아하는 부류에겐 음모론도 따라다니기 마련이거든."

"……"

"그래도 아니라니 됐어. 혹시 네가 뭔가를 의도하고 있었다면 우리라도 조광에 도움을 주긴 해야 하나, 생각해서 꺼낸 말이야."

나는 '그러면 말을 하지 말든가' 하고 한 소리 해 주려다가 생각을 고쳤다.

"뭐, 그래도 아주 틀린 이야긴 아니에요."

"엥?"

김민혁이 눈을 껌뻑였다.

나는 깍지 낀 손을 무릎 위에 올렸다.

"보다 구체적으로 말씀드리자면 이번 일에 저희가 S&S를 이용한 반사 이익은 없을 것이란 겁니다."

김민혁이 자세를 고쳐 앉았다.

"다른 일은 있단 거군."

"예. 조광과 협업하는 건 한참 전부터 고려하고 있던 거예요. 그렇다고 해서 이번 사건마저 계획에 있었다는 건 아니지만요."

난들 조설훈이랑 조지훈이 죽을 줄 알았겠는가.

내 계획상으론 어디까지나 조세화가 상속받을 지분을 독립시켜 이용하려는 수준에 불과했다.

'지금은 오히려 그 스케일이 커지고 말았는데……. 어떻게 흘러갈진 두고 봐야겠군.'

더군다나 조세화가 나를 의지하고 있으니, 상황 자체는 나쁘지 않다.

나는 녹차를 한 모금 마셨다.

"얼마 전 저희가 출판사를 인수 합병했다는 건 형도 알고 계실 겁니다."

"응. 제법 오랫동안 공들인 일이었잖아."

김민혁이 어깨를 으쓱였다.

"그런데 출판사를 인수한 것과 유통 특화 기업인 조광 사이에 무슨 상관관계가 있단 거야? 뭐, 그야 전국 각지로 책을 옮길 굵직한 유통망 확보는 가능하겠다만."

"그게 관건이죠."

나는 김민혁에게 빙긋 웃어 보였다.

"저는 그걸 통해 전국에 유통 네트워크를 조성할 계획입니다."

김민혁은 잠시 어리둥절해하더니 딱 하고 손가락을 튕겼다.

"아, 혹시 아마존처럼?"

이 시대에 벌써 아마존을 알고 있다니? 그 말에 나는 조금 놀랐다.

"……아시네요?"

"야, 야. 명색이 SJ컴퍼니의 CHO 아니냐. 이 정도는 알아 둬야지."

입을 삐죽이며 툴툴거리던 김민혁이 볼을 긁적였다.

"뭐, 잘난 척 말하긴 했지만 사실은 나도 민정이한테 들은 거야."

엥.

나는 김민혁을 향해 눈을 가늘게 떴다.

"……그 민정이가 혹시 제가 아는 김민정은 아니죠?"

"너도 잘 아는 내 동생 김민정 맞거든."

이거 참, 의외의 원석이 가까운 곳에 있었군.

'딱히 김민정의 역량을 평가절하한 건 아니지만.'

매일같이 학교에서 보다 보니, 나도 모르게 그녀를 '내가 아는 전생의 김민정'이 아닌, '초등학생 김민정'이란 잣대로 두고 본 모양이었다.

김민혁이 소파에 등을 기댔다.

"좀 더 정확하게 말하자면 민정이가 미국에 사는 펜팔 친구에게 들은 내용이야. 그 왜, 퀄컴의……."

나는 그 대목에서 이휘철의 생일잔치 때 만났던 여자애를 머릿속에 떠올렸다.

"박세나 말이죠?"

퀄컴 한국 지부 수석연구원인 박건형의 딸.

한국어보다 영어가 더 능통한 소녀였다.

"응. 맞아, 걔. 그때부터 쭉 펜팔을 해 온 모양이더라고."

그녀와는 나도 이따금 영어 공부 겸 안부를 주고받고 있었지만, 그녀가 김민정과도 우정을 이어 오고 있는 줄은 몰랐다.

김민혁이 말을 이었다.

"민정이한테 주워들은 내용이지만 캘리포니아 쪽은 요즘

IT산업이 대세라더라. 실리콘밸리랬나? 그러다 보니 덕분에 나도 아마존이란 회사 정도는 알게 됐지."

"……펜팔치고는 꽤 전문적이군요."

김민혁이 어깨를 으쓱였다.

"뭐, 박세나라는 애도 집안 환경이 환경이다 보니, 그런 이야기도 자연스럽게 나오지 않았겠어?"

"……."

"게다가 민정이도 마침, 존경해 마지않는 오빠가 하는 일이니까 관심을 가진 모양……이라는 건 농담이고."

김민혁이 얼굴에 드리운 웃음기를 살짝 거둬들였다.

"맞아, 펜팔치고는 꽤 전문적이지. 거기 쓰이는 용어는 일상 용어도 아니고, 그건 단순히 영어 공부를 겸하는 수준을 넘어서는 거야. 심지어 일부러 알고자 하는 게 아니면 평생 모를 수도 있는 내용이니까."

"……."

김민혁이 커피를 한 모금 마셨다.

"새삼 뭘 감추겠어? 네 영향이야."

"……."

커피 잔을 내려놓은 김민혁이 나를 진지한 얼굴로 쳐다보았다.

"너도 알고 있겠지만, 민정이가 너를 꽤 좋아한다."

"……그건."

나도 알고 있다.

그건 딱히, 언젠가 한성진이 내게 했던 말 때문에 알게 되었단 건 아니다.

나도 이번 생의 내가 인기 있다는 것쯤은 자각하고 있다.

하지만 그건 이 빌어먹을 몸뚱이의 빌어먹게 잘생긴 외모 덕을 본 것에 불과했다.

'전생에도 이성진에겐 그놈을 따라다니는 여자들이 끊이질 않았지.'

외모면 외모, 배경이면 배경, 외적 요인만 놓고 본다면 이성진은 누구에게도 꿇릴 게 없으니까.

다만.

'그건…… 내가 아니야.'

나를 사랑해 주는 이들은 모두, 내 껍데기인 이성진을 보고 있는 것에 불과했다.

게다가 현시점에서 나를 연모하는 대상이라고 해 봐야 어디까지나 내 육체적 나이 또래(기껏해야 중학생 남짓한 연상)가 상대일 뿐이었다.

그러니 나를 향한 어린애들의 일방적인 애정은 내게 거추장스럽기만 할 뿐이었고, 하물며 실제 나이가 마흔을 넘는 내가 꼬꼬마들과 연애 놀이라니, 상상도 하고 싶지 않다.

이런 상황에서 사정 모르는 어린애들 사이의 치정에 말려드는 건 질색이기도 했고, 하물며 김민정과의 사이엔 한성진이 끼어 있는 것이다.

나로서는 이성진의 몸뚱이에 들어가 있는 나 자신보다 한 성진을 우선하고 싶었다.

김민혁이 내게 손바닥을 보였다.

"아, 그렇다고 오해하지는 마. 나는 그런 문제에 대해선 응원도 반대도 하지 않아. 걔가 뭘 하건, 그건 그 애 인생이 니까. 오지랖을 부릴 생각은 없어."

"……."

"오빠로서 내 역할은 혹시나 찾아올지 모를 동생의 사춘기 적 방황에서 마지노선을 지키는 것뿐이라고 생각하거든."

그건 한편으론 김민혁답군.

김민혁이 싱긋 웃었다.

"사실, 얼마 전까지만 해도 민정이는 초등학교를 마치자 마자 유학을 보낼까 이야기가 나온 적이 있었어."

그건 나도 아는 내용이지만, 김민혁의 말이 함의하는 뉘앙 스는 내가 알던 것과 달랐다.

"……그래요?"

"응. 아버지가 해외 지사로 발령을 받아서, 어머니도 함 께."

실제로, 전생의 김민정은 초등교육을 마치자마자 해외로 발령 난 그녀의 부친을 따라 유학길에 올랐다.

"그런데 애가 한사코 한국에 남겠다고 하더라고."

"……."

나로 인해 김민정의 인생에 변화가 생기는 건가?

김민혁이 말을 이었다.

"나야 성인이고, 학교도 여기 있는 데다가 내 앞가림쯤은 하니까 아버지를 따라갈 필요가 없지만…… 민정이는 아직 애잖아? 우리 부모님을 따라가는 게 당연한데도 그래. 심지어 그럴싸한 포트폴리오까지 만들어서 부모님을 설득했다니까?"

피식하고 웃은 김민혁이 진지한 얼굴로 커피 잔을 만지작거렸다.

"……사실 내가 대체복무제를 알아본 것도 그거 때문이지. 민정이 뜻이 그렇다니 나라도 한국에 남아서 동생 뒷바라지를 해 줘야겠다 싶었거든. 그렇다고 군대에 들어가 있으면 손 많이 가는 꼬맹이 보호자 노릇도 사실상 불가능할 테고, 이런 일로 애를 친척 집에 맡기기도 뭣하니까."

하긴, 김민혁네 집안은 금일에서도 겉도는 느낌이었지.

'하지만 김민혁조차 그 영향을 받을 줄은 몰랐는데.'

아니, 김민혁이 자신의 진로를 결정한 건 내 영향이 더 클 것이다.

오히려 나로 인해 바뀐 김민혁의 인생이 김민정으로 하여금 유학을 포기할 좋은 구실이 된 것이리라.

'흐음, 그렇다곤 하지만 나 때문에 유학을 포기했다니, 그

건 그것대로 부담스러운 일인데.'

김민혁이 내 생각을 읽기라도 한 듯 말을 이었다.

"아, 혹시나 해서 하는 말이지만, 너한테 홀딱 반했단 이유만으로 한국에 남겠단 생각을 할 만큼 징그러운 애는 아니야. 집안 내에서도 유학은 신중해야 한다고 생각했고, 원래도 되도록 한국에서 학업을 마치게 하고 싶었거든."

그렇다니 그나마 다행이군.

"요즘 들어 걔 나름대로 진지하게 장래를 생각하는 모양이다. 그중엔 이 회사에서 일하는 것도 고려 대상이겠지. 나중에 한번 채용도 고려는 해 봐."

"혹시 취업 청탁인가요?"

"하하, 부하로 들어오기만 하면 험지로 마구 굴려 주고 싶은 게 오빠의 마음이지."

친남매 맞네.

김민혁은 커피를 한 모금 마신 뒤, 잔을 내려놓았다.

"……뭐, 방금은 응원도 반대도 하지 않겠다고 했지만, 솔직히 말하면 조금 응원해 주고 싶긴 해. 네 배경 같은 건 접어 두고라도 너만큼 괜찮은 녀석은 좀처럼 없으니까."

칭찬인가?

"뭐, 최소한 내 동생을 생활고에 시달리게는 하지 않겠단 의미에서 그렇다는 거다. 왜, 능력이랑 **뺀질뺀질**한 얼굴만 **빼고** 보면 너, 성격은 영 꽝이잖아?"

칭찬이군.

그렇다곤 해도 명색이 고용주인데, 사장한테 못 하는 소리가 없네.

"됐고."

김민혁이 픽 웃으며 말을 이었다.

"잠시 옆길로 샜지만, 아무튼 네가 아마존을 롤모델로 생각하고 있다는 건 알겠어."

김민혁이 몸을 앞으로 기울였다.

"하지만 어중간한 벤치마킹은 안 하느니만 못하단 거, 너도 알지? 나도 그 뒤에 흥미가 가서 따로 조사는 해 보았지만, 아마존이 각광받고 있는 건 어디까지나 그게 미국에 있어서야. 우리나라보다 훨씬 땅덩이가 넓고, 인구가 많은 시장이니 손에 넣기 힘든 책을 빠르게 배송한다는 장점이 극대화될 수 있는 거지."

김민혁이 어깨를 으쓱였다.

"반면에 우리나라의 경우, 절판되었거나 재고가 없는 책은 동네 서점에 문의해도 구하는 게 어렵지 않아. 물론 편의성 측면에선 어느 정도 디지털 기반의 전산망을 구축해 둘 필요는 있지만, 굳이 힘들여 구하려 드는 사람은 많지 않은 데다가 시장 자체가 크지 않거든. 결국 미국과 우리는 토양이 다르고 시장의 규모도 다른 거야."

제법 자세히 분석하고 있었군.

김민혁의 말마따나 시내로 나가기 위해 최소 몇십 분은 운전해야 하는 미국과 대중교통만으로 시내에 들어갈 수 있는 한국은 환경이 다르다.

어디서 출발하건 하루 안에 전국 각지가 닿을 거리인 한국은 미국만큼 '유통'에 어려움을 겪지는 않는 환경인 것이다.

김민혁이 커피를 한 모금 마셨다.

"……뭐, 아직도 막연하기만 할 뿐인 인터넷에 물리적 실체를 부여한 점은 주목할 만하긴 하지만, 그게 큰 돈벌이가 된다고는 보지 않아. 실제로 아마존의 매출도 그리 높다고는 하지 않는다고들 하고."

다만 김민혁의 사고는 어쩔 수 없는 시대적 한계에 부딪혀 그 자리에 머물러 있었다.

'그걸 두고 김민혁을 무능하다고 평가할 수는 없지. 오히려 똑똑하기 때문에 자신이 아는 사고의 한계에 갇혀 있는 거야.'

나는 빙긋 웃으며 입을 뗐다.

"맞아요. 아마존이 한 건 기념비적이지만, 그 자체론 큰 돈벌이가 되지 않죠."

"그렇지?"

"하지만 그건 어디까지나 첫 단추일 뿐이에요."

뭐, 그러는 나도 미래에 관한 지식이 있으니 잘난 척할 수 있는 것에 불과하지만.

김민혁이 눈을 동그랗게 떴다.

"첫 단추라니?"

"형, 아마존이 과연 미래에도 책만을 팔고 있을까요?"

오히려 김민혁은 영리하기 때문에, 선입견을 깨트릴 사소한 단서 하나만 던져 주어도 알아서 답을 찾아낸다.

"……과연."

김민혁이 눈을 가늘게 떴다.

"책은 그 시작일 뿐, 다른 것도 얼마든지 판매할 수 있다는 거지?"

"저라면 그럴 거예요."

유상훈에게도 같은 내용으로 이야기를 한 적이 있지만, 그는 유상훈보다도 일찍 이를 깨우쳤다.

김민혁이 혼잣말을 중얼거렸다.

"……흠, 박리다매로 고객을 끌어들인 뒤, 유통망을 만들어 규모의 경제로 나아가는 건가. 그리고 서점이란 건 모세혈관처럼 세세한 유통망의 길을 트는 요소고. 여기에 만일 다른 상품도 판매한다면, 브랜드와 제휴하는 상품을 소개하는 것도 자연스러운 데다가……."

말끝을 흐리며 생각에 잠긴 김민혁은 잠시 후 입꼬리를 씩 올리며 나를 보았다.

"머지않은 미래, 인터넷이 대중화된 시대에 사람들은 집에서 쇼핑을 할 수 있게 된다. 그 플랫폼은 소프트웨어 분야로는 한국에서 둘째가라면 서러워할 역량을 가진 SJ컴퍼니가 제공할 것이며, 그걸 위한 게 전국적 유통망 네트워크를 가진 조광…… 그게 네 계획인 거로군."

나는 고개를 끄덕였다.

"정답입니다."

역시 똑똑한 부하를 두면, 사장은 편한 법이다.

김민혁은 나를 보며 피식 웃었다가, 머리를 긁적였다.

"뭐, 어쨌거나 이번 사건의 배후에 네가 없다는 것쯤은 알겠어."

"이번 사건이라뇨?"

"그 왜, 요즘 장안의 화제인 조설훈 사장이랑 조지훈 이사의 사망 사건."

그 말에 나는 괜히 가슴 한구석이 뜨끔했다.

"농담이야, 농담."

당연히 농담이어야지.

김민혁은 슬쩍 웃었다가 웃음기를 거두며 말을 이었다.

"그래도 네가 그걸로 가장 큰 이득을 볼 거라고 생각하긴 했어."

"제가요? 왜요?"

"시치미 떼긴. 현재 조성광 회장의 가장 유력한 후계자로 낙점된 조세화가 네 친구잖아? 게다가 그 직속 부하인 구봉팔 씨도 우리랑 무관하지 않은 사람이고."

"……."

김민혁은 얼마 남지 않은 커피를 마저 비운 뒤, 입가심 삼아 쿠키를 한 입 베어 물었다.

"다만 우리가…… 오, 이거 맛있는데? 어디서 샀어?"

"아 그거요. 성아가 구운 거예요."

"성아?"

김민혁은 무슨 오해를 했는지 눈살을 찌푸렸다.

"이거 순 카사노바……."

"……지금 무슨 생각을 하시는 겁니까. 형도 봤잖아요? 한군 동생."

"아."

김민혁은 기억 한구석에 남아 있던 한성아를 떠올렸는지 멋쩍게 웃었다.

아주 가깝게 교류한 건 아니나, 그도 몇 차례—우리 집에 왔을 때라든가, 예전 한컴 사무실 등지에서—한성아를 보긴 했으니까.

"기억났다. 나는 또 누군가 했네."

김민혁이 앉은 자리에서 머리 위치를 손날로 슥슥 그어 댔다.

"내 기억엔 요만하던 앤데, 벌써 과자 같은 걸 굽고 다닐 나이가 되었나?"

"그래 보여도 벌써 일도 하는데요. 단역이긴 하지만 드라

마 출연 경력도 있고, 요샌 윤아름이랑 아동용 아침 방송 출연도 하고요."

"……그래? 그 나이 때 나보단 훨씬 낫군. 나는 아직도 라면 정도나 끓이는데."

그는 손에 든 쿠키를 입에 마저 털어 넣은 뒤, 재차 말을 이었다.

"아무튼 간에, 어디까지 이야기했더라. …… 아, 그래. 아무튼 우리 회사가 삼광전자의 자회사이긴 해도 조광을 한 입에 집어삼키는 건 불가능하겠단 이야기를 하려고 했지. 과자가 맛있어서 깜빡했다만."

그거, 얼마 전까지만 하더라도 설탕과 소금이 뒤바뀐 쿠키였다.

김민혁이 말을 이었다.

"그러니 우리 입장에서는 유통 경쟁사인 조광이 쪼개질수록 이득이고, 그 부스러기 중 일부라도 흡수할 수 있다면 그것도 괜찮을 거라고 생각했어. 하지만 지금은 '한 입에 먹지 않으면 안 되는' 상황이 오고 말았지."

"……."

"또, 설령 삼광의 힘을 빌리더라도 그럴 만한 리스크를 감수해 가면서 지금의 조광을 인수 합병할 가치는 없고, 그러니 최소한 조광이 쪼개지기만 해도 우리에겐 나쁠 것 없단 생각이야. 하지만."

김민혁은 접시 위의 과자를 물끄러미 쳐다보았다.

"오히려 현 상황은 네가 '한국형 아마존'을 만드는 데 장애가 되고 있어. 너는 어디까지나 조광의 유통망과 출판사의 시너지를 고려하고 사업 계획을 세운 거잖아?"

한 가지 짚고 넘어가자면, 출판사 인수는 처음부터 조광을 염두에 두고 한 일은 아니었다.

'오히려 조광 쪽 일은 그 뒤에나 세운 계획인데.'

나는 어디까지나 박상대라는 장래 내 적이 될 존재의 싹을 자르는 동시에 조광을 곁에 두고 이를 견제할 목적으로 그들에게 접근했을 뿐.

'그러던 것에 상황이 꼬이기 시작하면서 이 지경까지 오고 말았지.'

그것과는 별개로.

내가 2년 전 사업을 시작할 때부터 '(김민혁의 말을 빌리자면)한국형 아마존'을 염두에 두고 계획을 세웠다고 말하면 그건 그것대로 김민혁을 당황하게 만들 테니, 나는 속내를 감추고 고개를 끄덕였다.

"그런 셈이죠."

"응, 만약을 곁들인 결과론이긴 하지만 네 사업은 조광 전체의 의사결정 과정이 필요한 것도 아니고, 조세화가 당초 상속받을 만큼의 지분만 있어도 문제없이 진행되었겠지."

제법 예리한 지적이었다.

애당초 그 정도 일에 조광 전체의 힘이 필요하지는 않다.

김민혁의 말마따나 '유산을 상속받은 조세화의 의사' 정도만 있어도 충분한 일이다.

'뭐, 그것도 어디까지나 조세화가 조성광의 유산을 직접 상속받을 거란 걸 안다는 전제하의 계획이지만, 김민혁도 그런 속사정은 모르는 모양이군.'

나는 이번 생에 조광과 연결되고 난 뒤부터 조세화의 상속 지분을 이용해 조광과 분리된, 그 영향력 바깥에 놓인 합자회사를 세우고자 계획하고 있었다.

그것만으로도 조설훈이 조세화의 지분을 고스란히 집어삼키며 조지훈을 허수아비로 만들었던 전생과 다른 결과가 나올 것이며, 조설훈과 조지훈의 집안싸움 결과 조광의 성장을 억제할 수 있으리라 생각했다.

'동시에 장차 이성진의 적으로 거듭날 조세광도 견제할 수 있게 되었겠지.'

김민혁이 말을 이었다.

"하지만 지금 그렇게 하자니 앞으로 조광이 어떻게 될지 모른단 것이 문제야. 현재 조광은 그 복잡다단한 내부 사정으로 인해 새로운 사업에 힘을 쓸 겨를이 없잖아?"

나는 고개를 끄덕였다.

"아무래도 그렇겠죠. 다들 알다시피 조광은 현재 내부 파벌 다툼으로 어지러운 상황이니까요."

현재 조광은 조설훈과 조지훈이 사라지고, 조세광도 징역 살이가 확정되다시피 한 상황에 조세화가 덜컥 조성광 회장의 후계자로 낙점된 상황이다.

　전생에 '정당한 후계자'인 조설훈이 무사히 유산을 상속받은 상황에도 조광 내부는 한동안 시끄러웠는데, 하물며 손녀 (실은 장녀지만)인 중학생 여자애가 조성광의 막대한 유산을 물려받았으니, 조성광이란 구심점이 사라진 상황에 하이에나들이 '아 예, 그러십니까, 새로운 회장님 만만세' 하며 조세화를 순순히 인정할 리가 없다.

　'오히려 이 상황에 뭔가 하려고 하면 의사 진행 방해나 하고 이쪽에 괜한 불똥이 튈 여지도 있지.'

　그러니 김민혁의 말마따나 작정하고 한 입에 삼키면 모를까.

　하지만 지금의 조광에 그럴 만한 가치는 없다.

　조설훈이라면 이미 유산 상속을 대비해 회사 가치를 뻥튀기시키기 위한 회계 조작을 해 두었을 것이고, 그러잖아도 무수한 자회사와 위장 하청을 보유한 조광은 각종 이해관계가 얽혀 여러 파벌로 나뉘어 있으니 인수 합병 과정에 그룹이 분열되고 쪼개지며 인수 직후엔 가치가 떡락하게 되리라.

　'대놓고 독을 먹는 거지.'

　김민혁이 고개를 저었다.

　"우리로선 아쉽게 됐어. 계획이란 계획은 모두 세워 두었

고 테이프 커팅식만 하면 되는 상황인데 물거품이 되고 말았
으니…….”

“…….”

묵묵히 녹차를 마시는 나를 김민혁이 물끄러미 쳐다보았
다.

“……그래서 우리 사장님께서는 이 상황을 두고 어떻게 했
으면 하시나?”

나는 소파에 등을 기댔다.

“글쎄요.”

“그냥 방관할 생각? 뭐, 그것도 나쁘진 않지.”

김민혁의 말마따나 때론 긁어 부스럼을 만드느니, 아무것
도 하지 않고 기다리는 것이 최선의 수가 될 수도 있다.

까놓고 말해서 아예 조광의 도움이 없어도—조금 먼 길을
돌아가야 하긴 하겠으나—‘한국형 아마존’을 만드는 내 계획
대로 일을 추진하는 것도 가능은 했다.

김민혁 역시 ‘한국형 아마존’을 염두에 두고 있으니, 조광
의 협력을 배제한 상황도 고려하고는 있을 것이다.

오히려 지금 상황에도 맨땅에 헤딩하듯 사업을 시작한 아
마존보단 상황이 나으면 나았지 결코 못하진 않으니까.

‘설령 그게 아니더라도.’

내게는 비장의 카드가 한 장 더 남아 있었다.

‘조세화가 조성광의 딸이란 증거지.’

그 경황없던 와중 어떻게 했는지, 곽철용은 조성광의 유전자 정보를 손에 넣었다.

현 조광이 잡다한 파벌로 분열해 있는 건 조세화에게 부족한 '명분' 탓인데, 조세화는 조설훈의 자식일 뿐 조지훈에겐 조카에 불과하단 것이 그들의 주된 논리였다.

'또, 당연한 이야기지만 조세화를 지지하는 세력도 마찬가지로, 그녀가 조설훈의 자식이기 때문에 지지한다는 논리지.'

하지만 그것조차도 조설훈을 향한 충심에서 비롯한 것은 결코 아닐 것이다.

'어디까지나 부려 먹기 좋은 꼭두각시로서 이용해 먹으려 하는 것뿐.'

엄밀히 말해서, 현 조광 내의 순수한 조세화의 지지 세력이라고는 고작해야 얼마 전 굴러 들어온 구봉팔이 전부였다.

'구봉팔이야 믿을 만하지만, 다른 사람들 생각은 나와 다를 테고.'

그러니 조성광의 후계자로 낙점된 조세화는 현재 한 줌의 세력만 거머쥔 채 그녀를 이용하려는 조설훈 파벌과 제 몫을 챙기려는 조지훈 파벌 사이에서 아슬아슬한 줄타기를 하는 중이었다.

그런데 만약 이 상황에 '조세화는 사실 조성광의 숨겨 둔(?) 자식이었다'는 것이 발표되면 어떻게 될까?

'구차한 명분은 힘을 잃고, 막간의 혼란을 틈탄 조세화는

당당히 후계자 자리를 거머쥐게 되겠지.'

물론 그 출생의 비밀이 밝혀지는 과정에 조세화가 받을 충격은 크겠지만, 그건 내 알 바가 아니다.

'아니, 그렇지만도 않나.'

큰 실의에 빠진 사람이 어떤 선택을 하게 될지는 나도 예상하기 힘드니까.

'어쩌면 유산을 모두 어딘가에 기부한 뒤 조용히 여생을 보내게 될지도 모르고⋯⋯.'

내가 알던 전생의 조세화라면 그러진 않을 것 같지만, 그건 어디까지나 전생의 조세화다.

지금의 조세화는 아직 중학생에 불과한 어린애다.

'애들이 무슨 생각을 하는지는 나도 도통 알 수 없는 일이거든.'

그러니 그 출생의 비밀은 모든 일을 그르치고 난 뒤에나 쓸 수 있을 최후의 한 방으로 남겨 둬야 했다.

나는 어깨를 으쓱였다.

"마냥 방관만 하고 있는 건 아니에요."

"그래?"

"네. 사모펀드를 하나 만들어서 시중에 풀리고 있는 조광의 주식을 긁어모으는 중이거든요."

김민혁이 웃었다.

"하하, 너답네. 하긴, 그거라도 해 두면 나중에 부스러기

정돈 주워 먹을 수 있겠어."

"……그런 이유는 아니거든요. 제가 하는 건 세화도 알고 있는 거고요."

"그래?"

너는 나를 뭐라고 생각하는 거야.

나는 떨떠름한 표정을 감추지 않으며 대답했다.

"네. 장례식장에서 이야기했어요. 이 상황이라면 조광은 쪼개질지도 모르니, 만일을 대비해야 한다고."

나는 그날 조세화에게 두 가지 방안을 제시했다.

하나는 구봉팔을 한편에 둘 것.

두 번째는 가능한 한 조광의 주식을 확보해 둘 것.

다만 그것도 어디까지나 임시방편, 만에 하나를 대비한 보험일 뿐.

나도 사모펀드가 긁어모은 주식 조각이 주주들에게 지대한 영향을 끼칠 거라고는 생각하지 않는다.

그건 어디까지나 최소한, '한국형 아마존'을 만들 수준까지의 목소리는 낼 수 있게끔 하자는 취지에 불과한 것이다.

나는 담담히 말을 이었다.

"뭐, 이러니저러니 해도 결국엔 CEO 체제로 변환하겠죠. 세화도 그쯤은 자각하고 있고 말이에요."

"……"

"관건은 그 CEO가 어느 파벌의 누구 입김이 닿아 있냐는 거고, 저희는 그 내부 다툼을 지켜보다가 우리에게 이득이 될 만한 사람에게 힘을 실어 주는 게 할 수 있는 최선이 될 겁니다."

이 지극히 상식적인 이야기에 김민혁은 김이 샜다는 듯 소파에 등을 붙였다.

"시시하네."

"시시하긴요. 정론이잖아요? 그렇다고 아무 준비도 안 된 중학생이 회사를 경영할 수 있을 리도 없고."

"너는 초딩인데도 하잖아."

"그건 제가 특별한 거죠."

"……."

그는 용케 눈빛만으로 '재수 없는 녀석' 하고 내게 말했다.

나는 그런 김민혁의 시선을 피식, 웃으며 받았다.

"뭐, 말은 그렇게 했지만 그러는 저도 조광 같은 대기업을 처음부터 물려받아 경영할 수 있을 능력은 안 됩니다."

"그래? 나는 그렇게 생각 안 하는데."

나는 그에게 보란 듯 웃었다.

"형이 상사에게 아부하는 타입인 줄은 몰랐네요."

"아니. 진심이야."

김민혁이 나를 진지한 눈으로 쳐다보았다.

"너라면 할 수 있지 않아?"

뭐래.

'나를 너무 고평가하는 거 아니야?'

나는 고작해야 미래의 지식을 가진 아저씨에 불과하다.

'그조차도 더 나아가다간 나도 감당 못 할 만큼 미래가 바뀔지 모르고.'

현재는 이미 내가 알던 (미래의)과거에서 무수히 바뀌는 중이고, 또 그래야만 했다.

'내가 살아남기 위해서라면 말이지만.'

나는 어깨를 으쓱였다.

"그럴 리가요. 그건 설령 제가 세화의 입장이라 할지라도 자신 없는 일이에요."

"……."

"뭐, 물론 언젠가는 제가 삼광 그룹을 물려받게 될 날이 오게 될지도 모르죠. 환경적으로 명분이 있으니까요. 하지만 그때는 사전에 차근차근 준비를 마쳐 둔 상황일 거고, 저에겐 저를 지지할 세력이 생겨 있을 겁니다."

무얼 감추랴, 이 SJ컴퍼니도 장래 내가 대비해야 될 미래의 지지 기반이다.

'솔직히, 개인적으로는 내 운명만 비켜 가게 된다면 조용히 살고 싶은 심정인데.'

나는 김민혁에게 지어 보인 미소를 거둬들였다.

"하지만 세화는 그렇지 않아요. 말 그대로 어느 날 갑자기 아무런 준비도 없이 그룹을 대표하게 된 입장이니 말이에요."

"……."

"세화가 가진 지분에도 불구하고 휘하 부하들은 세화의 말을 따르지 않을 것이고, 외부인들 역시 아무 경력도 없는 여자애가 경영하는 회사를 신용하지 않을 겁니다."

결국엔 그 누구도 선입견에서 자유로울 수 없다.

그건 백번 양보해 조세화에게 조광을 이끌 만한 역량이 된다고 할지라도 그렇다.

이러한 선입견이 적용되는 건 나 역시도 마찬가지여서, 지금도 몇몇 극소수를 제외하면 SJ컴퍼니의 경영 주체를 내가 아닌 배후의 이태석이나 이휘철로 생각하고 있으며, 그 오해 덕분에 이 회사가 그나마 신용을 잃지 않고 멀쩡히 돌아가는 것이라고 말해도 과언은 아니다.

그러니 이 상황에—그녀가 조광을 생각한다면—조세화가 경영직을 내려놓아야 함은 필연이다.

"……흠."

김민혁은 나를 물끄러미 쳐다보다가 툭 하고 입을 뗐다.

"뭐, 됐어. 어쨌거나 조세화라는 여자애는 네가 아니니까."

김민혁이 소파에 기댄 자세로 천장을 올려다보았다.

"흐음. 그래도 너라면 좀 더 그럴듯한 아이디어가 있을 줄 알았는데."

그야, 있다면 있긴 하지만 내가 생각한 방법을 김민혁이 알게 해선 안 될 일이었다.

'그래도 말본새가 조금 아니꼽긴 하네.'

그것도 그가 나를 높이 평가해서 그런 것이긴 하다만.

나는 떨떠름하게 물었다.

"그러는 형은 '그럴듯한 아이디어'가 있나 보네요?"

"응? 뭐어…….."

비꼬려고 던진 말인데, 의외의 답이 나왔다.

"있어. 어찌 보면 남 일이어서 할 수 있는 말이긴 한데."

김민혁이 턱을 긁적였다.

"어쨌거나 조광이 전문경영인을 고용해야 하는 건 확정 요소지?"

"그렇죠."

"그것도 가능하면 우리가 할 일에 도움을 줄 수 있을 만큼 호의적…… 아니, 최소한 적대적이지 않고, 게다가 조광이라는 대기업을 이끌 만큼 누구라도 인정할 만한 경력과 명분이 있는 사람으로."

뻔한 이야길 하는군.

아, 혹시.

"조광에 아는 임원이 있나요?"

김민혁이 고개를 저었다.

"아니, 그럴 리가. 나는 평생 가도 엮일 리 없는 회사라고 생각했거든."

그냥 해 본 말인가, 생각했더니.

김민혁이 몸을 앞으로 기울이며 나를 쳐다보았다.

"대신 그럴 만한 사람을 한 분 알고 있긴 한데."

우리에게 호의적이며, 대기업을 이끌 정도의 누구라도 인정할 만한 경력과 명분이 있는 인물이라…….

'설령 IMF 이후라면 몰라도, 이 시대에 그런 사람이 있나?'

나는 멀뚱멀뚱 김민혁을 쳐다보았다.

"누군데요?"

김민혁이 손가락으로 나를 가리켰다.

"너네 조부님."

"……."

이 인간이 못 먹을 걸 쳐먹었나?

나는 무의식중에 김민혁이 집어먹은 쿠키를 쳐다보았다.

'이번엔 성아가 설탕이 아닌 이상한 약이랑 헷갈린 모양이군.'

분명, 그런 모양이다.

나는 김민혁을 돌려보낸 뒤, 텅 빈 사장실에 앉아 생각에 잠겼다.

'이휘철이라……'

생각해 보면 이휘철만 한 적임자도 달리 없다.

그는 온 국민이 알 만한 인물로, 얼마 전까지 삼광 그룹의 총수였던 인물이며, 그 능력을 의심할 사람은 없다.

'워낙 대외적 이미지 관리가 철저한 사람이니.'

그 속에 능구렁이가 몇 마리쯤 들어차 있다거나 하는 건 대중들도 모를 것이다.

'뭐, 그런 걸 차치하더라도 그 능력만큼은 대한민국 땅에서 따라올 인물이 없기도 하고.'

더군다나 표면상으로도 삼광은 조광과 하등의 이해관계가 없는 회사였다.

전문가 명찰을 단 이들이야 잠시 '삼광이 조광을 인수하려 한다'는 음모론을 제기하겠지만, 그것도 잠시뿐이리라.

심지어 조광 입장에서도 이휘철을 CEO로 임명할 수만 있다면, 이를 두 손 들어 반길 것이다.

이휘철은 외부인이니만큼 조광의 내부 파벌 다툼과 무관계한 인물인 데다가, 각 파벌은 서로를 견제하기 위해서라도 이휘철의 신임에 표를 던지게 되리라.

'몇몇 반대표가 나와 봐야 현재 조광 그룹의 대주주이자 가장 많은 지분을 거머쥔 건 다름 아닌 조세화니까.'

그러다가 덜컥, 이휘철이 CEO로 임명된다?

그 낌새만으로도 곤두박질치고 있는 조광의 주가가 회복

할 정도다.

오히려 이휘철을 영입하는 것으로 조광은 새로운 전성기를 맞이하게 될지도 모른다.

또한 그 결과는 내게도 이득을 가져다준다.

이휘철 체제의 조광이라면 의사결정 진행에 하등의 낭비도 없을 것이며, 그라면 내가 하려는 '한국형 아마존'의 가능성을 내다보고 이를 적극적으로 유치하려 할 것이다.

또한 이휘철이라면 이 '한국형 아마존'을 두고 '팔이 안으로 굽는다'는 비난 여론마저 나오지 않게끔 이를 조율하리라.

그리고 분명, 그 과정에 물밑에서 삼광 그룹에 이득이 되게끔 조광을 작업해 줄 것이다.

'……알아. 나도 알고는 있는데.'

머리로 이해하는 것과 달리 가슴이 움직이질 않는다.

'뭐, 그것도 어디까지나 이휘철에게 그럴 의사가 있다는 전제하의 이야기지만.'

할 것 같단 말이지.

왠지, 이휘철이라면 '재밌겠구나' 하면서 두 팔 걷어붙이고 나설 것 같단 불길한 예감만 든다.

심지어는.

「그래도 조세화는 이용 가치가 있다. 어떻게든 그 아이를 네 편으로 만들어 두려무나.」

거기에 더해 그는 내게 조세화를 이용해 조광을 분열시키는 방법을 일러 주며.

「그리고 그때 가서 너는 쪼개진 조광의 알짜배기를 주워 먹기만 하면 된다. 알겠느냐?」

이런 말까지 했으니, 사실상 확정이다.
"끄으응······."
나도 모르게 숨죽인 비명이 새어 나왔다.
'의도한 바는 아니지만 결과적으론 이휘철의 이상대로 되었어.'
이휘철은 내가 조광을 집어삼키길 대놓고 권장하던 인물이었다.
그러니 내가 그 앞에서 낌새만 보여도, 이휘철은 당당히 조광 그룹을 총괄하는 CEO가 되어 공작을 시작하리라.
'그런 걸 알고 있으니 조세화한테 말하는 것조차 꺼려진단 말이야.'
딱히 조세화가 가엽다거나 하는 이유는 아니었다.
조광은 이미 분열되고 있다.
그리고 불화의 씨앗을 제거한다는 내 당초의 계획은 이미 달성되었다.
박상대는 죽었고, 조세광은 나락으로 떨어졌다.

하지만 내가 이 이상 조광을 물밑에서 좌지우지하는 입장이 되는 건 다른 이야기가 된다.

'하물며 이휘철이 경영하는 조광이라.'

나는 한숨을 푹, 내쉬었다.

'……요즘 들어선 이휘철이 당최 무슨 생각을 하고 있는지도 잘 모르겠어.'

그가 나를 후계자로 점찍어 두고 있다는 것은 분명하다.

하지만 그 방식은 예전과 어딘지 달랐다.

'후계자는 후계자이나, 나를 그의 복제품으로 만들고자 하는 느낌이 들었지.'

한편으론.

'운락정 때 나서 준 걸 생각하면 손주를 아끼는 건 맞는데…….'

다만, 그러고도 그는 그 일을 한참 동안 입에 담지 않았다.

잊은 것이 아니다.

이후 그는 내가 어떻게 움직일지를 관찰하고 있었던 것뿐.

그 입에서 운락정 이야기가 다시 나온 건, 불과 얼마 전, 조세광이 구속되었을 때였다.

「네가 저들과 인연을 맺은 건, 운락정 이전이냐, 이후냐.」

그것도 그걸로 나를 힐난하기 위해서라기보다는 '교육'의
연장선에 둔 느낌으로.

그러면서도.

「하지만 좀 더 두고 보는 게 재밌을 것 같아서 내버려 두었
다.」

그런 섬뜩한 말을 입에 담았다.

나는 조세광이 구속되었단 보도가 나오던 때, 이휘철과 대
화를 나누며 내심 그가 '죽다 살아난 이후' 그 사고하는 방식
이 예전과 달라진 듯하다고 여겼다.

'이거다, 하고 콕 짚어 설명하기는 어렵지만 예전에 비해
생명에 천착한다고 해야 할까.'

그건 목숨을 아깝게 여기게끔 변모했다……는 것과도 다
르다.

그렇다고 그가 가진 사상의 근본이 변화했다는 것도 아니
다.

이는 이휘철은 죽음 앞에서 살아 돌아온 이후, 자신의 사
상에 보다 뚜렷한 확신을 갖게 되었다는 느낌이었다.

그리고 그 깨달음은 그에게 있던 아집을 내려놓게끔 하였
고, 그로 하여금 예전의 이휘철이라면 하지 않을 '만약'이라
는 가정에서 사유하는 방법을 알게 하였다.

얼마 전 그가 내 앞에서 성수대교와 삼풍백화점 붕괴를 입에 담은 건 그 흔적이리라.

또한 직접적으로 입에 담지는 않았으나, 이휘철이 흥미를 느끼는 '만약'에는 나도 포함되어 있을 것이다.

그럴수록 나는 왠지 모르게 내가 이성진이 아님을 그에게 간파당했을지 모른다는 불안감이 내 안에서 스멀스멀 피어올랐다.

'이휘철이 나를 직접 조종하려는 건, 그런 인식에서 기인했을지도 몰라.'

내가 이휘철을 어려워하는 이유였다.

'아예 상왕 노릇을 하면서 나를 제어하겠단 의지가 노골적이었지.'

나는 또 한 차례 한숨을 푹 내쉬었다.

'……그렇다고 이대로 모른 척하고 있기엔 왠지, 그 입에서 먼저 뭔가 하겠단 말이 나올지도 모르고.'

똑똑.

노크 소리가 내 상념을 깨웠다.

"사장님, 잠시 들어가도 되겠습니까."

전예은이었다.

"아, 네. 들어오세요."

달각 문이 열리며 전예은이 들어왔다.

"실례하겠습니다."

그녀는 자연스럽게 응접용 탁자 위에 놓인 다기를 챙기기 시작했다.

전예은이 다기를 챙겨 탕비실로 향하기 전, 나는 그녀를 불렀다.

"예은 씨."

전예은이 하던 일을 멈추고 고개를 들어 나를 보았다.

"네, 사장님."

"……."

"……?"

"……아니, 아무것도 아닙니다."

나는 그런 그녀를 보며 잠시 '전예은에게 이휘철의 감정을 부탁해 볼까' 하는 생각을 떠올렸다가 관뒀다.

심연을 들여다보면 심연도 이쪽을 주시한다고, 왠지 모르게 이휘철과 전예은을 대면시키는 일이 꺼려진 것이다.

'이휘철에게 전예은 정도의 초능력이 있는 건 아니겠지만, 거의 그에 준하는 통찰력이 있는 인간이니.'

그런데 평소라면 그대로 탕비실로 향했을 전예은이 자세를 고쳐 나를 보았다.

"저, 사장님."

"예?"

"혹시 고민거리가 있으신가요?"

……이젠 내 생각도 읽게 된 건가?

그런 생각을 읽기라도 한 듯, 전예은이 쓴웃음을 지었다.

"그런 표정이어서요."

"……아."

그냥 티가 난 건가.

전예은이 내게 고개를 꾸벅 숙였다.

"주제넘게 나섰다면 죄송합니다."

"아뇨, 말씀대로예요."

나는 소파에 등을 기댔다.

"오시기 전까지 한창 고민 중이었습니다."

"음……."

전예은은 잠시 망설이더니 조심스럽게 물었다.

"혹시 저라도 도움이 되어 드릴 수 있다면, 도와드려도 될까요?"

"……예?"

"경영과 관련한 일이라면 저보다 사장님이 더 잘 아시겠지만…… 그게, 왠지 모르게 사장님의 이번 고민은 경영과는 무관한 것 같아서요."

딱히 무관하지 않은 건 아닌데.

전예은이 조심스레 말을 이었다.

"요즘 힘드셨잖아요. 그…… 조광 쪽 일로."

"……."

진짜로 내 속을 읽게 됐나?

전예은이 말을 이었다.

"그러니 어떻게 하면 친구를 위로해 줘야 할지 고민하고 계실 거라고…….'

아, 그렇게 생각하고 있었군.

전예은의 오해를 나는 달게 받았다.

"들켰네요. 혹시 이젠 제 생각도 읽게 된 겁니까?"

전예은이 얼굴을 붉히며 손사래를 쳤다.

"아, 아뇨. 그런 건 아닌데요."

전예은이 우물쭈물하며 말을 이었다.

"그게, 사장님은 자상한 분이시니 응당 그러실 거라 고…….'

나에 대해 지대한 오해를 하고 있군.

"……실질적인 해결책은 안 될지라도, 어떨 땐 다른 사람에게 속마음을 털어놓는 것만으로도 심리적으로도 큰 도움이 되거든요."

그런 건 전생을 통틀어서도 해 본 적 없는 일이다.

'……아니, 내 약혼자에겐 했었던 거 같군.'

나는 미소로 전예은의 말을 받았다.

"고맙습니다. 그것만으로도 위안이 되네요."

"……."

음, 표정을 보니 방금 그건 거짓말이었단 걸 눈치챈 거 같다.

'내게 그녀의 능력이 통하지 않는 것과 별개로 어쨌건 통찰력은 있는 사람이니.'

나는 하는 수 없이 시인했다.

"네, 거짓말이었습니다. 사실 예은 씨에게 털어 놔 봐야 별 도움이 안 될 거라고 생각해요. 이번 일은 조광의 경영 문제도 복잡하게 얽혀 있거든요."

전예은이 픽 웃었다.

"……사장님답네요. 근본적인 요소가 해결되지 않으면 걱정은 사라지지 않는단 거죠?"

정답이다.

전예은이 말을 이었다.

"그래도 또래 여자애들 생각은 제가 사장님보다 더 잘 알 거라고 생각해요."

그건 동의한다.

"사장님, 장례식 이후 조세화 씨와 만나 보셨나요?"

"아뇨."

"그러면 안 돼요."

전예은은 한숨을 내쉬었다가, 내 맞은편에 자리를 잡고 앉았다.

"사장님께선 별로 동의하지 않으시겠지만, 때론 해결책을 제시하는 것보단 가만히 이야기를 들어 주는 것만으로도 정말 괜찮아지거든요. 특히 여자애들은 더더욱 그렇고요."

"……."

"그러니 사장님께 연장자로서 조언하자면, 조세화 씨를 만나러 가야 한다고 생각합니다."

깜빡 선을 넘는 새삼스러운 조언에 나는 인상을 찌푸릴 뻔했다가 관뒀다.

'그놈의 약속!'

그랬다.

SBY는 저번 주 가요무대에서 대망의 1위를 차지하고 말았다.

'결국 지유진이라는 여자애 납치 사건을 막아선 게 한몫했던 거지.'

비록 (경찰 측도 민감한 사안이니)그 사건이 조광과 관계있는 일이란 보도까진 나오지 않았으나, 그 자체는 대대적으로 보도되었고, 일반 대중들에게 SBY의 존재를 알리게 되었다.

SBY에겐 하늘이 내린 기회였고, SBY는 그 기회를 낚아챘다.

가요무대 1위.

그 결과를 받아 든, 마동철을 위시한 SJ엔터테인먼트 일동은 뛸 듯이 기뻐했다.

전예은조차 내 핸드폰으로 직접 전화를 걸어 '해냈어요, 사장님!' 하고 보고를 했을 정도였다.

물론, 그 소식은 나도 기쁘게 받았다.

설령 잠깐 동안에 불과할지라도 한 번이라도 1위를 했다는 건 해당 가수에게 영원히 훈장으로 남을 테니까.

'브랜드 가치도 오르기 마련이고.'

그래서 나도 잠깐 동안은 기뻤다.

잠깐 동안만.

'……결국 전예은을 중용하기로 한 약속을 지켜야 하게 됐지.'

뭐, 그 자체는 내게도 나쁜 일은 아니다.

어차피 이런저런 일로 전예은을 굴려 본 바, 그녀는 내 신임을 살 만한 역량이 충분하다 못해 넘쳐 났고, 예전에 했던 약속 따윈 그저 형식적인 구실에 불과하리만큼 케케묵은 것이 된 지 오래였다.

'이미 그녀를 중용하고 있다고 해도 과언은 아니야.'

그런데 막상 전예은은 그 약속을 줄곧 마음에 담아 두고 있었던 모양이었다.

그래서일까.

그로부터 며칠 지나지도 않은 시점이지만 그녀 스스로가 가슴속 부담감을 한 꺼풀 벗어던진 모습으로, 이젠 지금처럼 나와 그어 놓은 선에 한 발 걸치는 모습을 보이곤 했다.

'그러니 예전이라면 무슨 고민이 있냐며 먼저 물어 오지 않았을 걸, 이제는 스스럼없이 하게 된 거지.'

그런 그녀에게 '그거랑 이건 다르다' 하고 경고를 줘야 하나 생각한 적도 있었지만…….

괜히 부하의 사기를 꺾을 필요는 없단 생각에 한동안은 내버려 두자 생각했더니, 이젠 아예 누나 행세를 하려고 든다.

'참 나 원.'

그렇다고는 하나.

'……조세화와 만나서 대화를 나눠 보자는 건 나쁜 생각이 아니지.'

이휘철이 나서기 전에 이쪽이 먼저 사안의 주도권을 쥘 수 있다면, 그것도 나쁘지 않다.

오히려 적을 더 가까이 둔다는 감각으로, 이휘철을 CEO에 앉히는 대신 그를 견제할 만한 대비를 한다면…….

'그나마 최악의 수는 피할 수 있겠군.'

4장

세간의 관심이 조광 그룹에 쏠려 있을 때, 배성준의 장례식은 조촐하게 치러졌다.

그의 장례식을 찾는 조문객은 이질적일 정도로 숫자가 적었다.

심지어 그가 소속되었던 Y서에서도 몇몇 중간관리자 직급의 인물들만 형식적인 조문을 다녀갔을 뿐이었다.

오히려 이렇다 할 의리가 없을 광수대 측에서 조문을 다녀가 최소한의 행색만을 갖추고 말았을 정도였다.

원래라면 순직 경찰을 향한 영웅적 면모를 기려 청장급이 직접 방문할 법도 했으나, 다들 배성준에게 가해진 혐의가 어떠했는지 알고 있기에 쉬쉬하며 제 몸 사리기에 급급했던 모양이었다.

사실 경찰 입장에서도 배성준의 순직 과정은 곤혹스러운 일이었다.

배성준이 조지훈을 사살한 건 정당방위였고, 또 그 상황에서는 적절한 대응이었겠으나 '실탄으로 범인을 현장에서 제압'했다는 내용은 관료들에게 영 뒷맛이 개운치 않은 사안이었다.

하물며 그 모든 일에도 불구하고 배성준을 향한 혐의 자체가 사라진 건 아니었다.

배성준이 조광의 뒷돈을 받아 왔다는 정황—대표적으로는 제대로 된 심사가 이루어지지 않고 작고한 아내의 병원비를 수급했던 일—이 감사원들에 의해 밝혀졌고, 그가 조설훈과 연락을 주고받았다는 경위도 속속들이 나타났다.

더군다나 너무 많은 사람이 죽었다.

현장에서는 조설훈이나 조지훈이라는 거물뿐만 아니라 곽남훈, 트렁크에서는 이기태라고 하는 인물들의 사체도 발견되었다.

그중 Paradise Lost라고 하는 술집 주인인 곽남훈은 석동출의 권총에 피살, 이길영은 현장에서 조설훈을 포박한 것과 동일한 것으로 보이는 줄에 교살당했다.

시신을 확인한 광수대 소속 정진건 형사는 곽남훈이 Paradise Lost의 주인임을 증언하였고, 강하윤 형사와 박순길 형사도 동일한 증언을 했다.

증언에 더해 실제로 현장에서는 Paradise Lost 상호가 적힌 라이터가 발견되었으므로, 경찰들은 즉시 Paradise Lost를 수색하였다.

Paradise Lost에서는 조설훈과 조지훈이 술자리를 가졌던 흔적이 남아 있었으며, 그중엔 마취 약을 탄 흔적도 보였다.

그렇게 조사관들은 조설훈이 해당 장소에서 납치되었을 것이란 석동출 형사의 견해를 재확인하였다.

그것뿐이었다면 별다른 문제가 없었겠으나, 여기서 껄끄러운 점이 생겼다.

그건 정진건 형사 일행이 한 차례 Paradise Lost에 혐의를 두고 조사를 진행하려 했던 점이었다.

박상대 국회의원 후보자가 사망한 밤, 박순길 형사는 택시 기사의 증언을 토대로 현장을 수사, 박상대의 목적지가 Paradise Lost이었으리란 보고를 올린 적이 있었다.

그러니 누군가가 이를 두고 떠들고자 하면, '막으려면 막을 수 있는 일'이었다고 말할 수도 있는 것이다.

결국 이 일을 두고—박상대와 박길태까지 포함한다면—(배성준 형사까지 더해)도합 일곱 명의 목숨이 유명을 달리한 것이 되는데(좀 더 양보해 여기서 정순애까지 포함하면 여덟이 되었다) 저번에 박상대의 죽음을 두고 언론이 물어뜯던 걸 생각하면 이번에도 여론이 '경찰의 대응 실패' 운운하는 책임론을 들먹일지 모른다는 것이 높으신 분들의 생각이었다.

그래서 경찰 측은 박상대와 박길태의 죽음, 배성준, 조설훈, 조지훈, 곽남훈, 이길영의 죽음을 연결하지 않으려 애썼다.

그 결과 사안의 중대성에도 불구하고, 또 어찌 보면 공치사 훈장이 수여되어야 할 사건임에도 불구하고 여러 암묵적 합의 끝에 사건은 쉬쉬하며 묻히는 중이었다.

그런 것과는 별개로 광수대의 수사는 (뒤늦게)분주해지며 가속도가 붙었다.

조설훈의 사망이 알려지자 구치소에 수감되어 있던 관계자들은 앞다퉈 가며 조세광의 입막음 지시며 조설훈의 교사를 고백했다.

죄수의 딜레마.

조설훈과 조지훈이 죽고, 조광이 중학생에 불과한 계집아이 손에 들어간 이상, '의리'를 지킬 이유는 사라졌다.

이런 상황에 누군가 먼저 입을 열 것이 분명하다면, 누구라도 먼저 나서서 입을 여는 것이 이득인 것이다.

이는 조설훈이 정순애 사체 훼손에 공모했다는 결정적인 증언으로 남아 막연하기만 하던 박상대 유착설에 힘을 실어 주었다.

더군다나 조설훈이 죽은 그날, 그 회사로 웬 사내가 찾아와 행패를 부렸다는 회사 직원들의 증언까지 더해지며 구치소에 수감되었던 심영한의 증언—조설훈이 지유진을 납치하도록 교사하였다는 혐의가 확정되었다.

"⋯⋯이미 죽은 사람이니 조설훈의 기소는 못 하겠지만, 그 아들인 조세광에겐 제법 센 형량이 가해지겠지. 그 외에 광수대 내부는 뭐, 대충 그런 느낌이야."

그 말에 석동출은 병실 침대에 누운 채로 고개를 끄덕였다.

"너는 소속도 다른 게, 제법 많이 아네."

"왜, 나도 거기서 한몫했거든."

여진환이 의자에 등을 기댔다.

"조세광 구속 전에 그 똘마니들 일망타진했던 거, 있잖아."

"아, 박순길 형사랑 했다는 그거?"

여진환이 어깨를 으쓱였다.

"나는 뭐 딱히 한 것도 없지. 박순길 형사님이 다 했으니까."

언젠가 박순길이 인근 주민들의 소음 신고를 빌미로 장건후 일당을 일거에 체포했던 걸 떠올린 석동출이 쓴웃음을 지었다.

"⋯⋯그러냐."

여담이지만, 현장에 없었던 장건후는 금방 석방되었고, 그 부하들은 조설훈의 사망 소식에 조세광이 입막음을 협박했단 사실을 앞다퉈 가며 실토했다.

여진환이 씩 웃었다.

"그래도 덕분이랄지, 나도 이번에 광수대로 가게 됐어."

제아무리 쉬쉬하려 한다 해도, 결과는 남는다. 이런 사건이 종결된 뒤엔 (훈장 수여까진 가지 않을지라도)공치사가 따르는 법이었다.

어쨌건 이번 일로 광수대라는 존재의 필요성과 유능함은 증명되었다. 경찰은 이 광수대란 신설 조직을 공인하며 앞으로도 잘 써먹으리라.

그래도 여진환이 광수대로 발령받았다니, 예상외의 소식에 석동출이 눈을 동그랗게 떴다.

"오, 그래? 축하한다, 인마."

석동출이 여진환의 팔을 툭 하고 쳤다.

"승진했네."

"일 계급 특진. 앞으론 '여어, 여 경장', 하고 부르도록 해."

석동출이 웃었다.

"야, 경장이 일 제일 많이 할 때야. 그래도 경장 달자마자 광수대라니, 이걸 기뻐하긴 이르겠네. 거기 엄청 바쁘거든."

여진환이 어깨를 으쓱였다.

"뭐, 아직 공식 임명장은 안 나왔지만 얼굴은 좀 비쳤지. 아무튼 내가 광수대 돌아가는 사정을 비교적 자세히 알고 있던 것도 그 때문이거든."

관련 내용은 그와 면식이 있던 박순길이 술자리에서 무용담처럼 떠들어 댔다고 여진환이 덧붙이자 석동출은 픽 웃었다.

"아버지 백은 아니군."

"하하, 그 사람 얼굴 안 본 지 꽤 됐단 거, 형도 알잖아?"

여진환은 여종범 검찰총장의 골칫덩이 아들로, 엘리트인 그 집안 내에서도 애물단지였다.

석동출이 그런 엘리트 집안사람과 알고 있는 건, 어디까지나 그와 여진환이 고등학교 동문이란 우연에 불과했다.

'그 외에도 이것저것 사건이 있긴 했지만.'

석동출이 물었다.

"그래도 몇 개 주워들은 건 있지? 이를테면 김보성 검사라든가."

석동출이 떠본 말에 여진환이 머리를 긁적였다.

"그 인간 싫어한 거 아니었어?"

"……딱히, 이젠 아무렇지도 않아."

잠시 석동출의 표정을 살핀 여진환이 흠, 하고 가벼운 한숨을 내쉬었다.

"어쨌건 들리는 말로 좌천 자체는 이미 확정이야. 이미 공문도 나온 모양이고. 결국 이번 사건 기소도 후임에게 맡길 모양이던데."

"……."

"신경 쓸 거 없어. 그 사람은 오히려 아무렇지도 않아 보이는 데다가, 후임으로 온단 검사도 만만찮은 인간이거든."

"그래?"

"응, 우리 형한테 듣기로는 그래."

여진환이 말한 맏형은 그 아버지의 길을 따라 명실상부한 대한민국 검사였다.

"뭐, 어쨌거나 아버지도 이제 슬슬 노욕을 버릴 때가 온 거 같아. 일이 이렇게 됐으니 최갑철 의원이랑도 거리를 두는 게 현명할 거란 걸, 아시겠지."

하긴, 최갑철은 박상대의 예비장인이었던 인물이니 이제라도 꼬리를 자르려 안간힘일 것이다.

'이번 사건 전체가 묻히게 된 것도 아마, 그 입김이 있을 테지만.'

하지만 그 노력에도 불구하고 최갑철 의원도 박상대와 무관하지 않았던 만큼, 이제 그도 정계에서 물러나게 되지 않을까.

석동출은 고개를 끄덕여 화제를 바꿨다.

"아무튼 잘됐네. 어쨌거나 이제 너도 형사가 된 거니까."

"그래, 드디어 형이랑 한솥밥 먹게 된 거야. 그땐 잘 부탁할게."

"……."

석동출은 여진환의 말에 피식 웃곤 고개를 돌려 창밖을 보았다.

경찰 측의 배려 아닌 배려로, 그는 현재 특실을 차지하고 누워 입원 중이었다.

'어디 가서 괜히 떠들지 말란 거지.'

배성준이 죽었던 그날 밤은 석동출조차 허깨비를 본 듯한 하루였다.

그나마 그날 밤을 현실로 자각할 수 있었던 건 다리에 남은 총상뿐이었고, 그조차 깔끔하게 관통해 버린 탓에 큰 후유증은 남지 않을 거란 이야기를 들었다.

'그땐 뒈지게 아팠는데.'

석동출은 담배 생각이 간절했지만 병원 내는 금연이었다.

"형."

여진환이 입을 뗐다.

"왜?"

"개인적으로 물을게. ……그래서 뭐가 진실이야?"

돌아누워 있어서 표정은 알 수 없었지만, 석동출은 보지 않고도 여진환의 얼굴을 떠올릴 수 있을 것 같았다.

진실이라.

「……진실 같은 건 애당초 이 세상에 중요했던 적이 없습니다. 더욱이 당사자들이 모두 침묵하고 만 지금 같은 상황이라면 더더욱요.」

석동출은 그날 밤 김철수가 했던 말이 왠지 선연했다.

"……네가 아는 것. 그게 진실이야."

석동출의 말에 여진환이 인상을 찌푸렸다.

"그럴 리 없잖아. 그렇다고 해서, 사건이 이렇게 짜 맞춘 것처럼 끝난다고?"

"……."

그 말에 욱한 석동출은 고개를 돌려 여진환을 보았다.

"너는 지금 이게 모두가 만족할 만한 결말이라고 생각하는 거냐?"

"……."

"그래서, 결국 죽어 마땅한 놈이 죽었다고 생각하는 거야? 응?"

"……형, 내 말은 그게 아니라……."

"조지훈이 조설훈을 죽였다. 조지훈은 선배님을 죽였다. 나는……."

석동출은 말끝을 흐렸다가 힘겹게 재차 말을 이었다.

"그뿐이야. 그게 전부지."

병실 내에 정적이 맴돌았다.

여진환은 석동출을 물끄러미 쳐다보다가 고개를 돌렸다.

"미안. 그러려고 한 말은 아니었어."

"……아니다. 나도 좀 흥분했다."

석동출이 한숨을 내쉬었다.

"그놈의 진실이 뭔지, 나도 잘 모르겠다. 네 말대로 사건은 깔끔하게 마무리됐으니까."

깔끔하게 마무리되었다고까지는 말하지 않았지만.

석동출이 말을 이었다.

"말마따나 이런 일은 돈의 흐름을 좇으면 된다고 하지만, 너도 알다시피 이번 일로 가장 큰 이득을 본 건 조세화란 여자애야. 조성광의 상속자 둘이 죽고 남은 유산을 독차지했으니까. 하지만 돈, 그놈의 돈을 빼놓고 보면 그 애만큼 불행한 사람도 없지. 거기에 무슨 진실이 숨어 있을까?"

"……."

석동출은 다시 고개를 돌려 물끄러미 창밖을 보았다.

"아버지는 죽었고, 오빠는 사실상 징역이 확정된 구치소행. 나라면 천만금을 줘도 마다하고 싶은 상황이군."

여진환은 석동출의 뒤통수를 보며 머리를 긁적였다.

'하긴, 형은 지금 배성준 형사의 죽음을 받아들일 시간도 부족하겠지.'

석동출이 배성준을 동경해 왔단 건 여진환도 잘 알고 있었다.

그러니 석동출은 지금 배성준을 향한 배신감과 안타까움, 비애 등으로 복잡한 심경이리라.

'……동출이 형이 그 장례식에 가질 않아서 다행이군.'

여진환은 얼마 전 광수대 신입 자격으로 찾아간 배성준의 장례식장에서 분향소를 지키고 있던 어린 것들을 떠올렸다.

상주는 아직 어린아이에 불과한 배성준의 장남이 맡았다.

그보다 더 어린 동생은 무슨 일이 일어난 건지도 몰라 어리둥절한 얼굴로 분향소를 지켰고, 상주는 맞는 옷이 없어 몇 번이고 상주 완장을 다시 채워야만 했다.

처제라는 사람은 거듭 울기만 했고, 장남은 눈물 한 방울도 흘리지 않았다.

사정을 모르는 이들은 찾아온 광수대 사람들을 원망하지도 않았다.

'가장 가고 싶지 않은 장례식장 중 하나였지.'

그때, 똑똑 하고 병실 문을 두드리는 노크 소리가 들렸다.

여진환은 어색한 분위기 속에서 마침 잘됐다 싶었다.

"예."

석동출의 말에 달각, 문이 열렸다.

"실례하겠습니다."

간호사가 링거를 갈아 주려 왔나, 하고 생각했더니 강하윤이었다.

한눈에 강하윤을 알아본 여진환은 어색한 분위기에 마침 잘됐다 싶어 자리에서 일어섰다.

"안녕하십니까, 선배님. 여진환입니다."

"아, 네. 안녕하십니까."

양손에 각각 꽃과 가방을 들고 선 강하윤은 선객의 존재에 잠깐 당황했다가 여진환을 알아보곤 한층 더 당혹스러워했다.

"저, 그러니까⋯⋯."

그건 여기 여진환이 왜 있는지 의아해하는 표정이었다.

강하윤은 인사를 받으며 조금 어리둥절한 얼굴로 석동출과 여진환을 번갈아 보았고, 여진환이 능청스레 입을 뗐다.

"아, 석동출 형사님과는 예전부터 알던 사이였습니다. 이것도 인연이겠죠? 하하."

강하윤은 그 말에 조금 놀라며 고개를 끄덕였다.

"그렇습니까⋯⋯."

다만 아직 일이 바빠 제대로 된 인사를 나누진 못한 사이여서 그런지, 강하윤은 여진환이 다소 데면데면한 눈치였다.

여진환은 그런 강하윤을 보며 능청스러움을 이어 갔다.

"말씀 놓으십쇼. 제가 후배인데요."

"아니, 그래도⋯⋯."

"또, 앞으로는 종종 신세 질 것 같고요. 안 그러면 저도 앞으론 석동출 형사님을 깍듯하게 불러야 하지 않겠습니까."

강하윤이 쿡, 하고 웃으며 괜스레 석동출의 눈치를 살폈다.

"그러면, 그럴까?"

"옙. 영광입니다."

그 뒤, 여진환이 아차 하며 강하윤의 손에 들린 꽃을 받아

적당한 자리에 두었다.

"병문안 오셨습니까?"

"옙. 아니, 응. 그래."

여진환은 힐끗, 강하윤의 손에 들린 가방을 살피곤 석동출을 보았다.

"그렇다니까 형, 난 잠깐 나가 있을게."

"아니, 나는……."

"아니야. 나중에 보자. 그럼 저는 이만."

석동출이 말릴 새도 없이 여진환은 병실을 빠져나갔고, 석동출은 멋쩍어하는 얼굴로 강하윤을 보았다.

"고등학교 후배입니다."

눈으로 여진환을 배웅하던 강하윤이 미소 띤 얼굴로 고개를 돌렸다.

"그랬군요. 여진환 순경님과 아는 사이셨다니, 세상 참 좁은 거 같습니다."

하긴 아직 임명장을 받지 않았으니, 순경인가.

"하하, 그러게 말입니다. 저야말로 진환이가 이번 사건에 협조한 줄도 몰랐습니다."

강하윤이 빙긋 웃었다.

"박순길 형사님 말씀으로는 큰 도움이 되었다고 했습니다. 실은 저도 적잖이 도움을 받았고 말입니다."

"그래요?"

"네."

강하윤이 석동출 곁 의자에 앉았다.

"처음 강선이를 발견하고 보호한 것도 당시 여진환 순경님 이었다고 들었지 말입니다."

바쁜 업무 와중, 박순길은 보고차 찾아온 여진환을 사무실로 끌고 와 그들에게 인사를 시킨 적이 있었다.

그 뒤 여진환과 박순길, 정진건 세 사람은 약속이라도 한 듯 의기투합하여 곱창전골집으로 향했으나, 강하윤은—어린아이들에게 하는 것을 제외하곤—은근히 낯을 가리는 편이어서 다른 업무를 핑계로 동석하지 않은 것이다.

'이럴 줄 알았으면 나도 따라갈 걸 그랬나?'

회식 자리에서도 업무 이야기가 이어진다더니, 자신은 그다지 인연이 없다고 생각해 자리를 피했던 강하윤은 숙취에 시달리는 박순길로부터 뒤늦게 그의 배속이며 이런저런 후일담을 전해 들었다.

한편.

'강선이?'

석동출은 잠시 '강선'이 누군가 생각하느라 뜸을 들였다가.

'아, 박상대의 사생아 말이군.'

이내 고개를 끄덕였다.

"그건 몰랐습니다. 따지고 보면 진환이 녀석이 이번 사건 전체의 첫 단서를 제공했군요."

"예. 그래서 이번에 경장으로 특진하는 김에…… 본인의 희망도 있고 해서, 이번에 광수대로 배속하기로 하였습니다."

여진환이 광수대로 간 건 녀석의 요망이었나.

석동출이 고개를 끄덕였다.

"그땐 잘 부탁드리겠습니다. 저래 봬도 머리는 잘 돌아가는 녀석이라, 큰 도움이 될 겁니다."

강하윤은 석동출의 말을 들으며 묘한 위화감을 느꼈으나, 형식적인 인사치레란 생각에 가만히 고개만 끄덕였다.

"그런데 몸은 좀, 괜찮으십니까?"

석동출이 보란 듯 어깨를 으쓱였다.

"덕분에요. 애당초 크게 다친 것도 아니었습니다."

"총에 맞았는데 그럴 리가요."

강하윤이 힐끗 우려 섞인 얼굴로 석동출의 몸을 살폈다가 말을 이었다.

"우선은 회복에 전념해 주십시오. 다들 석동출 형사님을 걱정하고 있습니다."

그야 형식적인 인사치레겠으나, 석동출은 왠지 강하윤의 입에서 나오는 말은 본심이 담긴 듯하다고 생각했다.

'……아니, 무슨. 그냥 동료를 걱정하는 거지.'

괜스레 머쓱해진 석동출이 화제를 바꿨다.

"요즘 광수대는 바쁘지 않습니까?"

"무척 바쁩니다."

강하윤이 쓴웃음을 지었다.

"여기저기서 진술이 쏟아지고 있는 중이여서 관계 부서에 추가 인력을 부탁 중일 정도입니다."

"그래도 그 공사다망한 와중에 제 병문안을 와 주셨다는 건……."

석동출이 말을 이었다.

"혹시 추가 경위서가 필요합니까?"

어쩌면 수사 중에 현장의 모순을 발견했을지도 모른다.

석동출로서는 줄곧 비가 내려 주었으니 그걸로 현장을 조작했단 정황이 씻겨 갔길 바랄 뿐.

석동출이 그런 생각으로 강하윤을 떠보았더니, 그녀는 되레 당황하며 손사래를 쳤다.

"아뇨, 바쁘긴 합니다만, 대부분 내근 위주여서 정신없을 정도는 아닙니다. 저도 아직 용의자를 상대로 진술서를 작성할 정도는 아니어서 다른 업무를 맡고 있었습니다."

쩝, 괜한 말을 했나.

"그렇지만 실은."

강하윤이 머쓱해하며 말을 이었다.

"병문안 외에도 얼마 전 강선이의 유산 문제가 해결되어서 그 보고를 드리러 왔습니다. 회복에 집중해야 할 때에 혹시 석동출 형사님도 걱정하실까 생각했지 말입니다."

그 말에 그동안 박강선이란 꼬마에 대해선 안중에도 없었던 석동출은 괜스레 가슴 한구석이 찔렸다.

"아닙니다. 마침 일이 어떻게 되었는지 궁금했습니다."

석동출은 내색하지 않고 태연히 물었다.

"어떻게 되었습니까?"

"예. 박상대의 유족 측에서는 항소를 포기하였습니다."

강하윤의 말에 석동출이 눈을 가늘게 떴다.

"그렇다는 건, 박상대와 조광 측이 유착해 왔단 것 자체는 그들도 알고 있었던 모양이군요."

"예. 아마도 그런 듯합니다."

강하윤이 딱딱하게 굳은 얼굴로 고개를 끄덕였다.

그들도 그간 조광이 어떻게든 유착 내용을 덮어 주지 않을까 기대한 모양이었으나, 사실상 조광이 몰락하는 조짐 가운데 이루어진 꼬리 자르기였다.

하지만 조설훈의 사후, 그 부정이 속속들이 드러나기 시작한 지금은 유족 입장에서도 박강선의 유산을 노리고 이를 재판까지 끌고 갔다가 덜컥, 그들이 그동안 주워 먹었던 콩고물까지 드러나면 그에 따른 각종 혐의로 기소될 것과 추징금으로 배보다 배꼽이 더 커질 것을 우려한 것이리라.

석동출이 강하윤의 말을 받았다.

"다만 그렇게 되면 강선이라는 아이는……."

"예. 최소한의 법적 보호자 명의만 등록하고 요한의 집이란 보육원에 들어가게 되었습니다."

상황이 상황이다 보니 박강선의 보호자로 등록된 먼 친척조차 명의만 빌려줄 뿐, 관련한 권리는 포기해 버려 박강선은 요한의 집으로 가게 되었다.

옅다곤 해도 명색이 혈육인데 그렇게 내치는 모습은 윤리적으로나 도의적으로나 여러모로 언짢은 일이었다.

"그 아이에겐 그게 잘된 일인지 모르겠습니다."

석동출의 말에 강하윤이 가벼운 한숨을 내쉬었다.

"뭐, 요한의 집에 들어가는 것 자체는 강선이도 바란 일이었으니…… 앞으론 행복하길 빌어야겠죠."

"본인이 바랐다고요?"

"아, 예. 사정상 한동안 요한의 집에 신세를 진 적이 있는데, 그곳 생활이 마음에 들었던 모양입니다."

그 말에 석동출은 잠시 잊고 있던 내부 사정 한 토막을 떠올렸다.

"저도 들었습니다. 그 애가 박상대와 정순애의 사생아라는 걸 알아내기 전까지 잠시 의탁했었죠."

"예. 저도 몇 번 가 보았습니다만, 수녀님들도 좋은 사람들일 뿐만 아니라, 시설도 깔끔하고 좋았습니다."

강하윤이 말을 이었다.

"그래서 변호사님 말씀으론 강선이가 성인이 될 동안 믿을 만한 사람을 통해 박상대가 보유한 주식과 부동산을 관리해 주기로 했다고 합니다. 그렇게 처분한 유산은 강선이에겐 확정 신탁의 형태로 증여가 이루어질 예정입니다."

사무적으로 말한 뒤, 강하윤은 볼을 긁적였다.

"……사실 변호사님이 다 해 주셔서 저도 자세한 내용은 모르지만 말입니다."

석동출이 미소 지었다.

박강선의 유산 문제가 해결되어 기쁜 마음에 지은 미소가 아니라, 부끄러워하는 강하윤이 귀여워서 그런 거였지만.

"유능한 변호사를 선임했군요."

"예. 정말입니다. 유능할 뿐만 아니라 좋은 분이셨습니다."

강하윤은 짐작하지 못한 것이지만, 사실 박강선의 변호사로 선임된 유상훈 입장에서는 이 일을 재판까지 가져가 사무실의 명성을 드높이는 데 쓰고 싶었으나 그러질 못해 속이 상해 있었다.

그러니 조설훈의 갑작스러운 죽음은 난데없이 유상훈에게도 불통이 튄 셈이었다.

석동출이 웃었다.

"이거 참, 급하게 구하신 걸로 아는데 어디서 그런 유능한 변호사를 구하셨습니까?"

"저도 성진이 소개로 알게 된 분입니다."

성진이?

그게 누군데.

'그보단 왠지, 어디서 들어 본 이름 같은데…….'

석동출의 생각은 이어진 강하윤의 말에 끊겼다.

"저로서도 부탁을 들어줘서 다행이지 말입니다."

뭐, 흔하다면 흔한 이름이니.

석동출 본인만 하더라도 지인 중에 김성진, 최성진, 박성진 등 성진이란 이름의 지인이 숱했다.

그러니 자연스럽게 이를 흘려 넘긴 석동출은 미소 띤 얼굴로 고개를 주억거렸다.

"강 형사님 인맥도 만만치 않군요."

"아하하, 우연입니다."

강하윤은 부끄러워하며 어색하게 웃었다.

"실은 요한의 집도 방금 말씀드린 인맥과 무관하지 않습니다. 성진이도 거기서 알게 되었고요. 성진이가 마침 요한의 집에 후원을 하고 있어서 말입니다."

이래선 안 된다고 생각하면서도, 석동출은 강하윤이 친근하게 언급하는 '성진이'란 녀석이 마음에 걸렸다.

"능력 있는 동생이군요."

그 바람에 받아들이기에 따라선 비꼬는 것처럼 들리는 말을 뱉고 말았지만, 강하윤은 눈치채지 못하고 활짝 웃었다.

"말씀대로입니다. 능력 하나는 끝내주는 동생입니다. 귀엽기도 하고 말입니다."

심지어 귀엽기까지 하다니.

그거참 매력적인 연하남이군.

석동출은 떨떠름해하며 강하윤의 말을 받았다.

"말씀을 들으니 퍽 친하신가 보군요."

"으음, 최소한 저는 그렇게 생각합니다. 밥도 같이 먹은 사이고……."

데이트도 했나.

"다만, 저도 요즘 그랬지만 그 애도 워낙 바빠서 최근엔 도통 얼굴을 못 봤지만요."

보육원에 후원을 하는 인격자일 뿐만 아니라 유능한 법조인 인맥도 갖춘 인물이라.

'들으니 한 인물 하는 모양이기도 하고. 나는 죽었다 깨도 상대가 안 되겠군.'

석동출의 속도 모르고 강하윤이 떠들어 댔다.

"그러고 보니 저도 조만간 감사차 인사는 해야겠단 생각이 듭니다."

"……그렇습니까."

"예. 이번 일로 이래저래 도움도 많이 받았고, 마침 여름 방학이니 말입니다."

여름방학? 이거 참.

"아직 학생인가 보군요."

"예. 그래도 내년에는 중학생이 된다고 합니다."

"……."

잠시, 사고가 멈췄다.

내년에 중학생이 된다? 그러면 지금은 초등학생이라는 건가?

"……예?"

석동출의 넋 나간 반응에 오히려 강하윤이 당황했다.

"어라, 이성진, 모르십니까? 저는 당연히 알고 있는 줄로……아."

거기까지 말한 강하윤은 멋쩍은 듯 헛기침을 했다.

'하긴, 생각해 보면 석동출 형사님은 모를 수도 있겠구나.'

광수대 내에 이성진의 이름이 알음알음 퍼진 건 SBY가 심영한을 현장에서 붙잡은 이후였고 그땐 석동출이 김보성과 다투고(?) 광수대를 뛰쳐나갔을 때의 일이었다.

심지어 그날은 김보성의 주도로 검사 사무원들과 시저스로 가서 회식까지 했고, 그때 이성진과 관련한 이야기가 나온 적이 있어서 그녀는 무의식중에 석동출도 이성진을 알고 있으리라 여겼다.

"어흠, 죄송합니다. 업무 공유가 제대로 이루어지지 않은 듯합니다."

실제로도 그러했고.

그녀가 석동출과 본격적으로 대화를 나눈 것도 어디까지나 박강선의 유산 문제로 박상대 측의 자료를 부탁했을 때가 처음이었으니, 당시 아직 제대로 된 체제가 갖추어지지 않은 광수대에선 각 서에서 파견 온 인원 간의 수사 정보 공유가 제대로 이루어지지 않았다.

'게다가 조광과 유착 의혹이 있던 Y서는 의도적으로 수사에서 배제하기도 했으니까…….'

강하윤이 멋쩍은 듯 볼을 긁적였다가 차분히 말을 이었다.

"이성진은 삼광 그룹의 장손으로, 현재 SJ컴퍼니의 사장으로 재직 중입니다."

그 말을 들은 석동출은 무언가 생각난 듯 멈칫했다.

'……SJ컴퍼니?'

그건 분명, 배성준이 죽기 전에 자신과 통화한 내용 중에 언급된 회사였다.

「자네, 혹시 SBY 소속사가 어디인지 아나?」

배성준은 죽기 전, 석동출과 나눈 어느 통화에서 기묘한 내용을 언급한 바 있었다.

그는 심영한이 SBY에 체포되었다는 이야기를 듣고는 관련 내용을 언급했는데. 당시 석동출은 배성준이 무슨 이야기를 하려는 건가 싶어 의아해했다.

「예? 아, 그게…….」

「……모른다면 어쩔 수 없고.」

마침 석동출은 도깨비 신문을 통해 관련 기사를 읽고 있었던 덕에 그 다소 생뚱맞은 질문에 제대로 된 답을 할 수 있었다.

「아뇨, 기억났습니다. SJ엔터테인먼트입니다.」

그러자 배성준은 다음과 같은 내용을 언급했다.

「SJ엔터테인먼트는 SJ컴퍼니의 자회사다.」

SJ컴퍼니.

그곳은 구봉팔이 이사장으로 있는 새마음아동복지재단의 후원 기업이다.

구봉팔은 한때 박길태 살해 사건의 주요 용의자였고, 구봉팔을 소환해 조사한 것이 석동출이었기에 그는 이를 소상히 기억하고 있었다.

새마음아동복지재단은 작년 연말을 기점으로 SJ컴퍼니와 인연을 맺게 되었고, 이때부터 본격적인 후원금이 들어오기 시작하며 시설 확장 및 부지 매입에 들어갔다.

그중 박길태가 사망한 Y구 야산은 새마음아동복지재단이

보육 시설 부지 승인을 받아 매입한 장소였다.

'그런데 SJ컴퍼니가 여기서 언급되다니.'

석동출은 이를 무척 공교로운 일이라고 여겼다.

'우연? 아니면 필연인가?'

그리고 그 통화에서 배성준은 자신에게 한 가지 부탁을 했다.

「혹시 도깨비 신문이 SJ컴퍼니와 관계가 없진 않은지 알아봐 주면 좋겠군.」

도깨비 신문.

중우일보의 김기환 기자가 중우일보를 퇴사한 뒤 세운 인터넷 신문사.

그러잖아도 석동출 역시 도깨비 신문이라는 매체에 관심이 가던 차였는데―그도 그럴 것이 이번 사건 일체는 도깨비 신문의 보도 내용이 여론을 주도했으므로―배성준은 거기서 한발 더 나아가 'SJ컴퍼니'와의 연관성을 콕 짚어 언급했다.

어쨌건 배성준의 부탁으로 도깨비 신문을 빠르게 알아본 석동출은 기이한 사실을 알게 되었다.

도깨비 신문 설립에 도움을 준 것은 다름 아닌 예의 SJ컴퍼니였다는 것.

하지만 당시엔 그도 알아낸 표면적 사실만을 배성준에게

전달했을 뿐, 사건과 얼개를 엮어 볼 생각은 하지 못했다.

그도 그럴 것이, 그 직후 김철수와 조설훈을 추격해 그날 밤의 참사로 이어졌으니 석동출은 이를 곰곰이 생각해 볼 겨를이 없었던 것이다.

'하지만 거기서 선배님은 단서를 조합에 어떤 결론에 다다랐다.'

그리고 이성진이란 이름은…….

'……생각이 길었군.'

눈앞의 강하윤을 의식한 석동출이 속내를 감추며 물었다.

"……아직 초등학생이라면서요?"

뜸을 들였다가 이어진 석동출의 물음에 강하윤은 자연스럽게, 석동출이 멈칫하고 만 걸 '사장'이라는 직함과 '초등학생' 두 단어가 물과 기름처럼 섞이지 않아서 그런 것이라고만 여겼다.

게다가 삼광 그룹 장손이라는 배경도, 처음 듣는 사람에겐 흠칫할 만한 요소였다.

"예에, 저도 자세한 사정은 모르지만 말입니다."

하긴, 그렇게 따지고 보면 현재 조광 그룹의 최대 지분을 가지고 있는 조세화도 고작해야 중학생에 불과하니.

강하윤이 말을 이었다.

"사실 성진이……. 그러니까 이성진 군이 회사를 경영한 지는 이미 햇수로 2년째입니다. 또, 그만한 성과도 있어서 여러 계열사를 꾸리고 있고요."

"거기에 SJ엔터테인먼트도 포함되어 있는 겁니까?"

석동출의 물음에 강하윤은 눈을 동그랗게 떴다.

"네, 맞습니다."

그녀는 석동출이 SJ엔터테인먼트라는 회사를 알고 있는 것 자체가 신기한 모양이었다.

석동출은 그런 강하윤을 향해 픽 웃었다.

"유명하지 않습니까, SBY."

하긴, 얼마 전 심영한 체포에 공헌했던 SBY는 장안의 화제였던 데다가, 덕분에 얼마 전엔 그녀와 친한 전예은이 바라 마지않던 1위까지 했으니.

'모르면 간첩이긴 하지.'

그렇다곤 해도, 보통 소속사까지 아나?

"저는 형사님이 연예계에 관심이 없을 줄 알았습니다."

그런 강하윤의 의아함을 읽은 듯 석동출은 보란 듯 병실에 비치된 꺼진 TV를 힐끗 쳐다보았다.

"누워서 할 일이 없다 보니 TV 보는 거 말고는 할 게 없더 군요."

"그러셨습니까."

강하윤이 미소를 지었다.

"저는 사인도 있습니다."

자랑인가.

강하윤은 자랑스레 말을 이었다.

"심영한 체포 직후 참고인 조사를 맡은 게 저였지 말입니다. 그때 받았습니다."

그거 참 묘한 인연이군.

'그러면 강 형사에게 뭔가 물어볼 수도 있겠어.'

석동출은 이번에도 생각한 바를 내색하지 않으며 물었다.

"만나 보니 어땠습니까?"

"아하하, TV에서 보던 것과는 어딘지 좀 달라 보이긴 했습니다."

그걸 물은 게 아닌데.

강하윤이 말을 이었다.

"들으니 심영한을 체포했던 것 자체는 우연이었던 모양입니다. SBY는 당시만 하더라도 그게 게릴라 이벤트의 일환인 줄로만 알았지 뭡니까. 지금은 그게 실제 범죄 현장이었다는 걸 알게 된 것 같지만 말입니다."

"그렇군요."

우연이라.

석동출이 턱을 긁적였다.

"그러면 혹시 그들은 심영한이 조설훈의 사주를 받아 지유진 양을 납치하려 했다는 것도 알고 있습니까?"

"거기까진 모를 겁니다."

강하윤이 태연히 말을 받았다.

"형사님도 아시다시피…… 사건의 복잡성 탓에 대중들에게 그런 내용까진 전해지지 않았으니 말입니다."

사건의 복잡성.

강하윤은 언론이 이번 사건의 진상을 쉬쉬하고 있는 걸 그렇게 받아들이기로 한 모양이라고 석동출은 생각했다.

'그녀도 진심으로 그렇다 믿는 건 아니겠지만.'

석동출이 고개를 끄덕였다.

"그러면 아까 말씀하신 이성진이란 애도 입장이 난처했겠군요."

그 말을 들으며 강하윤은 왠지 모르게 석동출의 어조가 취조를 하는 듯하다고 느꼈다.

'단순 직업병인가?'

그렇게 생각하면서도 강하윤은 무심결에 몸을 의자 등받이 쪽으로 붙였다.

"거기까진 저도 잘 모르겠습니다. 아까 말씀드렸듯, 저도 성진이랑 만나 본 지 오래되었지 말입니다."

뱉고 보니, 강하윤은 자신 안에서 뭔가 턱 하고 걸리는 듯한 느낌을 받았다.

'설마, 지금 나는 성진이를 변호하려는 건가?'

딱히 그럴 이유도, 의도도 없었는데도 불구하고, 그녀는 이성진의 비서인 전예은이 대리로 찾아왔단 말을 스스로 하지 않았다.

강하윤 스스로도 자신의 대답에 의아해하는 와중, 석동출은 강하윤의 몸짓과 어투를 살폈다.

'더 캐묻기는 어렵겠군.'

어쩌면 사안을 너무 깊게 파고들었는지도 모르겠다고 석동출은 생각했다.

지금 석동출은 처음 이성진의 이름을 들었을 때 느꼈던 위화감의 정체를 알 듯했다.

그건, 김철수와 둘이서 조설훈을 추격할 때, 김철수의 도청 장치에서 흘러나온 조설훈의 목소리.

노이즈가 섞여들어 맥락 전체를 제대로 알아들을 수는 없었으나……

「……그래, 그것 하나만큼은 이성진에게 감사해야겠지…….」

그때 조설훈의 입에서는 '이성진'이라는 이름 석 자가 언급된 것 같았다.

그래서 석동출은 줄곧 마음에 걸리는 점이 한 가지 있었음에도 불구하고, 강하윤에게 그걸 물어볼 수 없었다.

'이성진은 조설훈과 아는 사이였습니까?'

강하윤은 이후 석동출과 몇 마디 잡담을 나눈 뒤 곧장 돌아갔다.

미소로 강하윤을 배웅한 석동출은 딱딱하게 굳은 얼굴로 가만히 병실 천장을 응시했다.

'……나 원. 이만 놓아 버리려고 생각했더니, 놓지 못하게 됐군.'

새마음아동복지재단의 구봉팔, SJ컴퍼니의 이성진, 도깨비 신문의 김기환.

종합해 보자면 이 세 사람이야말로 배성준이 죽기 직전 쫓았던 그림자였다.

'선배는 거기서 뭘 알아낸 걸까.'

새삼 배성준을 옹호할 생각은 없다.

그는 부패 경찰이었고, 조광과 내통하며 그들이 주는 돈을 받아 왔다.

하지만.

「선배님은 어떻게 하실 예정입니까?」

문득 던진 그 질문에 배성준은 이렇게 답했다.

「원래 해야만 했던 일.」

수화기 너머로 들린 배성준의 뜸 들인 대답은 어딘지 모르게 석동출이 존경하던 그 배성준의 모습을 떠올리게 했다.

'선배는 자기 자신을 걸고 조설훈과 끝장을 볼 생각이었을까.'

당시 배성준의 심정이 어떠했을지, 이제 와선 알 수 없는 일이지만.

그때, 똑똑, 하고 노크 소리가 들렸다. 강하윤이 병실을 나서고 얼마 지나지 않은 시간이었다.

'진환이겠군.'

생각하는 사이 허락도 전에 벌컥, 문이 열렸다.

이럴 거면 노크는 왜 했는지.

"꽤 오래 있다 갔네?"

예상대로 여진환이 능글맞게 웃으며 다가왔다.

"단순한 직장 동료 맞아?"

"……뭐라는 거냐, 넌."

여진환이 어깨를 으쓱이곤 방금 전까지 강하윤이 앉아 있던 의자에 엉덩이를 붙였다.

"그래도 형, 아무런 사심도 없는 건 아니지?"

"직장 동료를 그런 눈으로 보지는 않아."

석동출은 거짓말을 했다.

여진환은 그런 석동출의 거짓말에 속았는지 아닌지, 뻔뻔하게 웃으며 석동출의 팔을 툭 하고 쳤다.

"에이, 왜 그래. 강하윤 형사, 미인이잖아."

"……."

"흠, 그러고 보니까 형 첫사랑이랑 좀 닮은 것 같기도 하고. 그러니까 언제더라……."

석동출이 픽 웃었다.

"그런 거 아니라니까. 그리고 너도 나중에 배치되거든 그런 농담은 하지 마. 강 형사는 그런 거 질색하는 모양이거든."

"예, 예."

"그리고 말이 병문안이지, 본 목적은 사건 공유였어."

여진환이 드르륵, 의자를 끌어 침상에 좀 더 가까이 붙었다.

"무슨 사건?"

"박상대."

방금 전 대화의 물꼬를 틀기 위한 농담을 던졌던 것과 달리, 석동출의 말에 여진환은 꽤나 흥미를 보였다.

"박상대면, 그거지? D구 야당 후보였던."

"아는 게 제법 구체적인데?"

"나야 뭐, 아버지 일도 있고 하니까 모르기 힘들지. 왜, 박상대는 최갑철 의원이랑 사돈도 맺을 뻔했잖아."

"……아, 그랬지."

여진환이 턱을 긁적였다.

"게다가 나도 박상대의 갑작스러운 후보 사퇴가 좀 이상하다 생각했거든. 지금 생각해 보니 최갑철 의원이 먼저 손을 쓴 건가 싶긴 해."

"먼저 손을 썼다니."

"왜, 사생아도 있고. 그런 사람을 그 대단하신 집안에 들이긴 꺼림칙하지 않겠어? 또, 새삼스러운 이야기지만 그 직전에…… 무슨 신문이더라."

"중우일보."

"아, 맞다. 중우일보. 아무튼 찌라시이긴 하지만 거기서 뭔가 터뜨리려던 게 검열되었단 이야기도 나왔고……. 그러니까 알아서 기어라, 이거였겠지."

여진환이 의자에 등을 붙였다.

"그런데 박상대 건은 이미 끝난 사건 아니었어? 그걸 새삼 보고하고 공유할 거라도 있는지 모르겠는데."

"별개의 일이야. 들으니까 박상대 유족 측이랑 예의 사생아가 상속 문제로 다툰 모양이더라고."

석동출의 말에 여진환은 인상을 찌푸렸다.

"어디에나 그런 부류는 있기 마련이군. 흠……. 하긴, 지금은 별 볼일 없게 되었지만 박상대 쪽 집안은 꽤 **빵빵**했으니까."

"그랬어?"

"응. 그러니 최갑철도 박상대 같은 정치 신인을 사위로 들이려 했겠지. 썩어도 준치라고, 박상대는 그 이름값만으로 D구를 꽉 쥐고 있었거든. 나도 요즘 같은 시대에 그런 게 통할지는 몰랐는데, 통하긴 했던 모양이더라."

여진환이 고개를 저었다.

"뭐, 이젠 그것도 다 지난 일이지. 아무튼, 그래서 강하윤 형사랑 박상대 쪽 자료 공유를 했단 거야?"

"맞아. 박강선이라고, 박상대의 사생아 쪽 변호사 요청이 있었나 보더라. 경찰은 그런 요청에 응해야 하니까 그 일로 도움을 줬지."

석동출이 말을 이었다.

"그것도 이젠 끝났어. 박상대의 친인척이 재판까지 가지 않고 합의를 했거든."

"그쪽 입장에서는 난데없이 굴러 들어온 돌이 박힌 돌 빼내려는 기분이었겠군. 그래도 재판까지 가지 않아서 다행인가."

그거, 제법 사람 피 말리거든, 하고 여진환이 덧붙였다.

"뭐, 만약 재판까지 끌고 갔으면 나름 화제이긴 했겠다 싶어. 박상대는 제법 사람 입에 오르내린 인물이고, 그런 인물의 사생아임을 증명하려는 유전자 검사 결과를 판사에게 증명하는 것 자체가 퍽 이례적이거든."

"그래서 포기한 걸 거야."

석동출이 쓴웃음을 지었다.

"재판까지 갔다간 박상대가 쌓아 올린 자금 출처를 밝혀야만 했을 거고, 거기에는 한창 시끄러운 조광도 무관하지 않았을 테니까."

"……이번에도 조광인가, 싶긴 하지만 그것도 그렇군."

하지만 석동출의 말마따나 그것도 이젠 끝난 이야기였다.

사법기관이라면 응당 죽은 박상대의 재산을 조사해 이를 환수하는 것이 옳겠으나, 구태여 거기에 인력을 차출하는 것이며 노력을 들이는 것은 계륵에 긁어 부스럼을 만들 여지가 있었다.

한편으로는 '죽은 사람에겐 더 이상 죄를 묻지 않는다'는 암묵적인 사회적 합의도 한몫하는 것이다.

여진환이 석동출의 어깨를 툭 하고 쳤다.

"그래도 형 입장에선 아쉽겠네."

"뭐가?"

"왜, 그걸 빌미로 강하윤 형사랑 인연을 쌓아 갔더라면 혹시 모르는 일이잖아?"

"……형 놀리지 마라."

"하하, 그래도 뭐, 퇴원하면 계속 볼 사이잖아?"

싱글벙글 웃는 얼굴로 자신을 놀리는 여진환을 보며 석동출은 픽 웃었다.

"그럴 일 없어."

"……왜? 근무처 옮겨?"

"아니. 그런 건 아직 안 나왔는데."

석동출이 말을 이었다.

"나, 사표 쓸 생각이거든."

"……."

여진환이 얼굴에 드리웠던 웃음기를 거뒀다.

"……무슨 소리야, 그게?"

"말 그대로야. 경찰 일 때려치우고 다른 일이나 알아보려고."

여진환이 몸을 앞으로 기울였다.

"진심이야?"

여진환은 따지듯 물으면서도, 오늘 석동출이 보여 준 어딘가 텅 빈 듯한 느낌의 원인을 알 것 같단 생각을 했다.

'나는 그걸 배성준의 죽음과 사건이 끝난 뒤의 공허감이라 생각했지만, 그게 아니었던 건가.'

석동출은 여진환을 피하듯 고개를 돌려 시선을 창문으로 향했다.

"그래."

여진환은 석동출의 뒤통수를 보며 주먹을 꾹 쥐었다.

"대체 뭐가 문제인데? 총에 한 방 맞더니, 이제 새삼 범인 잡는 게 무서워지기라도 했어?"

"아, 그럴 수도 있겠네. 그거 졸라 아프거든."

"……배성준 형사 때문이야?"

"……."

석동출은 잠깐 침묵 끝에 입을 뗐다.

"너, 아까 전에 나더러 '진실이 뭐냐'고 물었지?"

"……그래."

"그걸 모르겠더라, 나도."

석동출이 한숨을 내쉬었다.

"그런 게 새삼 중요한지도 모르겠고, 애당초 중요했던 적이 있는지도 모르겠어. 나도 그 현장에 있었지만, 정작 나는 아무것도 아는 게 없었거든."

"……."

"나는 세상이 좋은 놈이랑 나쁜 놈, 두 부류로 나뉜다는 생각은 사춘기 이후로 버렸다고 생각했는데 그게 아니었나 봐. 사실 나는 얼마 전까지만 하더라도 세상을 그런 이분법으로 나눠 보고 있었던 거지."

석동출이 등을 보인 그 상태로 말을 이었다.

"결국 모든 사람에겐 각자의 인생이 있고, 그 사람의 행적이 결과적으로 선하거나 악하단 평가를 내린 뒤에는 그 어떤 물적 증거로도 찾아낼 수 없는 진실이 숨어 있다……. 그리고 경찰은 그런 걸 알아낼 수도, 알아낼 의무도 없다. 그렇게 생각하고 나니까, 더 이상 경찰 일은 못 하겠더군. 애당초 진실이란 건 중요한 적도 없었고, 중요한 건 현상을 해석하는 것뿐이라고."

"……."

개똥 같은 소리.

석동출은 지금 배성준을 의식하고 있는 것이라고, 여진환은 생각했다.

배성준은 석동출의 롤모델이자 지향점이었으니 배성준을 그 누구보다도 존경하고 있었던 그가 지금 가장 큰 배신감을 느끼고 있으리란 건 여진환도 잘 알고 있었다.

배성준이 조광과 유착한 건, 그의 천성이 그랬기 때문은 아닐 것이다.

하지만 그렇다고 한들, 배성준은 경찰 입장에서나 국가 입장에서나 대다수 국민 입장에서나 해악이었다.

배성준은 조광과 유착하며 경찰 내부의 정보를 흘렸고, 그 정보는 조광에 큰 이득을 안겨다 주었다.

'그러니 나도 형이 저러는 걸 공감은 못 하겠지만 이해는 해.'

더욱이 배성준의 죽음은 단순히 범인 검거 중 일어난 영웅적인 순직을 뜻하는 바도 아니었다.

만약 배성준에게 그런 비리 없이 순직하고 만 것뿐이라면, 석동출은 오히려 그 죽음을 딛고 일어설 만한 인간이었다.

석동출의 갈등은 자신이 바라보는 세계관의 균열에서 기인했고, 배성준이 자신이 그리는 미래상이라면 자신 역시도 외부에서 뻗어 오는 유혹의 손길을 떨칠 수 없을지 모른다는 불안감이 작용한 것이리라.

'아무튼 쓸데없는 생각이 많다니까.'

그에 비하면 여진환 자신은 단순한 인간이라고 생각했다.

그는 처음부터 끝까지 나쁜 놈이 없듯, 반대도 마찬가지라고 생각하는 것이다.

그러니 누군가와 친분을 쌓더라도 온전히 신뢰하지 않고, 그러니 남에게 마음을 맡기지도 않는다.

환경에 의해 사람이 변했다면, 그 변화에 대처하여 대응 방식을 바꾸는 것이 그의 처세였다.

그래서 석동출의 뒤통수를 바라보는 여진환의 시선은 싸늘했다.

'……개인적으론 그 생각 많은 점을 높이 샀는데, 그게 발목을 잡은 건가. 그도 여기까지군.'

그나마 사안과 현상의 본질에 집착하는 면이—그렇기에 헛발질도 하지만—자신과 닮은꼴이라 여겼더니, 한 차례 마음이 꺾인 것으로 재기불능이 되어 현실에서 도망치고 마는 인물이라면, 더 이상 연루할 까닭이 없다.

그리고 석동출이 다시 고개를 돌렸다.

'음?'

고개 돌린 석동출을 보며, 여진환은 그가 어시장 가판대에 늘어진 생선마냥 죽은 눈을 하고 있으리라 생각했더니, 그렇지 않은 걸 보며 조금 놀랐다.

석동출이 여진환을 보며 입을 뗐다.

"그래서 오늘 오전만 하더라도 그렇게 생각했단 말이지."

"……무슨 소리야?"

"깨달은 바, 모르던 것도 알고자 하면 결국 언젠가는 알 수 있게 된다는 거."

석동출이 씩 웃었다.

"그렇다고 해서 '세상의 모든 진리가 내 손에 있으리라', 하는 중학생이나 할 법한 생각을 했다는 건 아니야. 말 그대로, 사안에는 각자의 이익, 각각이 목표로 하는 점이 있는 거고 진실이란 상황을 해석하는 것에 있다고 보거든."

그것도 중학생이나 할 법한 부끄러운 소리라고 생각했지만, 생각만 했을 뿐 여진환은 괜히 초를 치는 말은 하지 않았다.

"그러면 사표 쓸 생각은 접은 거지?"

여진환의 말에 석동출이 픽 웃으며 천장을 보았다.

"아니. 그 생각은 변함이 없어."

"……."

"말했잖아, 경찰은 그런 걸 알아낼 수도, 그런 걸 해야 할 의무도 없다고. 그러니 나는 공직에 몸담은 신분이 아니게 되었을 때만 할 수 있는 일도 있는 거라고 생각한다."

석동출의 말에 여진환은 한숨을 내쉬며 의자에 도로 등을 붙였다.

"됐어. 형 생각이 그렇다니 내가 말릴 수는 없겠지."

하지만 석동출을 보는 여진환의 표정엔 방금 전 그 뒤통수를 향했던 차가움은 사라지고 없었다.

"어쭈, 말리지도 않네? 앞으로 뭐 하고 먹고살아야 할지 걱정하는 척이라도 해 주면 어디가 덧나?"

여진환이 픽 웃었다.

"형사 박봉이 사라져서 먹고살 걱정을 해야 할 환경이야? 막말로 잠실에 있는 형 집만 월세로 내놓아도 그보단 많이 벌어."

여진환이 어깨를 으쓱였다.

"게다가 어디 형이 내가 말린다고 들을 사람인가. 내가 말린다고 들을 사람이었으면 그놈의 첫사랑도 실패 안 했지."

"뭐래."

"왜, 고딩 때 말이야. 내가 꽃 들고 학교 앞에서 기다리는 거 하지 말랬잖아. 그거 귓등으로도 안 들어 놓곤."

"……."

"요즘은 그거, 스토킹이라고 하던데. 알아?"

"그만해라. 나도 이젠 그게 헛짓거리였단 거 알고 있으니까."

석동출의 떨떠름해하는 얼굴을 보며 여진환이 웃었다.

"하하, 뭐, 말은 그렇게 했지만 솔직한 심정으론 버디도 기대했어. 형이랑 같이 다니면 심심하지는 않을 거라고 생각했거든."

"이게 사람을 뭐로 보고."

"알면서 뭘. ……그래도 이걸 물어보긴 해야겠다."

여진환이 석동출을 물끄러미 바라보았다.

"그 심경의 변화는 강하윤 형사가 병문안을 온 뒤로 바뀐 거지?"

"맞아. 아, 그렇다고 괜한 오해 하지는 말고."

"알아. 여자한테 홀딱 반해서 그런 거라면 경찰 관두겠단 소리도 안 할 테니까."

여진환이 깍지 낀 손을 꼰 다리 무릎 위로 얹었다.

"강하윤 형사가 가져온 보고를 듣는 동안, 뭔가가 생각난 거 아니야?"

석동출은 부정하지 않았다.

"맞아."

"그러면……."

여진환이 신중하게 말을 이었다.

"혹시 배성준 형사의 죽음이 억울하다거나, 필시 다른 이유가 있었을 거란 생각?"

석동출은 담담하게 부정했다.

"아니야. 선배님의 죽음이나 과정 그 자체에는 한 점 의혹도 없어. 너도 알다시피 선배님은 조광의 뒷돈을 받아 왔고, 경찰 내부 정보를 조광에게 흘려 왔지. 거기엔 누군가의 음모도 없었고, 강요도 없었다. 어디까지나 전부 선배님이 선택한 일과 결과야."

대답하는 석동출의 얼굴에는 배성준을 향한 회한이라곤 일절 묻어나지 않았다.

"그러니 선배님의 죽음은 더 이상 더할 것도 뺄 것도, 그렇다고 미화하거나 비하할 것도 없어. 선배님은 자신의 신념대로 한 것뿐."

"……."

"그리고 선배님은 뒤늦게 당신이 해야만 하는 일이 무엇이었는지 알고, 그걸 한 거지."

그건 은연중의 미화라고 여진환은 생각했지만, 그걸 언급하지는 않았다.

다만.

"해야만 하는 일?"

"나쁜 놈들 벌주는 거."

석동출의 대답에 여진환은 쓰게 웃었다.

"……그럴 거라면 그냥 처음부터 솔직하게 협조를 구하면 되지 않았을까? 사실 광수대가 그간 해 온 것도 전부 조설훈을 감옥에 집어넣기 위한 결말로 귀결되잖아."

"……."

"만약 배성준 형사가 알고 있던 것과 알아낸 모든 걸 소상히 밝히고 협력을 구했다면, 김보성 검사는 옳다구나 하고 했겠지. 그렇다고 해도 배성준 형사에게 내려질 징계는 변하지 않았겠지만, 어느 정도 참작이 이루어지도록 변호도 해 줬을 거고."

석동출은 그 말에 즉답을 하지 않고 잠시 뜸을 들였다가 대답했다.

"나도 그 부분이 의문이긴 해. 조설훈을 감옥에 집어넣기만 할 뿐이라면 광수대에 협조를 구해도 되었을 거야. 하지만."

석동출이 말을 이었다.

"선배님이 광수대의 협조를 구하지 않고 직접 조설훈과 담판을 지으러 간 거라면, 하지 않은 게 아니라 할 수 없었던 건 아닐까?"

석동출의 말에서 여진환은 모순을 짚어 냈다.

"……배성준 형사는 형한테도 그걸 비밀로 했던 모양이군."

여진환의 통찰에 석동출은 두 손을 들었다.

"맞아."

"……."

"나는 뒤늦게야 선배님의 의도를 깨닫고 뒤를 쫓았어. ……그 결과는 너도 아는 대로고."

그러면서 석동출은 의도적으로 안기부의 존재는 감췄다.

그날 아무렇지도 않게 사람을 총으로 쏘아 죽이던 김철수를 떠올리면, 차마 그들의 개입 사실을 밝힐 수 없었던 것이다.

'……일단은.'

게다가.

"그렇다면 허위 진술인데?"

그 (거짓 섞인)고백을 여진환은 대수롭지 않게 받아넘겼다.

그는 그런 인물인 것이다.

석동출이 쓴웃음을 지었다.

"그렇지. 허위 진술이야. 경찰 자격이 없어."

"그게 양심의 가책이 되어 경찰을 관두는 계기로 이어졌구
면."

반쯤 농담조로 그 말을 받아치기까지.

'농담은 그쯤 하고.'

여진환이 눈을 가늘게 떴다.

'일단 경찰 측이 인지하고 있는 사건의 개요는 조설훈을
감시 중이던 배성준 형사가 형을 호출해 낸 뒤, 동시에 진입
했다는 거였어. 그리고 조지훈이 조설훈을 살해한 뒤, 두 사
람은 현장 대응에 나섰고, 총격전 끝에 배성준 형사와 조지
훈, 곽남훈이 사망했지. 그 과정에 형은 다리에 총상을 입었
고. 트렁크에 있던 시체는 다른 현장에서 사망해 있었다……
는 건데.'

방금 전 석동출의 고백에 의하면 전제부터가 사실과 달랐
다.

'배성준은 형에게 의도를 감췄고, 형은 뒤늦게 현장에 도착했다.'

그렇다는 건, 배성준은 석동출을 호출한 적도 없고, 석동출이 현장에 도착한 것은 그의 자의적 추적이었을 것이다.

그렇다면.

처음부터 의아하게 생각한 이 '지나치게 깔끔한 현장'에는 사후 조작이 이루어졌을 공산이 컸다.

'그게 현장의 진실을 남한테 말 못 할 이유로군.'

현장의 진실이 무엇이었는지, 석동출은 밝히려 하지 않는다.

필요하다면 무덤까지도 가져갈 것이다.

그 결과는 원원(이라고 대놓고 말하면 인간성을 의심받겠지만).

핵심 관계자만 놓고 보자면 조설훈과 조지훈은 죽었고, 배성준은 순직 처리.

석동출 입장에선 배성준이 사망하지 않는 게 최선이겠지만, 그나마 순직이란 형태로 남긴 것은 차선.

그렇다고 해서 석동출이 배성준의 죽음을 순직으로 위장한 것을 두고 힐난할 생각은 없다.

여진환의 생각에도 배성준은 죽음을 각오하고 '해야만 했던 일'을 하려 했다.

그 자체는 백번 양보해서 '순직'으로 포장해 주어도 괜찮다.

만일 끝까지 추한 죽음이었다면, 석동출도 배성준을 이렇게까지 비호하려 하지 않을 것이므로.

'그리고 배성준이 광수대에 협조를 구하지 않은 게 아니라 할 수 없었던 까닭.'

현상 자체는 피상적으로 내비치지만 본질을 파고들자면, 그 답은 어렵지 않다.

배성준은 여차하면 '나쁜 놈'을 죽일 각오까지 한 것이다.

분명 조설훈은 나쁜(그렇다 하더라도 그가 죽어 마땅한 건지, 윤리적 문제는 차치하더라도) 놈이긴 하나, 배성준이 그를 죽일 거란 걸 알고서도 석동출이 이를 내버려 두었다면 그건 미필적고의 공모다.

'상황이 이러니 내가 물어도 솔직하게 답할 사람은 아니란 말이지.'

그러면서 다른 생각의 여지를 던져 두는 건 비겁하다고 생각했지만, 한편으론.

'그렇기에 내가 진실을 알아내도 상관없도록 경찰을 관둔다는 건가? 형답다면 다운 사고야.'

그리고 석동출 역시 배성준과 마찬가지로, 경찰을 관두기로 결심하면서 '해야만 하는 일'을 자각한 것이리라.

'나쁜 놈 벌주는 거, 말이지?'

융통성 없는 사람 같으니라고.

그렇게 생각하며 여진환은 속으로 쓰게 웃었다.

배성준이 '순직'한 것은 사실로 치더라도.

석동출은 경위를 묻는 경찰 조사에서 허위 진술을 했다.

'어쨌건 여기서 동출이 형이 도착했을 때 상황은 이미 끝나 있었다……는 것도 왠지 너무 깔끔하게 맞아떨어진단 말이야.'

과연 석동출이 현장에 도착했을 때는 모두 죽고 끝났는가?

'앞서 형이 경찰에 증언한 내용은 배제하고, 현장만을 본다면…….'

여진환은 그 뒤를 이은 생각에 흠칫했다.

'혹시, 형이 도착한 당시엔 아직 살아 있는 사람이 있진 않았을까?'

감식 결과 '다른 현장에서 사망'한 트렁크 속 청년은 제외하고.

'만약 형이 도착한 당시 조지훈, 조설훈, 곽남훈. 셋 중 최소 한 사람이 살아 있었다면…….'

석동출은 살인을 했다.

이미 진술 과정에 곽남훈을 총으로 쏘아 제압(살해)했다는 내용은 나왔다.

그러니 석동출이 사람을 죽였다는 사실 자체에 놀란 것은 아니었다.

여진환이 주목한 건 살인 그 자체가 아닌, 살인의 '목적성'

이었다.

'어쩌면 방호 목적으로 이루어진 정당방위가 아닌, 살인멸
구가 행해졌을지도 모른다.'

당시 억수같이 쏟아지는 비로 현장의 이렇다 할 대부분의
증거가 씻겨 내려간 상황에 석동출의 진술만이 거의 유일한
정황.

그 외에 물적증거는 현장에서 사용된 총기와 시체에 남은
자상이 고작.

그리고 탄조흔을 분석한 결과, 조지훈, 조설훈, 곽남훈의
몸에 남은 총상은 각각 다른 총에 의한 자상이었다.

감식 결과, 곽남훈의 몸에 남은 탄조흔은 석동출에게 지급
된 총에서 발사된 것이었고.

조지훈의 몸에 남은 흔적은 배성준의 총에서 발사된 것.

조설훈은 조지훈의 손에 들려 있었던 자동권총에 의해 살
해되었다.

그리고 배성준은 조지훈의 손에 들려 있었던 자동권총에
의해 살해되었다.

마지막으로 석동출의 다리에 관통상을 남긴 것 또한 조지
훈이 가지고 있던 자동권총에 의한 것.

'즉, 조지훈이 조설훈과 배성준을 죽였을 뿐만 아니라 형
의 다리를 맞혔단 것이 되지. 그러니 피상적으로 끼워 맞추
자면 형을 제외하고 마지막에 남은 사람은 동출이 형의 손에

죽은 곽남훈이거나, 자동권총을 소지한 조지훈이 되겠지만.'

이미 진술 과정에 허위 진술을 했던 석동출이니, 현장을 조작하지 않으리란 보장은 없다.

'어차피 권총 같은 건 결국 도구에 불과해. 누가 들어도 흉기가 되지. 잠깐……'

만일 석동출이 자신에게 고백한 '뒤늦게야 배성준의 의도를 깨닫고 이를 쫓았다'는 것이 진실이라면(그리고 그건 진실일 것이다).

'인물이 없어도 도구는 움직여.'

여진환이 석동출을 물끄러미 쳐다보며 입을 뗐다.

"형. 혹시 사건이 일어나기 전에 배성준 형사와 만난 적이 있어?"

여진환의 추궁에 석동출은 두 손을 들었다.

"……맞아. 잠깐 만나서 정보를 전달했지."

"정보?"

"도깨비 신문."

석동출이 담담히 대답했다.

"선배님이 나한테 부탁했거든. '혹시 도깨비 신문이 SJ컴퍼니와 관계가 있지 않느냐'고. 그래서 그걸 조사해서 전달했어."

새로운 정보였다.

'SJ컴퍼니와 도깨비 신문? 배성준이 형에게 그런 걸 조사

해 달랬다고?'

……일단 그 내용은 머릿속에 넣어 두고.

"그러면 형은 배성준 형사를 만났을 때 총을 빌려준 거 아니야?"

석동출은 여진환의 말에 그를 묵묵히 바라보다가 고개를 돌렸다.

'역시나.'

사실상 긍정의 침묵.

'즉, 곽남훈을 죽인 건 배성준 형사였을 수 있다는 것이로군.'

그것만으로도 현장과 석동출의 말 사이에서 생겨난 모순점 몇 가지가 해소되었다.

'배성준은 여차하면 조설훈……. 아니, 조지훈? 아무튼 두 형제 모두거나 그중 한 사람을 죽일 각오를 했다.'

술집 인근에 조설훈의 차가 남아 있었고, 술에 마취약을 탄 흔적이 있었던 정황으로 보아 조설훈은 거기서 납치되었을 것이다.

'트렁크 속 사체는 조설훈의 운전기사였을 것이고.'

배성준은 조설훈, 조지훈, 곽남훈 세 사람과 술집에 함께 있었다.

그때 조지훈은 배성준으로 하여금 '나쁘지 않은 제안'을 했을 것이다.

'동출이 형이랑 이야기했듯, 범인을 검거하거나 현장에서 사살하거나 배성준의 징계는 확정 요소였지. 그러니 조지훈은 자신의 일을 도와준다면 배성준의 해임 이후 한 자리를 마련해 주겠다는 내용으로 딜을 했을 거야.'

조지훈은 배성준에게 한 제안이 '거절할 수 없는 제안'이 되게끔 그를 협박해 이끌었을 것이다.

'배성준의 가족을 들먹였겠지.'

조설훈이 마취약을 탄 술에 취할 때를 기다린 그들은 운전기사를 불러 '살아 있는' 조설훈은 운반한 뒤, 그를 살해하고 조지훈의 트렁크에 실은 뒤 자리를 옮겼을 것이다.

마취약을 사용해 인사불성이 된 조설훈을 현장에서 살해하지 않고 굳이 자리를 옮긴 까닭은 시체 처리를 위해서이리라.

'사건이 벌어진 폐공장 부지는 이전부터 종종 사용해 왔던 듯하고, 설령 총성이 들리더라도 알아채지 못할 만큼 주변에 인적도 드물지.'

마침 비도 내렸으니, 돌아다니는 사람도 없었을 것이다.

'……그런데 조금 이상하군.'

조설훈은 체구가 건장하긴 하나 몸집이 마른 편이다.

'남보다 배는 몸집이 큰 조지훈이면 모를까, 조설훈을 옮기는 일에 두 사람은 부족한가?'

조설훈을 옮기는 데 둘은 적당하고 셋은 많다.

조지훈을 옮긴다면 셋은 적당하고 넷은 많다.

더군다나 조지훈은 그 체형이며 각종 무용담에서 짐작할 수 있듯 힘깨나 쓰는 인간이니, 조설훈을 옮기는 일에 운전기사의 손을 빌릴 필요가 없다.

'……뭐 그것도 조설훈 측 운전기사의 살인멸구를 겸한 것이라면 말이 되기는 하는데.'

그걸 제하더라도 어딘가 턱, 하고 걸리는 지점이 있다.

'왜 죽인 다음 옮기지 않았지?'

트렁크 속 시체에는 교살 흔적이 있었다.

그러니 마취약에 취한 조설훈의 목을 졸라 죽이는 것쯤은 어렵지 않았을 텐데, 그들은 구태여 자리를 옮겨 가며 '총'을 사용한 살인을 했다.

'마치 누군가가 알아주길 바라는 것처럼 말이야.'

만약 조지훈이 배성준과 공모하여, 조설훈을 '정당방위로 살해'했다는 현장을 만들고자 한 것이라면, 그런 번거로운 방식을 택한 것도 납득이 가지만…….

'그렇다면 어째서 상황이 뻔히 들여다보이도록 조지훈 본인의 차를 이용한 걸까?'

이것이 '정당방위 살해'로 보이게끔 만든 계획범죄라면, 조지훈은 그 자리에 없어야 했다.

그러니 현장에 조설훈과 배성준 단둘뿐이었단 식의 재구성을 할 필요가 있을진대, 조지훈의 차가 사라지면 조설훈이 배성준과 사이좋게 한 차를 나눠 타고 인적 드문 곳까지 가서 총싸움을 벌였다는 것이 된다.

'……말이 안 돼.'

조지훈이 완전범죄를 꿈꾸었다면, 현장은 '조설훈과 배성준 두 사람이 약속 장소에서 만나기로 했다'는 이야기가 나오게끔 해야 했다.

게다가 조설훈의 몸에 남은 총상은 경찰에게 지급되는 제식 리볼버가 아닌, 그 출처를 알 수 없는 자동권총이었다.

조지훈 같은 아마추어라면 '총이 다 거기서 거기겠지' 하고 대수롭지 않게 여겼을지도 모르나, 베테랑 형사인 배성준이 탄조흔의 존재를 모를 리 없다.

그러니 현장은 마치 누가 보아도 '조지훈이 조설훈을 살해했다'고 해석할 수 있을 만한 결과로 남았다.

그러면서 여진환은 누군가가 조지훈을 일컬어 '멧돼지 같은 덩치 속에 너구리가 들었다'고도 한 것을 떠올렸다.

'아무리 조지훈이 둔하고 멍청하단 평가를 받는다지만 그것도 어디까지나 조설훈과 비교한 상대적인 평가지, 거리의 소문은 그렇지만도 않았어.'

더군다나.

'……애당초 조지훈이 조설훈을 죽일 까닭이 있나?'

조설훈과 조지훈이 조성광의 유력 상속자였다는 건 주지의 사실이다(여기서 조세화가 세 번째 상속자였단 건 그 누구도 예상 못 했지만).

마침 아들이 구속 수감되어 곤궁에 처한 조설훈은 심영한의 체포로 궁지에 몰리다시피 했다.

가만히 내버려 두어도 자멸할 것이 분명한데, 조지훈이 존속살인이라는 리스크를 감수해 가며 조설훈을 살해할 까닭이, 있는가.

'오히려 그 반대라면 모를까.'

조설훈 입장에 조지훈만 죽어 준다면, 조성광의 상속 지분을 이용해 회사를 장악하는 것이 가능하다.

'어쩌면, 처음부터 잘못 생각한 건 아닐까.'

여진환은 '조설훈이 조지훈을 죽이고자 했다'는 전제하에 머릿속으로 빠르게 사건을 재구성했다.

"……."

많은 것이 맞아떨어진다.

마취약에 취한 것이 조지훈이라면, 그를 옮기는 데 세 사람이 필요했다.

'더욱이 운전기사를 부르면 조설훈은 조지훈을 옮기는 데 손을 보태지 않아도 되지.'

그러니 트렁크에서 발견된 것은 조지훈의 운전기사였을 것이다.

그 일에 조지훈의 차를 이용한다면 배성준이 '약속 장소에서 만나기로 한' 장소가 만들어진다.

'그게 현장까지 조지훈의 차를 몰고 간 까닭.'

그리고 조지훈의 사체에 남은 총상은 배성준의 총에서 발포된 것.

조설훈은 거기서 자동권총을 들이밀며 배성준이 가진 총을 압수해 그를 협박하지 않았을까.

'조설훈은 배성준에게서 뺏은 총과 가지고 있던 자동권총으로 그를 위협해 시체를 옮기도록 했다.'

예의 가족을 들먹인, 그리고 달콤한 보상까지 담보하는 거절할 수 없는 제안.

하지만 조설훈이 간과한 것이 있다면, 작정하고 그 자리에 간 배성준이 석동출의 총을 숨기고 있었다는 점이었다.

'보통 두 자루씩이나 총을 챙길 거라고는 생각하지 않지.'

그 뒤 조설훈, 곽남훈, 배성준 세 사람은 현장에 도착.

조설훈이 배성준의 총으로 조지훈을 쏴 죽일 때(혹은 쏴 죽이기 전에), 배성준은 석동출의 총으로 조설훈과 곽남훈을 위협했다.

곽남훈은—살인에 협조하고 침묵할 만큼 충성스러운 인간이었으니—배성준에게 덤벼들었고, 배성준이 곽남훈을 제압하는 사이, 가지고 있던 자동권총으로 배성준을 쏘았다.

'그러면 배성준에게 자동권총의 총흔이 남은 것이나 곽남훈에게 동출이 형의 총흔이 남게 된 까닭이 맞아떨어져.'

하물며 조설훈은 계획적으로 조지훈을 살해하고자 했다.

그 계획안에는 배성준의 배신도 염두에 두고 있었으리라.

어차피 배성준이 배신하더라도, 조지훈과 배성준이 양패구상을 했단 결말로 만들면 그만이니 그는 주저하지 않고 배성준을 쏘았을 것이다.

'그리고 조설훈은 자신이 현장에 나타난 적이 없었던 것으로 하려 했을 거야.'

자, 그러면 조설훈은 이 모든 일을 마친 뒤엔 어떻게 돌아가려고 했을까.

간단하다.

차가 한 대 더 있으면 된다.

'조설훈 또는 곽남훈이 직접 운전한 제3의 차량.'

조지훈의 차 트렁크에 있던 운전기사의 시체는 일이 마무리된 뒤 별도로 몰고 온 차로 옮기면 된다.

'게다가 시체 처리는 이미 최소 한 번은 해 본 인간이고, 정순애의 시체가 한강 둔치로 떠내려온 것에서 교훈도 얻었겠지.'

즉.

'조지훈이 조설훈을 죽인 게 아니야.'

조설훈이 조지훈을 죽이고자 한 것이다.

그리고 조설훈의 계획은 절반의 성공을 거뒀다.

'……그런 조설훈도 변수는 생각하지 못했다.'

변수는 뒤늦게 현장을 찾은 석동출의 존재였다.

그 결과 조설훈은 결박된 채 총알이 후두부에서 이마로 관통되어 '처형'당했다.

그렇다면 조설훈을 '조지훈의 자동권총'으로 사살한 인물은 누구인가.

석동출?

어쩌면 그럴지도 모르지만, 그 역시 자동권총에 다리를 관통당하는 상처를 입었다.

이 총흔은 석동출이 자신의 다리에 대고 쏜 것이 아닌, 거리를 둔 채로 이루어졌다.

그렇다고 해서 조설훈과 석동출 사이에 총격전이 벌어진 것은 아닐 것이다.

'동출이 형한테는 총이 없었으니까.'

다른 총기가 사용된 흔적도 없었다.

그러니 조설훈은 무언가로 인해 순순히 결박당한 뒤, 아마 자신도 예상치 못한 채 죽었다.

'게다가 형도 다리에 총을 맞은 채로는 움직이기 힘들었을 거야.'

석동출이 다리에 총을 맞은 채, 다리를 질질 끌어 가며 조지훈의 손에 총을 쥐여 주었다?

아니.

본질은 좀 더 단순하다.

'현장에 제3자가 있었던 거지.'

자동권총으로 조설훈을 처형하고, 석동출의 다리에 총을 쏘았으며, 조설훈(또는 곽남훈)이 몰고 온 차를 가지고 '그곳에 존재하지 않았던 것처럼' 돌아갔을 인물.

'그러면서 동출이 형으로 하여금 한동안 자포자기해 껍데 기만 남은 인간처럼 지내게 했고, 그 사실을 발설할 수 없게 끔 설득한 인간.'

여진환도 이제는 석동출이 자신으로 하여금 '알아서 추리' 하게끔 여지를 던진 까닭을 알 듯했다.

'이 상황과 결과는 동출이 형한테도 나쁠 것 없는 결말이 지.'

그가 석동출에게 제안한 것은 꽤 달콤했을 것이다.

'그로 인해 배성준은 순직한 인물이 되었으니까.'

말 그대로 원원.

석동출만 입을 맞춰 준다면, 이 사건은 배성준의 남겨진 가족에게나 예의 제3자에게나 안성맞춤인 이야기가 된다.

하지만 석동출은 동시에 그런 제안에 응하고 만 자신에게 환멸을, 자신의 손이 닿지 않는 곳에서 이루어지는 음모에 막막함을 느꼈다.

'그래서 진실이 어쩌느니 뭐니 하는 개똥철학을 내게 읊어 댄 거고.'

하지만 그것도 잠시, 석동출은 강하윤이 전달한 '정보'로 인해 마음가짐을 새로이 했다.

'형은 강하윤이 제공한 힌트로 말미암아서 그 제3자의 정체가 무엇인지, 누구의 사주를 받아 움직인 것인지 오늘에야 비로소 어림짐작하게 된 거야.'

그리고 어쩌면 그 제3자는 배성준이 죽기 전 석동출에게 부탁한 '정보'와 무관하지 않을 것이다.

'SJ컴퍼니와 도깨비 신문⋯⋯.'

분명, 열쇠는 거기에 있으리라.

하지만 이는 어디까지나 '열쇠'의 존재를 알게 된 것에 불과했다.

그 열쇠로 문을 여는 것은 또 다른 문제였다.

여진환은 석동출이 이번 사건에서 한 걸음 물러서기로 작정했음을, 그리고 그건 '경찰이 할 수 있는 일의 범주를 벗어난 것'임을 깨달았다.

석동출이 경찰 앞에서 허위 진술을 한 것은 예의 '제3자'가 경찰 수준에서 입증하기 곤란한 존재이기 때문이리라.

'단순한 조폭 파벌 다툼 수준이 아니라는 건가.'

거기에 더해, 석동출만 입을 다물고 있어 준다면, 이대로 배성준이 순직 처리되어 가족에게 연금이 나올 것이라는 점도 그가 배성준에게 의리를 지키는 한 가지 수단이었을 것이다.

'형이 경찰을 관둔다는 것도 그 은근한 결벽증이 한몫했겠

지.'

석동출은 생각에 잠긴 여진환을 물끄러미 바라보다가 픽
웃었다.

"무슨 생각을 그렇게 골똘히 해?"

"그냥."

여진환은 생각한 바를 입에 내지 않고 둘러댔다.

"형 관두고 나면 무슨 보람으로 광수대에 출근할지 고민했
어."

"하하."

석동출이 건조하게 웃으며 베개에 머리를 기댔다.

'진환이가 현장의 모순과 진상을 알아낸 것 같군.'

그가 아는 여진환은 그런 인간이다.

'그러면서도 알아낸 것을 쉽사리 입 밖에 내지 않지. 그걸
믿고 있으니 나도 말할 수 있었던 거지만.'

여진환이 석동출을 향해 툭 하고 입을 뗐다.

"SJ컴퍼니라면 그거지? 삼광 그룹 장손인 이성진이 경영
한다던 회사."

"잘 아네?"

"그 바닥에선 제법 유명하거든."

여진환이 어깨를 으쓱였다.

"초등학생이 사장으로 앉아 있는 데다가 그 초등학생이 삼
광 그룹의 장손이잖아?"

"확실히 대단하긴 하지."

말만 들어도.

그런데 여진환이 고개를 저었다.

"아니. 그런 단순 가십 이야기만은 아니야. 재벌가가 증여세 탈루 목적 등으로 뭣 모르는 혈족 꼬맹이를 앉혀 자회사를 차리는 것까진 드물지 않지만, 보통 그런 회사는 이름뿐인 경우가 많거든."

"……."

"그런데 SJ컴퍼니는 그런 것 따윈 안중에도 없다는 양 진심으로 회사를 굴리고 있으니까 그게 대단하다면 대단한 거야."

석동출이 물었다.

"그러면 진짜로 그 꼬마가 회사를 경영하고 있기라도 한다는 거냐?"

여진환이 피식 웃었다.

"에이 그럴 리가 없지. 암만 재벌가 교육을 받았다곤 해도, 나나 형이 그 나이에 뭘 하고 있었는지 생각해 보면 초등학생이 무슨 회사를 그렇게 경영하겠어."

그것도 그런가.

하긴, 석동출 본인이 초등학교(당시엔 국민학교지만) 6학년 때만 하더라도 '사장은 회사에서 가장 높은 사람' 정도의 인식밖에 없었다.

하물며 경영 방면은 오죽할까.

'학교 앞 문방구 사장이 부럽다고 생각하고 말 정도였지, 그냥.'

비록 강하윤은 이성진에 대해 입에 침이 마르도록 칭찬을 했다지만, 초등학생은 초등학생이다. 할 수 있는 일의 범주와 사고에는 한계가 뚜렷한 법이었다.

여진환이 말을 이었다.

"마침 SJ컴퍼니에는 삼광의 이휘철 선대 회장이 그 회사 고문으로 앉아 있거든. 마침 회사 설립 시기도 그 양반 은퇴 시기랑 얼추 비슷하고……. 그래서 다들, 아마 이휘철이 물 밑에서 삼광전자에 힘을 실어 주기 위해 세운 회사가 아닐까 생각들 해."

석동출이 턱을 긁적였다.

"그렇구먼. 그런데 굳이 그런 번거로운 방법을 택할 까닭이 있나?"

"자회사에는 이점이 많거든."

여진환이 빙긋 웃었다.

"대개 조직이 비대해지면 비대해질수록 의사결정에 시간도 오래 걸리고, 그러다 보면 각종 이해관계가 얽히고 말지. 그러니 회사가 작으면 작은 대로 강점이 있기 마련이야. 그 외에도 자금 흐름을 원활하게 한다는 이점도 있지만……."

여기서 그건 별로 중요한 게 아니고.

여진환이 몸을 앞으로 기울였다.

"어쨌건 그중 삼광이 이휘철의 입김이 닿은 별도의 자회사를 세웠다는 건 시사하는 바가 커."

"어떤 식으로?"

"형도 알다시피 삼광 그룹은 문어발식 경영으로 유명하잖아? 당장 생각나는 것만 하더라도 그룹 내부에 전자, 전지, 중공업, 건설, 아 이것도 얼마 전 물산이랑 합병했군, 아무튼 물산에 병원, 생명, 화재에 증권, 카드 등등. 심지어는 호텔까지 하고 있으니까 돈 되는 건 다 했다는 느낌이지."

그조차도 전부 언급한 게 아니지만 듣고 보니 많기도 했다.

석동출이 쓴웃음을 지었다.

"아무튼 그래서?"

"뭐, 문제는 삼광 그룹도 엄밀히 말해 족벌 경영이거든."

여진환의 말에 석동출이 고개를 갸웃했다.

"……그랬나? 하긴, 삼광전자는 이휘철의 장남이 하고 있긴 하다만."

"이태석? 그것도 중요하긴 하지."

여진환이 고개를 주억거렸다.

"삼광전자만 남겨 둔 건 그래서일 거야. 성장 잠재성이 가장 크고, 가장 돈벌이가 되는 계열사가 전자 쪽이니까. SJ컴퍼니도 엄밀히 말하면 삼광전자의 멀티미디어 사업부를 독립시켜 만든 자회사가 그 출발이었고."

"너, 생각보다 잘 안다? 그 바닥에서 유명하니까 안다는 수준이 아닌데."

석동출의 말에 여진환이 피식 웃었다.

"예전에 재테크 겸 알아본 적이 있거든. 정작 관심이 갔던 SJ컴퍼니는 그 자금이 전부 삼광전자에서 나온 데다가 그마 저도 상환해 나가는 거 같아서 아예 상장할 생각도 없어 보이지만."

"……."

"아무튼 삼광 그룹의 그 많은 자회사가 멀쩡하게 굴러갔던 건 전부 총수인 이휘철이 구심점이 되어 준 덕분이기도 해."

여진환이 말을 이었다.

"그렇다고 해서 마냥 그 모든 게 이휘철의 공로였다고만 하면 서운해할 사람들도 있지."

"이를테면?"

"방금 전에 삼광 그룹도 엄밀히 말해 족벌 경영이라고 말했잖아. '엄밀히 말해서'라는 건, 그쪽이 족벌이기도 하고, 아니기도 해서야."

여진환이 방금 그런 말을 하기는 했지만.

석동출이 '그게 중요한 요소인가' 하고 생각했더니 여진환의 말이 이어졌다.

"삼광 그룹은 전자를 제외한 나머지 요직에 이휘철의 조카들이 앉아 있거든."

그 말에 석동출이 고개를 끄덕였다.

"과연. 그래서 족벌이다, 이거군."

"응. 더군다나 그 조카들 역량도 이휘철이나 삼광전자의 이태석 못지않다는 게 중론이야. 비록 시작은 이휘철이 그 계기를 마련해 주었을지 모르지만, 각 계열사를 성장시킨 건 그 조카들의 공로지."

석동출이 고개를 끄덕였다.

"그래서 '그 모든 게 이휘철의 공로였다고 하면 서운해할 사람들'이라는 의미인 거구나."

"맞아. 그만큼 각 계열사는 그 상태 그대로 구조가 탄탄하 거든."

여진환이 의자에 등을 기댔다.

"아무튼 이는 대부분의 대한민국 재벌 그룹이 안고 있는 문제점이기도 하지만, 여기서부턴 오너 경영의 난점도 생겨 나게 돼."

"난점?"

여진환이 고개를 끄덕였다.

"가까이…… 요즘 화제인 조광만 하더라도 그 구심점이랄 수 있는 조성광 사후 어떻게 굴러가고 있는지 보면 알 수 있 잖아?"

"……"

여진환의 말마따나 현 조광은 사건에 연루된 내용뿐만 아니라 계승 구도에도 적신호가 들어와 있었다.

'상황이 꼬이고 꼬여서 중학생 여자애가 가장 큰 지분 상속자가 되었다고 했지.'

그런데 조세화에게 막대한 유산을 물려주려 한 조성광은 당최 무슨 생각이었을까.

'……그것도 지금 진환이의 말을 듣고 생각해 보니 그 이유를 알 듯도 한데.'

여진환이 말을 이었다.

"조설훈과 조지훈, 두 계승자만 하더라도 그런 난리가 나는 판국인데 삼광은 더하면 더하지, 못하진 않을 거야."

하긴, 삼광의 지배 구조는 조광보다 훨씬 복잡하니까.

석동출이 물었다.

"그러면 이휘철은 때 이른 은퇴와 동시에 물밑에선 삼광전자에 힘을 실어 주었단 거지?"

"그게 중론이야."

여진환이 픽 웃었다.

"삼광 역시도 말 그대로 불만 안 붙은 화약고처럼 오너인 이휘철의 사후 문제가 터지게 될 여지는 충분했어. 이휘철 역시 그걸 염두에 두었을 것이고."

실제로 이휘철은 은퇴 전, 한 차례 쓰러진 적이 있었다.

'그런데 용케도 그룹이 무사했군.'

석동출은 대수롭지 않게 생각하고 있었지만, 사실 당시 상황은 이태석에겐 위기였다.

여진환이 말을 이었다.

"아무튼 그런 화약고를 짊어지고 시간을 끄느니, 이휘철도 방도를 생각한 걸 거야. 삼광전자를 제외한 나머지 계열사는 현 체제를 유지하는 한편, 성장 잠재력이 가장 큰 삼광전자에 집중하기로 한 거겠지."

여진환의 말마따나 병상에서 복귀한 이휘철은 질질 끄는 일 없이 단호하게 은퇴를 발표했다.

그리고 삼광전자는 이휘철의 은퇴에도 불구하고 아무런 문제 없이 잘 굴러갔다.

아니, 잘 굴러갔다는 현상 유지의 뉘앙스뿐만 아니라 새로운 사업 아이템을 쏟아 내면서 제2의 전성기를 예고했다.

삼광전자가 개발한 클램은 모토로라와 특허 소송까지 벌이는 판국이었으며, 이는 삼광전자의 상품이 더 이상 '가격 대비 저렴한 제품'으로서가 아닌 프리미엄 제품으로 해외시장을 노려 봄 직하다는 상징이란 분석이 나올 정도였다.

석동출이 고개를 끄덕였다.

"전부 다 생각이 있었군. 확실히, 요즘 삼광전자 추세가 심상치 않긴 하더라."

"맞아. 게다가 형, 이건 소문이긴 한데, 요즘 장안의 화제인 핸드폰 클램이랑 SJ컴퍼니가 무관하지 않다나 봐."

"SJ컴퍼니가?"

"응, 애당초 SJ컴퍼니는 삼광전자 내부에서 혹 취급받던 멀티미디어 사업부가 독립되어 나온 곳이거든."

여진환이 턱을 긁적였다.

"그런데 그 애매하던 부서를 독립시켜 놨더니 덜컥 MP3라는 제품까지 개발하면서 그 효용성을 증명해 냈지."

"……그게 SJ컴퍼니에서 나온 물건이었나?"

"생산 및 배급은 삼광전자가 하고 있지만 라이센스는 SJ컴퍼니가 가지고 있어. 하긴, 생각해 보면 바른손레코드 쪽이랑 협업이 가능했던 것도…… 그쪽 대표와 인연이 있어서겠지."

아직 PC 보급은커녕 컴퓨터 CD플레이어조차 대세가 아니던 시절, MP3가 단시일에 젊은이들 사이에서 유행하게 된 건 바른손레코드와 컬라버레이션을 진행했던 것이 컸다.

바른손레코드는 앨범 구매 고객에 한해 고객이 가져온 MP3 플레이어에 음악을 넣어 주는 서비스를 개시하였고, 그 결과 이는 현 X세대를 상징하는 일종의 사회현상이자 문화로 발돋움하는 계기가 되었다.

"……그거랑 바른손레코드 대표가 무슨 상관인데?"

석동출의 질문에 여진환이 쩝, 입맛을 다셨다.

"공교롭게도 SJ컴퍼니의 명의상 대표는 이휘철의 며느리거든. 아는 사람은 아는 이야기지만, 그 며느리는 뉴월드백화점 집안사람이기도 하고 또, 동시에 프로 바이올리니스트

여서 바른손레코드의 백하윤 대표와도 인맥이 닿아 있지. 한때 백하윤 대표의 제자였다나? 아마 그래서 삼광전자도 그런 아이디어를 실행에 옮길 힘이 생겼던 걸 거야."

이거 참, 듣고 보니 그럴듯했다.

'어째, 그 집안은 며느리도 대단한 사람이군.'

여진환이 말을 이었다.

"아무리 대단한 제품이 나온다고 한들, 그 제품의 사용 환경이 조성되지 않으면 쓰임새가 나오지 않는 거 아니겠어?그러니 얼마 전에 마이크로소프트 쪽이랑 계약을 따낸 것도, 지금 생각해 보면 그때부터 이미 인터넷이 어떨 거란 걸 내다보고 한 거겠지."

여진환이 고개를 저었다.

"아무튼 그런 의미에서 보면 역시 이휘철이다 싶을 정도야. 사업 수완 하나만큼은 알아줘야 해."

"말만 들으면 하늘에서 무슨 영감이라도 내려오는 모양인데."

석동출의 말에 여진환은 쓴웃음을 지었다.

"말 그대로지. 어쨌거나 그로 인해 삼광은 오너 경영의 리스크를 최소화하면서 돈 되는 일에만 집중하는 방법을 택했어. 삼광전자가 돈을 벌어들일수록 그룹 내의 지배권도 커질 테니까, 비대해진 조직의 계승 방법으론 현명하다고 생각해."

그건 삼광전자가 계승 시점보다 성장하는 것을 전제로 삼아야 논의 가능한 것이었지만, 그것도 지금은 현재진행형이었다.

"즉, 진환이 네 말은 SJ컴퍼니가 초등학생 꼬맹이를 바지사장으로 앉힌, 실질적으론 이휘철의 회사라는 의미냐?"

"응. 말했듯 대표 명의는 이휘철의 며느리지만, 그런 거나 다름없지."

과연.

'이쯤 하니 조세화에게 유산을 상속해 준 조성광의 당초 계획도 알 것 같군.'

삼광의 계승 구도 작업에 조광을 빗대어 보자면, 당초 조성광은 차기 오너로 조설훈을 점찍어 두고 있었으리라.

'조세화의 상속분은 사실상 조설훈 몫이었을 테니까.'

조성광은 조성광 나름대로 상속을 나누는 것을 통해 오너 지배 구조의 후속 처리도 고심한 것일 터.

그것도 이제 와서는 새삼 어떻단 생각만 들 뿐이지만.

'……잠깐만.'

방금 전 스치듯 나온 이야기지만, 석동출은 여진환의 말에서 한 가지 넘겨짚기 힘든 사실 한 가지를 떠올렸다.

'이휘철이 뉴월드백화점 쪽과 사돈지간이라?'

무엇을 감추랴, 정순애의 반지 제조 회사와 취급점을 찾아낸 것은 다름 아닌 뉴월드백화점이었다.

'하물며 SJ컴퍼니의 실질적 오너가 이휘철이라면……'

석동출이 눈을 가늘게 떴다.

'냄새가 나는군.'

5장

쇠뿔도 단김에 빼랬다고, 나는 조세화와 만날 약속을 잡았
다.

의외로 약속은 금방 잡혔는데, 이는 조광이 정신없이 돌아
가는 것과는 별개로 조세화가 현시점에 할 수 있는 건 아무
것도 없다는 반증이기도 했다.

'제아무리 조광의 가장 큰 지분을 소유하고 있다고는 하지
만, 중학생 여자애의 말을 곧이곧대로 들을 어른은 좀처럼
없지.'

어쩔 수 없는 일이다.

'하다못해 그녀가 고등학생 정도만 되어도 발언권에 좀 더
힘이 실리게 되련만.'

이는 한편으론 내게도 묘한 동병상련의 심정을 느끼게 하는 일이었다.

'나이가 발목을 붙잡고 있다는 건 조세화나 나나 다를 바 없으니까.'

김민혁에게 말했듯, 만일 내가 지금 당장 삼광 그룹의 회장 자리에 앉는다 할지라도 할 수 있는 것은 없을 것이다.

'그럴 만한 능력이 있다고 생각하지도 않지만.'

딱히 의도하진 않았으나 조세화와 만나기로 한 곳은 공교롭게도, 예전 콩쿠르 직후 백하윤과 윤아름 등과 함께 방문했던 호텔 1층에 자리 잡은 카페였다.

'새삼 여기도 오랜만이군.'

내 회사가 있는 곳과 조광 본사 사이를 두고 거리를 재다 보니 결정된 장소였다.

'게다가 명색이 대기업 오너를 만나는 자리인데 로스트 빈에서 만나긴 좀 그렇고.'

내 생각엔 로스트 빈도 나쁘진 않지만, 슬슬 조세화도 입장이 있으니 TPO에 맞는 장소는 선별해야 하지 않겠는가.

'또, 괜히 기자가 꼬일 수도 있으니까.'

종업원의 안내를 받아 갔더니, 조세화는 약속 장소인 모 호텔 1층 카페의 VIP룸에 일찌감치 도착해 있었다.

VIP룸 바깥엔 장례식 때 본 듯한 인상의 사내 몇몇이 자리를 잡고 앉아 있었는데, 처지가 처지이다 보니 요즘 들어 부쩍 경호며 말이 새 나가는 일에 신경을 쓰는 모양이었다.

나는 그 경호원들을 배치한 것이 조세화의 의도인지 아니면 사내 누군가의 입김이 닿은 것인지 조금 궁금했다.

'전자냐 후자냐에 따라 조세화의 회사 장악력이 보이는 것이거든.'

조세화가 미소 띤 얼굴로 나를 반겼다.

그녀 앞 탁자 위에는 3분의 1쯤 비운 커피가 한 잔 놓여 있었다.

"안녕. 잘 지냈어?"

그녀의 뒤이은 말에 나는 가볍게 고개를 끄덕이며 맞은편에 앉았다.

"나야 똑같지. 너는?"

"나도."

정말로 괜찮은 건지, 아니면 괜찮은 척하고 있을 뿐인지 분간이 가지 않는 태도였다.

"그런데 어쩐 일이야? 네가 먼저 다 만나자고 하고."

거, 묘하게 가시가 있군.

그녀와는 조성광의 장례식 직후 이어진 조설훈의 장례식 때 본 뒤로 처음 하는 재회였다.

"그냥, 잘 지내고 있는지 궁금해서."

조세화가 쿡, 하고 웃었다.

"너도 빈말을 다 하네. 신경 써 주는 거니?"

"……."

"농담이야."

조세화가 보란 듯 웃어 보였다.

"봐, 잘 지내고 있잖아? 그러니까 걱정할 거 없어."

내게 어떤 모습으로 비칠지 의식하는 것부터가 '요즘 힘들다'는 것을 의미하는 것이라고 생각했지만, 나는 그녀의 강한 척하는 모습을 굳이 지적하지 않기로 했다.

"잘 지낸다니까 다행이네."

"응. 요즘은 비도 내렸고 해서 골프는 못 쳤지만……. 그러고 보면 네가 저번에 말한 스크린 골프라는 것도 괜찮겠다 싶어."

"그러면 네가 가져가서 키워 볼래?"

조성광에게 넘겨주었던 스크린 골프 사업은 자연스럽게 다시 내 손으로 들어와 있었다.

"그럴까? 우리 회사도 슬슬 신규 사업을 하고 있다는 걸 보여 줘야 할 테고."

조세화는 그렇게 말하며 앞에 놓인 커피를 한 모금 마셨다.

"여기 커피 맛있더라. 로스트 빈 사장님은 긴장하셔야겠어."

"……그거, 내가 커피 못 마신다는 거 알고 하는 말이지?"

"후후, 들켰나?"

조세화가 커피 잔을 내려놓았다.

"너 오면 들이도록 미리 시켜 뒀어. 넌 홍차 파였지?"

"그거 고맙네."

"홍차는 뭐가 좋은지 몰라서 다즐링으로 했는데, 괜찮아?"

"응, 상관없어."

딱히 홍차를 즐겨서 마시는 것은 아니다.

어떻게 된 일인지 이 몸은 커피에 부작용을 보이고는 해서, 대체재만 될 수 있다면 홍차든 녹차든 주스든 아무래도 상관없단 입장이니까.

조세화가 말을 이었다.

"아, 물론 내가 사는 거야. 이럴 때 아니면 언제 너보다 돈 많은 누나한테 얻어먹어 보겠니?"

미성년자로 한정해서 보자면, 현재 조세화의 자본금을 뛰어넘을 사람은 아무도 없을 것이다.

그 범위를 성인에 확장해도 그녀는 지금 대한민국에서 손 꼽히는 갑부이지 않을까.

'다만 퍽 자학적인 농담이군.'

나는 조세화의 농담에 픽 웃어 버렸다.

"그러면 그렇게. 고마워."

내 말이 끝나기가 무섭게, 아까 탁자 앞에 앉아 있던 조세화의 경호원이 홍차를 가져와 내 자리 앞에 내려놓았다.

"고마워요, 아저씨."

"아닙니다."

꾸벅, 인사한 뒤 물러난 그는 왠지, 장례식 때 스치듯 본 기억이 났다.

"한수길 아저씨라고, 예전부터 할아버지를 모시던 분이야."

조세화는 툴툴거리며 내가 묻지도 않은 걸 먼저 말했다.

"예전엔 안 그러시더니, 요즘 들어 부쩍 잔소리가 심해지셨지 뭐야."

"그래?"

"응. 게다가 오늘도 친구 만나러 가는 것뿐인데 한사코 사람을 붙여 주셨어. 정말, 너랑 나 사이인데 말이야."

나는 '너랑 나 사이가 뭔데' 하고 생각하며 홍차를 한 모금 마셨다.

'그녀에게 충성하는 건가? 아니면 다른 꿍꿍이?'

스치듯 본 것에 불과하지만 딱히 야망이 있어 보이지는 않았으니, 아마 전자일 것이다.

'그렇다고 일거수일투족 감시를 당하는 것 같진 않으니, 조광 내부 파벌 다툼이 격화되는 모양이군.'

그러잖아도 조설훈과 조지훈이 같은 날 같은 장소에서 죽었다는 건 호사가들에게 적잖은 음모론을 제공하고 있었다.

'인터넷에선 이런저런 추측 글이 쏟아진다지.'

이 기회를 놓칠 리 없는 김기환은 관련해서 '남들보다 빨리 사건의 진상을 파헤쳐 기사로 실어 볼 수는 없을까' 하며 기웃거리는 모양이었지만, 나는 일단 그를 만류해 두었다.

'조세화도 아직 사건의 진상을 모르는 것 같고.'

경찰 측에서도 해당 사건은 극비리에 수사를 진행 중이었는데, 그 보안이란 것이 무척이나 엄중해서 현시점에서 일반인은 그 내용을 모를 뿐만 아니라, 경찰 내부에서도 극소수만 진상을 꿰고 있었다.

하지만 내게는 안기부 빽이 있었다.

내가 곽철용을 통해서 전달받은 사건의 진상은 조지훈이 조설훈을 살해했다는 것이었다.

조지훈은 그 뒤를 쫓던 경찰에 의해 사살되었고, 동시에 그 형사는 순직하였다는 것이 현시점에서의 수사 내용이며, 조서는 현장에 있었던 다른 형사의 증언을 바탕으로 작성되었다.

조지훈이 조설훈을 살해했다는 내용은 그 자체만으로도 커다란 파급력을 불러올 것이었으나, 나는 일단 그 사실을 그 누구에게도 알리는 일 없이 감췄다.

'그 사실이 공개되면 조지훈 파벌은 그대로 폭삭 주저앉고 말겠지만.'

지금 조광 상황에 조설훈 파벌의 손을 들어 준다면 순식간에 힘의 균형이 무너지고, 그건 그것대로 조세화는 꼭두각시가 될 것이 분명했다.

그 외의 이유로는.

'……그런데 그거, 이상하단 말이야.'

그 반대라면 모를까.

'조지훈이 조설훈을 죽일 이유가 없거든.'

조설훈이 궁지에 처한 상황에 조지훈이 리스크를 감수해 가면서?

'어림도 없지.'

뭐, 만에 하나 조설훈이 자신을 해하려는 걸 눈치채고 반격에 나선 결과라 치더라도.

'그건 그것대로 이상해.'

전생에도 조지훈은 조설훈의 계략에 걸려 극단적인 상황에 몰려섰지만, 그때도 최후의 수단까진 사용하지 않았다.

비록 도청기를 설치하는 등 약삭빠른 잔꾀는 부릴지언정, 조지훈의 근본은 의리로 가득한 것이다.

그래서 전생에 조지훈의 파벌이라고 할 만한 것이 존재하지 않게 된 미래에도, 조지훈에게 여전히 충의를 지키는 부하들이 아직 남아 있었을 정도였다.

'그런데 조지훈이 사실상 계획 살인을 행했다? 나도 몇 번 만나 본 게 고작이지만 조지훈이 그럴 인간이란 생각은 들지 않아.'

그래서 나는 곽철용으로부터 사건의 진상을 전해 듣고도 고개를 갸우뚱할 수밖에 없었던 것이다.

'뭐…… 그야 이미 미래는 바뀌고 있는 중이니 무슨 일이든 벌어질 수 있다지만.'

그럼에도 불구하고 근본 뼈대조차 바뀌진 않을진대.

'혹시 곽철용이 내게 거짓말을 하고 있나?'

……그럴지도.

그게 아니면, 증언을 한 형사가 처음부터 거짓말로 보고를 했을지도 모른다.

'상황 자체는 내게도 나쁘지 않게 흘러가고 있지만, 너무 잘 풀리는 것도 좀 의심이 가.'

그래서 나는 '조지훈이 조설훈을 살해했다'는 와일드카드를 아껴 두고 있었다.

'또, 암만 내게 좋은 일이라 할지라도 남의 손에 놀아나는 건 별로 바라지 않거든.'

벌어진 상황을 자신에게 유리한 방향으로만 해석하다 보면, 결국 발을 뺄 수 없는 늪에 잠긴 뒤에야 함정에 빠진 것을 깨닫기 마련이다.

그러니 어느 상황에서고 한발 뺄 준비는 해 둬야 하는 것이 지난 생에서 내가 얻은 교훈이었다.

'……그럼에도 불구하고 머리에 총 맞고 죽는 결말까진 대비하지 못했지만 말이야.'

자조는 그쯤 하고.

어쨌건 정보는 쥐고 있다 보면 언젠가 좋은 때에 쓰일 일이 있을 것이다.

'설령 내가 손을 쓰지 않더라도, 언젠가 자연스럽게 풀리겠지.'

영원한 비밀은 없는 법이니까.

내가 홍차를 삼키자마자 조세화가 입을 뗐다.

"어차피 오늘 만나자고 한 건 경과보고지? 사모펀드로 뭔가 한다던 그거."

"아, 그거."

나는 찻잔을 내려놓았다.

"정 원한다면 그것도 말해 둘까. 일단 되는대로 긁어모으고는 있지만, 솔직히 말해서 유의미한 수준은 아니야. 시장에 풀린 주식이라고 해 봐야 총 지분에 비하면 얼마 되지도 않고."

"……."

"예상대로라면 예상대로지. 그러니 내가 모은 지분을 더해도 네가 상황을 압도할 수준은 안 돼."

내 말에 조세화가 한숨을 내쉬었다.

"정말이지, 이번 한 번쯤은 네 예상을 벗어나도 되는 거 아니야?"

"……."

이미 이 상황이 내 예상을 한참 벗어난 전개다만.

'난들 조설훈이랑 조지훈이 그렇게 죽어 버릴지 알았겠냐

고.'

내 작전은 지극히 소박(?)했다.

'그냥 조세화가 물려받을 상속 지분을 포기하지 않고 권리 행사만 해도 좋았는데.'

그것만으로도 조광의 미래는 바뀔 것이며, 내 미래의 안전 도 보장받는 것이다.

그런 의미에서 본다면 조세광의 구속조차도 내가—어떤 형태로든 그의 몰락을 내심 바랐을지언정—계획했던 일은 아니었다.

"뭐, 됐어."

조세화가 입을 삐죽였다.

"남은 건 내가 어떻게든 해 봐야지. 이 정도만 해도 충분 해. 그리고……."

조세화는 내게 빙긋 미소를 지어 보였다.

"고마워. 도와줘서. 나도 이 말을 해 주고 싶었어."

나는 그녀의 감사에 미소로 답했다.

"신경 쓰지 마. 친구잖아?"

"친구……."

조세화는 쓰게 웃은 뒤, 금세 표정을 고쳐 생글생글 웃는 얼굴로 나를 보았다.

"그러면 성진이 넌 진짜로 그냥, 나 잘 지내고 있는지 궁 금해서 보자고 한 거니?"

"……뭐, 그렇지."

"진짜?"

그렇게 거듭 캐물으면 나도 할 말이 없다.

"아니, 뭐, 그것뿐만은 아니고, 겸사겸사 다른 용건도 있어."

조세화가 흥, 하고 코웃음을 쳤다.

"후자가 본론이면서. 너, 그럴 땐 빈말이라도 그렇다고 해 주면 안 돼?"

캐물을 땐 언제고.

"미안. 거짓말은 잘 못해서."

"……그게 가장 큰 거짓말이면서. 흥, 아무튼 됐어."

조세화가 팔짱을 끼며 의자에 등을 붙였다.

"그래서 바쁘신 와중 무슨 용건이신데요? 이성진 사장님."

"음."

비록 어릴지언정 그녀는 바보가 아니다.

조세화도 현재 그녀를 향해 뻗어 오는 각 파벌의 사탕발림이며 은근한 협박 뒤에 숨은 어른들의 흉중을 모를 리 없는 것이다.

'게다가 장례식장에서 보여 준 의젓하던 모습은 왠지 전성기 때 그녀를 생각나게 했지.'

그러니 좀 더 경험이 쌓이기만 한다면, 그녀는 좋은 경영자로 거듭나게 되리라.

‘하지만 이대로 가면 계속해서 고독한 싸움을 이어 가야겠지.’

지금은 구봉팔을 비롯해 조성광 회장의 최측근이 힘을 빌려주고 있지만, 구봉팔은 엄밀히 말해 내 사람이고, 그녀 곁에 남은 조성광의 최측근조차 그녀를 선택한 조성광을 비쳐보고 있을 뿐이다.

‘그러니 한 번쯤은 내게 먼저 연락해 우는 소릴 할 법도 했는데, 그러지 않았어.’

그건 대견했다.

하지만 대견한 것과는 별개로, 그녀는 남은 생을 계속해서 고독하게 지내게 될 것이었다.

다가오는 사람을 재단한 뒤, 자신을 이용하려 들지는 않을까 의심한다.

그런 그녀에게 나는 ‘이해관계를 벗어나 물심양면으로 도와주는 친구’로 보이리라.

‘그리고 나는 지금부터 그녀의 신뢰를 이용하려는 것이고.’

나는 깍지 낀 손을 무릎 위에 올리며 물었다.

“세화 너, 이대로 회사를 경영할 생각이야?”

내 말에 조세화는 눈을 깜빡이며 나를 보았다.

“무슨 의미야, 그거?”

조세화는 내 물음에 물음으로 답하며 슬쩍 경계를 내비쳤다.

"혹시 너도 다른 사람들처럼 내가 아직 경영하기엔 이르다거나 어리단 생각이니?"

조세화의 말에 나는 손사래를 쳤다.

"아니, 그런 건 아니야. 나이로 따지고 들어가면 그에 따른 자격 운운은 내가 할 말이 아니니까."

"······."

"나는 그저, 세화 너에게 회사를 경영할 의지가 있는지를 묻고 있는 거야."

조세화는 묵묵히 커피를 한 모금 마셨다가 잔을 내려놓았다.

"아직 네 질문의 요지를 모르겠어. 당연히 내가 해야 하는 거 아니야? 아니, 그보다 내가 아니면 누가 해?"

조세화가 말을 이었다.

"만일 내가 이대로 회사를 정리하면 조광 그룹의 식구들 생계는 누가 책임지겠어. 그렇다고 해서 광금후 이사님이나 다른 사람에게 회사를 맡길 수도 없잖아. 그 사람들은······."

조세화는 입술을 잘근 씹었다.

"······회사를 단순한 돈벌이로 밖에 보지 않는걸. 거기엔 아빠나 할아버지 같은 책임감도 없을 거고,"

"······."

"물론 너에 비하면 내 능력은 한참 부족할 거야. 그건 다른 어른들에 비해서도 마찬가지일 거고. 하지만 할아버지가

물려주신 이 회사를 지키겠다는 마음 하나만큼은 누구에게
도 지지 않을 자신이 있어."

과연.

'적당한 오만함과 쓸데없는 책임감.'

오너 경영의 승계자는 그런 식으로 사고하는 건가.

제아무리 시쳇말로 '회사의 주인은 주주들'이라고들 하지
만, 진심으로 그렇게 생각하는 이는 없다.

이런저런 말로 포장해 봐야 결국 회사의 주인은 최고 의사
결정 책임권자다.

하물며 오너 경영의 승계자는 그 혈족이 인생을 바쳐 세운
회사를 물려받은 것이니, 그건 그들에게 단순한 유산상속 이
상으로 자아를 대입하는 요소가 되리라.

'하지만 그렇기에 자신 또한 인생을 걸고 회사를 지키려
하겠지.'

나로서는 평생 가도 그들의 혼에 아로새겨진 낙인을 이해
할 수 없을 것이다.

'특히 조세화의 경우는 더할 거야.'

현시점에서 그녀에게 남은 건 그녀의 얼마 되지 않은 인생
이 아닌, 조부로부터 내려온 회사가 유일하다.

그러니 지금 조세화는 자신의 인생에 남들처럼 평범하게
—오롯이 자기 자신만을 위해—살아가는 행복은 존재하지
않는다고 여길 것이다.

'그게 회사에 인생을 바친다는 의미일까.'

아니, 그보단 회사라고 하는 괴물에 잡아먹히고 말았다고 보아도 되리라.

'그렇게 생각하면 재벌가가 편법을 써 가며 자식에게 상속을 하려는 이유도 이해할 듯하군.'

그렇다고는 하나, 조세화처럼 회사를 무슨 신성한 무언가로 포장하려는 사고는 아무래도 공감하기 힘들다.

'나야 뭐, 어디까지나 이성진의 몸뚱이를 빌리고 있는 입장에 불과하니까.'

그런데 막상 조세화가 이렇게 나오니, 나로서는 이휘철을 CEO로 고용하는 게 어떠냐는 말을 꺼내기가 힘들다.

'이휘철도 타인이니, 저 정도 자부심이면 어쨌건 내 제안을 탐탁잖아 하겠어.'

그건 그것대로 반길 만한 일이지만.

조세화가 한숨을 내쉬었다.

"미안."

"뭐가?"

"아니······. 너는 너대로 나를 걱정해서 그런 말을 해 줬을 건데, 너무 예민하게 받아들인 거 같아서."

딱히 걱정해 준 건 아니다만.

"아니야. 신경 쓰지 마."

나는 조세화에게 미소를 지어 보였다.

"오히려 네가 '하고 싶지도 않은 걸 억지로 하게 되었다'는 게 아닌 건 잘 알게 되었어."

내 말에 조세화는 입을 삐죽였다.

"나도 경영엔 진심이거든? 언젠가는 무언가 사업을 해 볼 생각이기도 했고."

"그래."

"다만 그건 내가 공부를 마친 뒤가 될 줄 알았을 뿐이지, 지금처럼 갑작스럽게 전부를 물려받을 거라곤 생각하지 못해서 당황한 것뿐이야."

"그래."

"내가 무슨 아기니? 계속 '그래그래' 맞장구만 치지 마. 그리고 내가 너보다 한 살 많아."

"그래."

조세화는 풍, 하고 나를 흘겨보더니 피식 웃었다.

"너 정말."

이어서 조세화는 가벼운 한숨을 내쉬었다.

"그래도 그게 현실적으론 무리라는 것쯤은 나도 알아. 그것만큼은 사실이지. 암만 구봉팔 아저씨며 한수길 아저씨가 나를 도와준다고는 하지만 아직 조광을 이끌어 갈 역량은 안 된단 것쯤은 나도 자각하고 있어."

'아직'이라는 건, 언젠가는 그만한 능력을 갖추게 되리라 확신하는 건가.

조세화다운 자기평가였다.

'뭐, 전생을 비쳐 보면 실제로도 그렇긴 하지.'

그녀가 조금만 더 세상을 깨닫고 주변의 선입견에서 벗어날 환경만 조성된다면, 조세화는 못해도 조광이라는 이름에 부끄럽지 않을 대표로 거듭날 수 있게 될 것이다.

'다만, 그녀의 말마따나 지금은 현실적으로 무리야.'

회사라고 하는 게 제아무리 '여러 사람과 함께하는' 조직이라고는 해도, 현재 조세화의 역량은 객관적으로 보아도 조광을 이끌어 갈 만한 수준은 아니다.

'아마, 이대로 가다간 조광은 사분오열될 거야. 운이 좋다면 조세화가 성장할 때까지 한 줌 정도는 건질 수 있을지 모르겠지만, 그땐 이미 사람들이 알던 조광이 아니게 되겠지.'

고작 몇 년 사이, 조광은 그대로 역사의 뒤안길로 사라지고 '한땐 건실했지만 줄초상을 맞다가 사라진 그런 회사가 있었지' 하는 인상만 남게 될 것이다.

'나 역시도 조세화가 커 갈 때까지 기다려 줄 용의는 없고, 그땐 이미 나도 조광엔 더 이상 볼일이 없을 거 같군.'

차라리 지금이라도 회사를 매각한다면 조세화 혼자 평생을 충분히 먹고살 수 있겠지만, 대화를 나누며 들어 본 바, 그건 그녀가 바라는 일이 아니었다.

조세화가 커피 잔을 만지작거리며 입을 뗐다.

"혹시 현 상황을 타개할 무슨 방도라도 있어?"

"있긴 한데, 네가 바라는 건 아니야."

내 대답에 조세화가 쓴웃음을 지었다.

"말 안 해도 알 거 같아. CEO를 들이자는 거 아니니?"

"……."

"그래. 현실적으로는 그게 정답이겠지."

조세화가 의자에 등을 기댔다.

"뭐, 사실 나도 썩 내키지는 않지만 언제까지고 고집을 피울 순 없는 거 아니겠어. 이대로 가다가 회사가 기울어지면 조광의 수많은 평사원 식구들에게 폐를 끼치게 될 거야."

그녀가 평사원에 한정한 건, 임원들이야 어찌 되건 상관없단 의미일 것이다.

'실제로도 뭐, 그렇긴 하지.'

임원들이야 받아먹은 연봉도 많고, 경력이 남으니 제 살길을 모색하는 것쯤이야 어려운 일이 아닐 것이다.

조세화가 커피 잔을 만지작거렸다.

"그러고 보니까 성진이 네가 오늘 만나자고 한 이유도 알 거 같네. CEO로 추천할 만한 괜찮은 사람이 생각난 거 아니야?"

"맞아. 그런데 지금 생각해 보니 괜한 말을 꺼냈다 싶긴 하네. 네가 그 정도로 회사에 진심인 줄은 몰랐거든."

내 말에 조세화가 빙긋 웃었다.

"알아주는 거야?"

"조금은. 내가 네 입장이라면 그렇게 생각하지 못할 거 같아서."

방금 한 말만큼은 진심이다.

'그 신념과 책임감에 공감은 못 하겠으니까.'

하지만 조세화는 왠지 기뻐 보이는 얼굴로 생글생글 웃으며 커피 잔을 들었다.

"그래도 네가 할애한 시간과 정성을 생각해서 일단 들어는 볼게. 누구니? 나도 아는 사람?"

"뭐어, 안다면 알고, 모른다면 모르는 사람인데…….."

"내가 직접 만나 본 적은 없는 사람이구나?"

"응. 일단 객관적인 스펙은 좋아. 성과도 있고."

"경영 쪽에서 유명한 사람인가 보네? 응. 계속해 봐. 내가 생각한 기준에 맞는 사람인지는 모르겠지만."

초반의 어딘가 날 선 표정에서 조금 풀어진 얼굴로 장난스레 맞장구를 친 조세화가 커피를 한 모금 마시는 사이, 나는 말을 이었다.

"우리 할아버지."

"푸흡!"

조세화가 마시던 커피를 뿜었다.

다행히 내게 튈 정도는 아니었지만.

"콜록, 콜록, 아 뜨거, 켁, 켁."

사레들린 그 기침 소리에 예의 수행원이 다급히 이쪽으로 넘어왔다.

"아가씨, 무슨 일이십……."

"아녜요. 아무것도."

조세화는 얼굴을 붉히며 손사래를 쳤다.

"신경 쓰지 마세요."

"……실례했습니다."

"…… ."

조세화는 수행원을 돌려보내자마자 몸을 앞으로 기울여 나를 향했다.

"무슨 소리야, 그게? 너네 할아버지면, 그, 삼광 그룹 회장님이시잖아?"

"은퇴하셨는데?"

지금은 은퇴 발표 기자회견 때 선포한 대로 손주들과 잘 놀고 있다.

"아니, 지금은 너네 회사 고문이시잖아!"

"그거야 뭐, 솔직히 말하자면 자리뿐인 직책이고, 관두자면 언제든 가능해."

이휘철이 맡고 있는 SJ컴퍼니의 고문직이라는 직책이란 어디까지나 감투에 불과했다.

다만 이휘철 역시도 자신이 SJ컴퍼니에 이름을 올려 두는 것만으로도 내가 회사를 경영함에 명분이 선다는 것을 알기에, 당당히 월급 도둑으로 지내는 중이었다.

'뭐, 연봉은 천 원이지만, 스톡옵션으로 내 회사 주식을 20 퍼센트나 가져갔지.'

조세화가 목소리를 높였다.

"그래도!"

나는 보란 듯 고개를 끄덕였다.

"하긴, 암만 그래도 조광이랑 아무 상관도 없던 사람을 CEO에 앉힌다니 좀 그렇지?"

조세화가 양 손바닥으로 얼굴을 덮어 가렸다.

"후우, 진짜, 성진이 너, 정말……."

"걱정 마. 아직 말씀드린 건 아니야."

나는 가게에 비치된 티슈로 조세화가 탁자 위로 뿜은 커피를 닦았다.

"나도 생각만 한 것뿐이고. 게다가 본격적인 이야기가 나오기 전, 응당 너한테 먼저 동의를 얻어야 한다고 생각했거든."

"……."

그나마 그녀가 반대해 준다니, 나로서도 명분이 선다.

언젠가 이휘철이 물어보거든 '죽이 되건 밥이 되건 조세화에겐 스스로 경영을 하고자 하는 의지가 확고하다'고 전하면 그만이니까.

"생각도 못 해 본 일이네."

조세화의 중얼거림에 나는 맞장구를 쳤다.

"응. 그렇지?"

조세화가 그 상태 그대로 입을 뗐다.

"……좋아."

"뭐가?"

조세화가 양손으로 탁자를 짚었다.

불길한 예감이 들었다.

"부탁할게."

"……."

아니나 다를까, 불길한 예감은 거의 항상 현실로 다가오기 마련이었다.

"나, 아니, 오히려 할 수만 있다면 너네 할아버님께, 조광의 CEO 자리를 부탁드리고 싶어."

"……."

나는 축축한 휴지를 쥔 채 조세화를 물끄러미 쳐다보았다.

"너, 지금 너네 할아버지가 네게 맡기신 회사를, 생판 남이나 다름없는 우리 할아버지께 맡기겠다는 거야?"

"응. 아니, 오히려 그렇기 때문이야."

조세화가 진지한 얼굴로 내 말을 받았다.

"오히려 조광과 아무 관계도 없는 분이시니까 다른 파벌에서도 선출에 반대할 이유가 없고, 그렇기에 어디에도 미혹되는 일 없이 냉정하게 경영을 하실 분이라고 생각해."

끙.

그건 짚고 넘어가지 않길 바랐는데.

'나도 은연중 그녀를 낮잡아 보았던 건가?'

아니, 그래도 그렇지.

나는 조세화의 장래를 생각해서라도 이건 말려야 한다고 보았다.

"다시 생각해 봐. 그게 최선일까?"

"이게 최선이 아니면?"

"……게다가 너, 방금 전이랑 말이 다르잖아."

"안 다른데?"

"안 다르긴. 네가 그랬잖아, 다른 사람들은 회사를 돈벌이 수단으로밖에 생각하지 않는다고."

"응, 그랬지."

그리고 이휘철이란 양반은 그 '돈벌이 수단'에 그 누구보다 진심인 인간이다.

그렇다고 그걸 내 입으로 말하긴 누워서 침 뱉기인 일이었기에 나는 그 부분을 에둘러 설명하고자 애썼다.

"그건 우리 할아버지라고 해서 다르진 않을 거라고 보는데? 비록 지금은 은퇴하셨지만, 그건 어디까지나 그게 최선이라고 생각하셨기 때문이지, 돈 욕심에 초탈해지신 건 아니라고 보거든."

"응. 나도 그렇게 생각해. 즉, 너네 할아버님은 삼광 그룹의 미래를 대비하신 거지?"

그게 왜 그렇게 포장되냐.

'아니, 틀린 말은 아닌데.'

조세화가 말을 이었다.

"그러니까 더더욱 안심할 수 있는 거야. 다른 사람들은 가까이 있는 것만 보지만, 너네 할아버님은 더 멀리, 크게 보신다는 거잖아. 그리고 그걸 나는 다른 사람들이 단기 이익으로 주머니를 채우려고 할 뿐인 거랑은 다르다고 봐."

"……."

뭐, 치어를 잡지 않을 사람이긴 하지.

"걱정이라면…… 조광보다 더 대단한 삼광 그룹의 오너였던 분이시니, 일면식도 없던 나 같은 아이의 부탁은 들어주시지 않을 거란 점인데."

아니, 그 인간이라면 아마 두 손 들어 환영할 건데.

조세화가 힘주어 말을 이었다.

"하지만 그러니까 나로선, 우리와 손잡는 것이 장래 삼광그룹에게도 이득이 될 수 있단 부분을 어필하고 싶어. 그렇다면 분명, 너네 할아버님을 설득할 길이 생길 거야."

아니, 그 인간은 말만 꺼내도 오케이할 사람이라니까.

"그게 아니면……."

조세화가 우물쭈물하며 내게 물었다.

"성진아. 혹시, 괜찮다면 너희 할아버님, 고문으로 계시면서 연봉은 얼마쯤 받아 가시는지 말해 줄 수 있어?"

그걸 묻는 건가.

"아, 답하기 싫다면 안 해도 괜찮아. 프라이버시니까. 나도 그냥 참조만 하려고."

이 상황에 거짓말을 할 수는 없고.

나는 하는 수 없이 대답했다.

"⋯⋯천 원."

"⋯⋯응?"

"천 원."

조세화가 고개를 끄덕였다.

"아, 연봉 천만 원? 아니, 그것도 너무 적은데⋯⋯. 혹시 월급으로 천만 원을 받으시는 걸 잘못 말한 거니?"

"⋯⋯아니. 천 원. 퇴계 이황 한 장."

"⋯⋯그러니까, 연봉으로 천 원?"

"응. 연봉 천 원."

"⋯⋯."

조세화가 나를 보는 눈빛엔 분명, 어느 정도 경멸이 묻어 있었다.

아마, 그녀에겐 내가 은퇴한 할아버지를 부려 먹는 막돼먹은 손주로 보이는 모양이었다.

'⋯⋯이휘철의 대외 이미지가 이렇게 좋을 줄은 몰랐네.'

그 오해부터 털고 넘어가야겠다.

나는 그녀의 오해가 깊어지기 전에 얼른 덧붙였다.

"물론 그것뿐만은 아니야."

"그것뿐만은 아니라니?"

"우리 할아버지는 계약 시 다른 옵션을 제시하셨거든."

"다른 옵션?"

나는 고개를 끄덕였다.

"연봉을 최저한으로 가져가는 대신, 우리 회사 주식을 20%나 가져가셨어."

내 말에 조세화는 그제야 고개를 끄덕였다.

"아, 그렇구나. 나는 네가 할아버님께 어리광을 부린 걸로 생각했지 뭐야."

퍽이나.

'흑자 매출을 갱신 중인 비상장 회사의 주식을 20%나 가져 갔는데.'

나는 속으로 투덜거리며 홍차를 한 모금 마셨다.

"SJ컴퍼니가 비상장 회사라는 건 세화 너도 알고 있지?"

내 말에 조세화는 고개를 갸웃했다.

"그래서?"

"그래서는 무슨. 비상장 회사의 장점이 뭐라고 생각해?"

조세화는 볼을 긁적였다.

"경영권 방어가 용이하다는 점?"

"맞아. 그렇게 하면 오너가 최대 지분을 가질 수 있고, 외압에 시달일 일 없이 경영을 행사할 수 있지. 그래서 나는 비상장을 고집하고 있었던 건데……."

나는 찻잔을 내려놓았다.

"그런 회사와 계약 조건으로 연봉이 아닌 지분을 요구했다는 건, 다시 말해서 그만큼 회사의 가치를 보유하시겠다는 의미야."

"……."

"아무튼 우리 할아버지 정도 되는 사람에게 표면적인 연봉은 의미가 없어. 그나마 천 원을 가져가신 것도 어디까지나 고용 관계 유지라는 명목 때문인 거지."

"……흠."

조세화는 내 말을 들으며 무언가 생각에 잠긴 듯했다.

나는 그런 조세화를 향해 재차 말을 이었다.

"경영고문으로 재직하시면서 내건 조건이 이 정도이니, 하물며 CEO는 오죽하겠어? 그에 합당한 보상을 지불해야 할 거야."

"……."

"그러니 세화 너도 우리 할아버지를 설득하기 전에 잘 생각해 봐야 해. 지분이라는 건 다시 말해 의사결정권이고, 의사결정권이라는 건 경영권을 의미하니까."

게다가 이휘철 정도 경력의 CEO를 영입하게 된다면, 외부에선 아예 주인이 바뀌었다고 인식할 것이다.

'어쩌면 실제로 그렇게 되게끔 손을 볼지도 모르고.'

생각에 잠겼던 조세화가 손을 들었다.

"한 가지 물어봐도 돼?"

"내가 답할 수 있는 거라면."

조세화가 손을 내리며 나를 물끄러미 보았다.

"혹시 할아버님이 너희 회사 고문으로 재직하시면서, 무언가…… 이를테면 네가 하려던 것이나 하고 있는 사업에 관해 무어라 말씀하신 적이 있니?"

"……."

있다면 있고, 없다면 없다.

'개중엔 조광을 집어삼켜 보란 말도 있었지만.'

그걸 조세화한테 말할 수는 없지.

나는 고개를 저었다.

"크게는 없어."

"그러면 그로 인해 사업이 예상하던 것 이하의 결과를 빚은 적은?"

"……그런 건 없었지."

그는 일선에서 은퇴한 이후, 경영고문으로 재직하며 이런 저런 물밑 작업을 해 가며 도움을 주었다면 주었지, 방해를 한 적은 없다.

'여러 가지가 있었군.'

삼풍백화점의 몰락에 부채질을 한 것이며, S&S에 해림식품의 정재훈 회장을 끌어들인 것 등등.

'……개중엔 운락정에서 있었던 일도 빼놓을 수 없겠고.'

게다가 오히려 따지고 본다면, 내가 이 나이에 사장 노릇을 하고 있는 것도 이휘철이 개입한 것 때문(덕분?)이었다.

'그가 이태석이 애지중지하던 멀티미디어 사업부를 빼앗아 내게 넘긴 것으로 SJ컴퍼니가 시작되었으니까.'

뭐, 당시에는 삼광 그룹의 회장이었으니 이태석도 강하게 거부하진 못했던 것이지만.

'지금도 이태석의 상왕 노릇은 은근히 남아 있고.'

그러니 만일 내가 조세화의 입장이라면, 이휘철 같은 능구렁이를 집안에 들이지 않을 것이다.

'그나마 이 몸의 조부니까 이휘철을 고용했던 것이지.'

SJ컴퍼니의 이익은 그의 왕국에도 도움이 되는 일이니까.

조세화가 고개를 갸웃했다.

"그러면 걱정할 거 없지 않아?"

"······응?"

"나는 오히려 너희 할아버님께서 성진이 너를 무척 아끼고 있다는 생각이 드는데."

그건 또 무슨 소리인지.

조세화가 말을 이었다.

"솔직히 말해서 SJ컴퍼니는 아직 간신히 중견기업 반열에 놓을 수 있는 정도잖아."

"대조광 그룹의 오너께서 그렇게 말씀하시니 할 말이 없군."

"비꼬려고 한 게 아니야."

조세화가 눈을 흘겼다.

"내 말은, 너희 할아버님 정도 되는 분이라면 충분히 다른 일을 하고도 남으실 분이란 거지."

"……."

"게다가 세간의 인식과 달리, 실제로 경영을 궁리하고 실행에 옮기는 것도 전부 성진이 너잖니? 그런데 너는 할아버님이 고작 회사 지분 20퍼센트를 가지고 계신 걸로 무어라투덜거리고 있는걸. 내 생각에는 그것도 어디까지나 대외적으로 비치는 이미지를 생각해서 하신 거라고 봐."

그렇게 볼 여지도 있긴 하지.

"그렇게 생각해 보면 할아버님이 가지고 계신 지분 20퍼센트도 어디까지나 보험에 지나지 않는다는 생각이고."

거기까지 말한 조세화는 한 차례 뜸을 들였다가 차분한 눈으로 나를 보았다.

"게다가 너는 가족이잖아."

"……."

가족.

그 말에는 나도 모르게 흠칫했다.

'가족……인가.'

객관적으로 보자면, 그럴 것이다.

이 몸은 DNA상으로도 이태석의 아들이자 이휘철의 손자였다.

하지만 내게 그들을 마음 깊이 '아버지'나 '조부'로 여기고 있느냐고 물어본다면, 그건 아니었다.

이번 생 들어 그런 생각은 되도록 하지 않으려 애쓰고 있으나, 내가 진심으로 아버지라 부를 수 있는 이는 한익태였다.

'조부는…… 없었고.'

일찍 돌아가신 조부 탓에, 아버지 한익태는 젊어서부터 갖은 고생을 했다.

'……그리고 지금 내겐 아버지뿐만 아니라 부재했던 모친과 조부가 생겨 있지.'

하물며 누군가가 밖에서 이 가족을 들여다본다면 누구라도, 남 부러울 것 없는 화목한 삼대(代)로 보이리란 것 역시 자명했다.

조세화가 생각하고 있는 것처럼, 외인이 보기에 이휘철이 은퇴 후에도 SJ컴퍼니의 경영고문으로 재직하고 있는 것 역시, 마치 어른이 물가에 내놓은 어린아이를 걱정하듯 손주를 위하는 것으로 비쳤으리라.

'……어쩌면 이휘철 역시도 진심으로 나를 사랑해 주고 있는 걸 수도 있어.'

아니, 가정이 아니라 실제로도 높은 확률로 그럴 것이다.

'그리고 나는 의식적으로 그런 것을 생각하지 않으려 했다.'

이번 생에서 이성진도 아니고, 한성진도 아닌 나란 존재는 어디까지나 이방인에 불과했다.

그렇기에 나는 주위 모두를 이용 가치 유무로 재단할 대상으로 판단했고, 내가 그런 계산에서 벗어나 진심을 다해 여기는 것은 한성진 가족이 유일하다시피 했다.

그 자체는 새삼스러운 인식이었다.

하지만 조부에게(만) 사랑을 받고 자란 조세화의 지적은 어딘지 새삼스럽지 않았다.

나는 여전히 이휘철이 어렵고, 때론 두렵다.

그러면서 나는 왠지 모르게 그가 '너는 누구냐'고 묻는 날이 오지나 않을까 염려해 왔다.

'하지만 그런 그가 해 온 일이, 그저 손주를 아끼고 사랑하는 것에 불과했기 때문이라면.'

이성진을 증오하고 또 그를 죽인 나는 그 얼굴을 어떻게 봐야 할까.

이성진이 개만도 못한 놈이었다는 생각은 지금도 변함이 없지만, 그렇다고 해서 그를 진심으로 죽여야겠다고 생각한 적은 없었다.

더욱이 나는 어디까지나 이성진이 싫었을 뿐, 어릴 적부터 신세를 졌던 이성진의 가족 모두가 싫은 건 아니었다.

'……빌어먹을.'

자칫 감상에 빠질 뻔한 걸 간신히 다잡으며, 나는 힘겹게 입을 뗐다.

"그렇지."

"그러니까."

다행히도(아니, 당연하게도) 조세화는 그런 내 심경의 변화를 눈치채지 못한 듯 어깨를 으쓱여 가며 말을 받았다.

"오히려 할아버님과는 생면부지인 나도 너라고 하는 인맥을 통하면 이 무리한 부탁을 들어주시지 않을까, 하는 거야."

"……."

깜빡할 뻔했군.

상대는 어쨌거나 조세화였다.

이용할 수 있는 거라면 뭐든 이용했던 그녀의 본바탕은 그대로인 것이다.

'그런 낌새는 첫 만남 때도 은연중 비쳤더랬지.'

조세화가 얼른 말을 이었다.

"아, 물론 너한테도 나쁜 이야기는 아니야. 아까 말했듯, 이 기회에 삼광 그룹과 손을 잡게 된다면 삼광 측도 조광이 가진 자산을 이용할 수 있게 되는 거니까. 마침 우리 회사랑 너희 회사는 사업적으로 크게 겹치는 부분도 없고, 그걸로 너는 너대로 사업을 확장할 힘이 생기고, 나는 그 힘을 너에게 빌려줄 수 있게 돼."

조세화는 그러면서 손가락 두 개를 펼쳐 까딱였다.

"이걸 두고 윈윈이라고 하지 않니?"

"뭐…… 그렇지."

조광의 힘은 예나 지금이나, 하물며 전생을 통틀어도 결코 사소하지 않다.

'그들이 그저 그런 회사에 불과하다면 나도 이 고생을 해 가며 조광을 무너트리려 하지 않았을 테지.'

조광은 그 인적 자원을 바탕으로 국내 유통 시장을 지배했고, 현물 위주의 수입원은 머지않은 IMF 참사에도 건재함을 과시할 수 있었던 것이다.

'비록 이번 생에는 정치권 연줄이 사라지고 없긴 하지만.'

조세화가 픽 웃으며 나를 보았다.

"그런데 너도 참 우습다. 아니지, 귀엽다고 해야 하나?"

"뭐가."

"뭐긴, '친구'인 나를 위해 할아버님을 고용하자는 방책을 냈으면서, 한편으론 할아버님을 빼앗기기 싫은 거잖아. 그러니까 이런저런 이유를 들어 가며 반대 의견을 낸 거 아니니?"

아닌데.

조세화가 싱글벙글 웃는 얼굴로 턱을 괴었다.

"질투?"

"……나는 그냥 어디까지나 알아 둘 건 알아 두라는 의미에서 말한 것뿐이야."

내가 저어하고 있던 건 별거 아니다.

'이휘철의 행동이 내 예측 반경을 벗어날지도 모른다는 거

지.'

전생에 없던 이휘철의 생존은 분명 내게도 큰 이득을 가져온 일이었지만, 동시에 리스크를 수반하는 일이기도 했다.

하물며 일선에서 물러난 것처럼 보인 이휘철이 자칫 조광을 집어삼키기라도 하면?

'지금보다 더 감당하기 힘들게 될 거야.'

나는 속내를 감추기 위해서라도 보란 듯 투덜댔다.

"즉, 할아버지를 CEO로 고용하는 건 그만한 리스크를 감수해야 한단 거지. 또 그걸 제시하고 소개할 내 입장에서도 너에겐 자칫 이 기회를 이용하려는 것으로 비칠 수 있잖아? 어떻게 보든 나한테만 유리하게 흘러가니까."

조세화가 고개를 저었다.

"그럴 리가. 내게는 결코 나쁜 일이 아니야. 어차피 지금 내가 할 수 있는 건 사내 정치 속에서 차악을 택하는 것뿐인걸."

쓴웃음을 지은 조세화가 말을 이었다.

"이 상황에 내가 너희 할아버님을 CEO로 모시게 된다면, 오히려 그로 인해 조광이 재도약을 할 거라고 생각해. 설령 할아버님께서 삼광 그룹에 유리한 방향으로 경영을 추진하실지라도, 그건 정체된 조광에게 다른 활력소가 되어 줄 뿐만 아니라 또 다른 시너지를 낳게 될 거야."

"……."

"게다가."

조세화가 미소 지었다.

"성진이는 내 편인걸."

낯간지러운 소릴 뱉은 조세화는 이내 그녀 스스로도 방금 한 말이 쑥스러웠는지, 내 시선을 피해 슬쩍 고개를 돌렸다.

"……또, 장래가 유망한 SJ컴퍼니라면 분명 조광과 사업할 아이템이 넘쳐 날 거고. 안 그러니?"

"그렇기는 하지."

나는 한숨을 내쉬었다.

"좋아, 네 뜻이 확고하다는 건 알았어."

"……."

"그러면 할아버지께 조만간 시간 좀 내 달라고 말씀드려 볼게."

내 말에 조세화는 반색하며 내 손을 붙잡았다.

"정말? 고마워!"

"……다만."

나는 조세화에게 잡힌 손을 빼낼까, 생각하다가 관뒀다.

"그 전에 너도 몇 가지 알아 둘 게 있어."

설령 이휘철이 나를 진심으로 아낀다고 할지라도.

'뭐가 됐건, 보험은 들어 둬야지.'

무엇이든 말해 보라는 그녀의 얼굴을 보면서, 나는 입을 뗐다.

일찍 집으로 돌아온 나를 한성진이 반겼다.

"일찍 왔네?"

"응, 비워 둔 스케줄이거든. 원래는 과외 시간이었잖아."

내 말에 한성진이 아, 하고 고개를 끄덕였다.

"맞다. 게다가 소정 누나는 방학 동안 집에 간다 했고."

한성진은 그저 '방학을 맞아 고향에 내려갔다 온다'는 정도로만 알고 있지만, 실제로는 부친인 최국현이 사업 정리하는 일을 도우러 내려간 것이다.

최국현은 이휘철의 유혹에도 불구하고 결국 회사 문을 닫기로 결정했던 터.

최소정은 그날 최국현이 밤늦게 찾아와 이휘철과 대화를 나누고 일박까지 하고 갔다는 이야기에 퍽 송구스러워하며 이휘철을 찾아가 인사를 했다.

'그러고 보니 공교롭게도, 그날은 마침 조성광 회장이 내게 도청기를 맡긴 날이었군.'

그다음 날 박길태가 죽었고, 그때부터 조광은 몰락의 톱니바퀴가 굴러가기 시작했다.

'얄궂다면 얄궂어.'

어쨌건 최국현이 사업을 접기로 결심하면서 가업의 굴레에서 해방된 최소정은, 최근 들어 졸업 후 진로를 고민하는 흔적이 역력해 보였다.

최소정과 상호 합의한 바, 그녀와의 과외는 내가 중학교에 들어가기 전 초등학교 2학기를 마칠 때 끝내기로 했고(그러잖아도 최소정은 '더 이상 가르칠 게 없다'며 곤란해하던 차였다), 내년엔 그녀도 졸업반이니 올해엔 학점 관리며 진로 탐색에 여념이 없을 것이다.

'고민할 거 없이 그냥 우리 회사에 들어오면 될 텐데 말이야.'

최소정은 한국대학교 학생이라는 스펙뿐만 아니라, 내 과외를 준비하거나 이따금 맡긴 외주를 처리하면서 그 실력이 부쩍 성장했다.

그러니 최소정은 기업가라면 응당 군침을 흘려 가며 졸업과 동시에 데려갔으면 하고 생각할 만한 인재로 거듭나고 만 것이다.

하지만 내 바람과 달리, 그녀는 박형석의 한컴에 들어간단 선택도 고려하고 있는 듯했다.

'뭐, 한컴도 나쁘진 않지. 거기도 어차피 내 입김이 닿아 있는 곳이고, PC 보급률이 늘어나면 할 일도 많아질 테니까.'

게다가 왠지, 최소정은 박형석을 이성으로 의식하는 느낌이었고.

여담이지만 한성진 이 녀석은 '과외가 끝나는 날, 내 마음을 누나에게 고백할 거야' 하고 내게 말한 적이 있었는데, 나로서는 머지않을 그 실연의 아픔을 비웃어 줄 준비가 만전이다.

'집 앞에「축 한성진 실연」하고 플래카드를 걸어 볼까.'

그거, 볼만하겠군.

그런 내 속도 모르고 한성진은 순진하게 말을 이었다.

"그래도 네가 스케줄을 비워 뒀을 거라고는 생각 못 했어."

"나라고 매일 바쁜 건 아니다만?"

한성진이 웃었다.

"왜, 일정이 비면 없는 일정도 만들면서?"

"……."

내가 그 정도였나?

"그러니까 조금 놀랐지 뭐야. 다른 식구들도 으레 그럴 거라고 생각하고. 아참. 사모님은 희진이랑 쌍둥이 데리고 친정에 가셨어. 겸사겸사 쇼핑도 하고 오신대."

사모는 여전하다면 여전하군.

아니, 얼마 전 역사에 없던 쌍둥이를 출산한 뒤부턴 이성진의 외조부가 계속해서 외손주 얼굴 좀 보자며 불러 대는 통에 친정으로 가는 빈도가 부쩍 잦아졌다고 해야 할까.

외조부의 한없는 사랑이 부담스러운 나에겐 좋은 방패막이였다.

'그 쌍둥이가 앞으로 어떻게 커 갈지는 나도 미지수이지만.'

친동생인 이희진의 경우, 사모에게 물려받은 아티스트적 면모가 깨어나기라도 했는지 최근 들어선 사모가 행하는 한성아의 바이올린 교습 자리에 종종 얼굴을 비추며 칭얼대는 일도 없이 가만히 앉아 음악을 듣다 가곤 했다.

전생에도 이희진은 이럭저럭 어깨너머로만 배우고도 바이올린을 제법 잘 다뤄 냈으니, 제대로 배우기만 한다면 제법 높은 성취를 거둘지도 모른다.

'그렇게만 해 준다면 나야 환영이지.'

이희진이 음악의 길을 걷게 된다면, 나로서는 경쟁자가 줄어드는 거니까.

그러잖아도 이태석이나 이휘철은 내 재능을 썩히게 된 일로 사모에게 미안해하고 있으니, 이희진이 하고자 한다면 이번엔 말리지 않을 것이다.

'그러니 쌍둥이들도 기회를 봐서 사업과 무관한 일을 하게끔 해 봐야겠군.'

나는 건성으로 고개를 끄덕였다.

"알았어. 성아는? 녹화?"

"응. 녹화. 지금 시간이면 곧 돌아오긴 할 거야."

그러면서 한성진이 투덜거렸다.

"아 맞다. 야, 너도 좀 들어 봐. 성아 걔, 얼마 전엔 '오빠,

용돈 줄까?' 하고 내 앞에서 만 원짜리 지폐를 팔랑팔랑 흔들더라니까."

"그랬어?"

그거 참, 오빠로서 자존심 상하는 일이겠군.

"그래. 벌써부터 이러면 커서 뭐가 되려는지 원. 우리 아버지도 아버지야. 내가 통장은 따로 관리해야 한다고 한사코 말씀드려도 허허 웃기만 하시니."

한성진이 한숨을 푹 내쉬었다.

"이 기회에 네가 말한 재테크 교육이라는 걸 해 봐야 하나 싶은데. 아름 누나 통장도 소속사가 관리해 준다면서? 성아도 그렇게 해 주면 안 되냐?"

윤아름의 경우는 수입도 수입이거니와, 그 집안에 맡기면 돈 관리가 제대로 되지 않을 것 같아서 그러고 있지만.

"벌써부터 그럴 것까지야."

나는 어깨를 으쓱였다.

"성아가 벌어 봐야 얼마나 번다고. 그냥 용돈이나 하라고 하지 그래?"

"야, 야. 너는 잘 모르겠지만 애들한테는 큰돈이거든? 나는 살면서 그런 목돈 만져 본 적도 없어."

살면 얼마나 살았다고.

'게다가 심지어는 이휘철이 목숨을 구해 준 보답으로 섬을 사 줄까, 하고 물어본 것도 마다한 녀석이.'

이어서 한성진이 흠, 하고 나를 물끄러미 쳐다보았다.

"이성진 너, 가만 보면 은근히 성아한테는 무르다?"

"내가?"

한성진이 굳이 지적할 정도라니, 아마 나도 모르는 새, 전생에 잘 챙겨 주지 못했단 죄책감의 반작용이 묻어난 모양이었다.

"그래. 심지어 때론 희진이보다 더 챙겨 주는 것 같단 말이야……."

말끝을 흐린 한성진이 한 걸음 물러서며 헛숨을 들이켰다.

"헉, 너 혹시……."

"……농담이라도 그런 말 하지 마라."

내 시선에 한성진은 멋쩍어하며 머리를 긁었다.

"미안, 미안. 나도 알아. 네가 성아를 동생처럼 아껴 준다는 거. 오히려 그건 고마워 할 일이지."

"고마워할 것도 없어. 식구니까 당연한 거야."

"아니."

한성진이 진지한 얼굴로 고개를 저었다.

"그래도 그런 걸 당연하게 여기면 안 돼. 그러잖아도 응석받이로 자란 애인데, 벌써부터 타인의 호의를 당연하게 받는 버릇하면 나중엔 더 힘들어질 거야. 지금은 다행히도 다들 성아를 귀여워해 주고 있지만, 어른이 돼서도 다들 자신을 좋아해 줄 거라고 생각하게끔 자라면 못 써. 살다 보면 의도

하건 아니건 간에 적도 생기기 마련이니까."

"……."

"물론 너나 사모님께는 감사하고 있어. 하지만 그것과는 별개로, 나는 우리 가족이 이 저택을 나간 뒤의 일도 생각해 봐야 한다고 보거든."

의외로, 한성진은 나보다 더 냉정하게 사태를 보고 있었다.

'어릴 적의 나는 저런 느낌이었나.'

이 저택에 딸린 군식구로 사는 동안 생긴 습관으로 남들 눈치를 보도록 자란 것이라 생각했더니, 나는 본바탕부터가 주위를 살피며 사는 성격이었던 모양이다.

한성진이 싱긋 웃으며 내 어깨 위에 손을 얹었다.

"신경 쓰지 마. 미움받는 역할은 내가 할게. 동생이랑 싸우고 그런 건 원래 오빠가 하는 평범한 일이잖아?"

"아니, 네 말이 맞아."

나는 한숨을 내쉬었다.

애들한테도 배울 점이 있다더니.

"성아도 어느 정도 자립심은 키워 줘야겠지. 돈이라는 게 땅 파서 나오는 게 아니라는 것도 알려 줘야겠고……. 성아 돈 문제는 조만간 너희 아버지께 말씀을 드려 보자."

"고맙다."

한성진이 씩 웃었다.

"네가 내 친구라서 다행이야."

"……."

친구, 라.

'이성진과 한성진이 친구라니, 새삼스럽지만 전생엔 생각도 못 한 일이군.'

아마 나는 여차하면 그들의 인생도 책임질 생각으로, 이번 생엔 그들이 세상의 더러움을 모르고 그저 행복하기만을 바란 모양이었다.

그건 타인을 사랑하는 올바른 방식이 아님에도 불구하고.

'그래. 세상에는 누군가가 인생을 대신 책임져 주는 걸 바라지 않는 사람도 있기 마련이지.'

나는 그런 것을 벌써부터 생각해 낸 한성진이 기특하면서도 어딘지 조금 서운했다.

'자식이 커 가는 걸 보는 기분이 이런 걸까?'

엄밀히 말하면 한성진은 내 본체지만.

'아니지. 이제는 마냥 본체, 라고만 생각하기도 어렵겠군.'

내가 모르는 나의 일면을 보는 건 어딘지 모르게 신기한 면이 있었다.

'게다가 전생과는 달리, 모범생인데다 교우 관계도 원만하니. 나한테 자신감이 붙어 있다면 저렇듯 맑고 올곧게 자랐을까.'

한성진이 말을 이었다.

"맞다. 회장님 집에 계시니까 나중에 인사드려."

이휘철이 은퇴한 뒤로도 한성진은 이휘철을 계속해서 회장님이라고 불렀다.

뭐, 이휘철이 쓴 이런저런 감투 중엔 무슨무슨 회장도 있긴 할 테니 이휘철도 신경 쓰진 않는 것 같지만.

'이대론 이태석이 회장이 된 뒤로도 사장님, 하고 부를 것 같긴 하군.'

그보다, 이휘철이 집에 있다?

"집에 계셔?"

"응."

다소, 의외라면 의외였다.

최근 이휘철이 집에 있다고 하면 으레 설렁설렁 서재에서 걸어 나와 '왔느냐' 하고 알은체를 하곤 했으므로.

'꼬마들이 없어서 거실에 있긴 어색하셨나?'

이휘철은 한성아와는 잘 놀아 주지만 그래도 한성진은 아무래도 어리광 부릴 성격도, 나이도 아니니 서로가 다소 데면데면한 편이었다.

뭐라고 할까, 말 그대로 '놀러 간 친구 집에 계신 할아버지'라는 느낌이랄까.

그래서 한성진도 이렇듯 드문 상황엔 보통 내 방에서 책을 읽거나 컴퓨터를 만지작거리곤 했는데, 저택이 워낙 넓은 데다 고용인들도 돌아다니다 보니 그나마 어색함은 덜했다.

내가 서재를 힐끗 쳐다보려니 한성진이 얼른 덧붙였다.

"아, 정확히는 별관에 계셔."

이 저택에는 가족들이 사는 이곳 본관과 고용인들이 사는 별채 외에도 중요한 외부 손님이 왔을 때 사용하는 '별관'이라 부르는 건물이 있었다.

정원 뒤편에 조그맣게 자리 잡은 별관은 비밀스럽다면 제법 비밀스러운 장소로, 전생의 나는 이휘철이나 이태석의 서재에 갈 일이 없듯, 별관과도 인연이 없었다.

'평소엔 잠겨 있기도 하고, 이휘철의 서재 창문 밖으로 곧장 보이다 보니 어릴 때도 여간해선 발길을 하지 않았지.'

이번 생 들어서는 언젠가 한번, 호기심에 찾아가 본 적이 있지만 생각하던 것만큼 딱히 거창하지는 않았다.

'내 입으로 이런 말을 하긴 뭣하지만, 평범……했지.'

딱히 공들여 지은 건물도 아니었다.

실제로 이휘철 사후엔 한동안 방치되다가 리모델링을 하며 철거 후 정원을 더 넓히고 말았을 정도였다.

별관 내부는 안쪽에 자그마한 탕비실을 갖추었을 뿐 어디에나 있는 응접실 그 이상도 이하도 아닌 느낌으로, 어디까지나 잠깐 다녀갈 손님에게 '본관이 부담스럽다면……' 하는 느낌으로 안내하는 장소였다.

'어릴 땐 왠지, 뭔가 비밀스러운 음모가 벌어지는 곳이라고 생각했는데.'

그러니 별관은 어릴 적 상상했던 것과 달리 삼광가에서 비밀리에 제조한 살인 로봇 보관소도, (어릴 땐 생각 못 했지만)약물에 찌드는 광란의 파티 장소도 뭣도 아니었다.

해서, 별관의 정체 자체는 싱겁다면 싱거운 이야기였다.

'그나마 외부의 눈을 피해 기밀성이 지켜진다는 것 외엔 딱히 대단할 거 없는 건물인 셈이지.'

하지만 그건 별관이라는 건물 자체의 정체성 이야기에 불과했고.

"손님 오셨어?"

중요한 건 그 내용이었다.

"응. 그러니까 지금은 말고, 좀 있다가 인사드리러 가 봐."

전생의 나와 달리 이번 생엔 일찌감치 별관의 목적과 시설을 확인한 한성진은 대수롭지 않게 대꾸했지만.

'은퇴한 뒤 일선에서 물러난 이휘철을 찾아올 만한 손님이라?'

나는 방에서 옷을 갈아입고 내려와 거실 소파에 보란 듯 앉아 이휘철을 기다렸다.

'결국 대호의 최중우 회장과 만난 건가?'

이맘때면 대호가 자동차 회사를 팔아 치우려 여기저기 본격적인 물밑 접촉을 시도할 때였다.

전생에는 그 갖은 노력에도 불구하고 삼광과 금일, 양측은 대호의 제안을 거절했으며 얼마 지나지 않아 터진 IMF 사태로 인해 대호는 파산하고 만다.

'그럴 수도 있겠군. 하지만 이태석도 속지 않은 일에 이휘철이 대호의 분식회계를 눈치채지 못했을 리가 없는데.'

더군다나 이휘철은 최국현이 찾아왔을 때, 그를 이용해서 대호의 제안을 에둘러 거절하려 하고 있었다.

'아니면 곽철용?'

글쎄. 그가 곽철용을 '굳이' 비밀리에 만날 까닭이 없다.

곽철용의 정체가 무엇이건 간에 그는 대외적으론 어디까지나 이휘철의 바둑친구였고, 이휘철이 이 '한량'과 친분이 두텁다는 건 공공연한 비밀이었으므로.

'혹시 모르지. 조설훈 형제의 죽음에 대해 떠들고 다니려면 듣는 귀가 적어야 할 테니까.'

이휘철이 관련 사실을 꿰고 있는지, 아닌지, 그리고 만약 알고 있다면 그 정보를 얻는 출처가 곽철용에 국한될 뿐인지조차 나는 알지 못한다.

'이제 와서 새삼 딴 주머니를 찰 생각일랑 하고 있으려고.'

이휘철을 찾아 온 손님이 누구인지 생각하며 거실에 앉아 있으려니, 현관문이 열리며 그가 모습을 드러냈다.

고용인의 인사도 필요 없다는 양 자연스럽게 현관으로 들어온 이휘철은 조성광의 장례식장에도 동행했던 김 실장을 대동하고 있었는데, 그는 거실에 앉은 나를 보더니 태연한 얼굴로 입을 뗐다.

"일찍 왔구나."

한성진도 그렇고 이휘철마저 그런 말을 하다니.

대체 나는 어떤 인생을 살아온 거지.

"예, 할아버지. 다녀왔습니다."

다만, 나는 그 '자연스러운' 이휘철의 반응을 보며 왠지 자연스럽지 않단 생각을 했다.

이휘철은 김 실장을 돌아보았다.

"그러면 자네는 이만 가 보게."

"예, 어르신."

김 실장은 더 볼일이 있을 것 같았는데, 그보단 이휘철의 방금 전 명령을 우선하는 듯 묵례 후 내게도 한 차례 묵례를 한 뒤 저택을 떠나갔다.

나는 김 실장이 떠나자마자 이휘철에게 은근슬쩍 물었다.

"한군 말로는 손님이 다녀가셨다던데요."

"아. 그랬지."

이휘철은 딱히 숨길 것도 아니라는 듯 대답했다.

"금일의 곽한섭 회장이랑 잠시 만났다."

"……."

나는 잠시 할 말을 잊었다.

'금일 그룹의 곽한섭 회장이라굽쇼?'

이거, 엄청난 거물인데.

국내 대기업으론 다섯 손가락 안에 꼽히는 금일 그룹의 곽한섭 회장과 삼광 그룹의 이휘철 전 회장의 독대라니.

'기자들이 이 회동 사실만 가지고도 군침을 질질 흘려 대겠는데.'

게다가 금일과 삼광이라고 하면, 국내에서 서로가 둘째가라면 서러워할 라이벌로 꼽히는 양대 산맥이다.

그런 두 대기업의 총수(이휘철도 은퇴했다고는 하나, 주지하듯 상왕 노릇을 해 나가는 중이니)가 같은 날 같은 장소에서 비밀리에 무슨 이야기를 한단 말인가.

혹시, 기업 간 담합? 물밑 작당?

'그야, 공공연한 이야기이긴 하지만 지금의 이휘철이 그러고자 한다는 건, 다소 선을 넘는 일인데.'

만일 그러고자 한다면 이태석도 이번엔 참지 않고 폭발할 가능성도 있었다.

'아무렴, 누구 아들인데.'

이휘철은 혼란에 빠진 나를 보며 빙긋 웃었다.

"녀석, 마치 내가 못 만날 사람을 만난 것 같은 얼굴이구나."

"예? 아뇨, 그게 아니라⋯⋯. 조금 의외여서요."

내가 당황해서 둘러대자 이휘철이 픽 웃었다.

"왜, 내가 곽한섭 회장에 비하면 급이 떨어지는 것 같으냐?"

짓궂긴.

'그럴 리가 있나.'

오히려 급수로 따지자면 이휘철은 곽한섭이 아닌, 그의 부친이자 작고한 곽인회 초대 회장의 반열에 들어가도 될 정도였다.

'비록 이휘철과 곽인회 두 사람의 연배는 차이가 많이 나지만…… 곽인회 초대 회장은 이휘철의 단명한 형님이자 내 종조부인 이휘찬과 비슷한 나이니까.'

그러니 호사가들 사이에 은연중 암묵적으로 세워진 잣대에서 이휘철과 같은 급수의 인물은 현재로서 존재하지 않는다고 할 수 있을 정도다.

'그러니 이휘철은 재계인 모임에서 한동안 상석을 차지해 왔지.'

그래서 전생에도 이휘철의 죽음은 굴곡진 대한민국 재계 역사에서도 굵직한 거물들이 즐비했던 첫 번째 페이지를 마무리 짓는 상징적인 의미가 다분하기도 했다.

그리고 그 페이지는 마지막으로 남은 거물인 조성광의 죽음으로 방점을 찍는다.

'하긴, 한편으론 이휘철의 저번 은퇴를 두고서 그 급수가 안 맞아서 은퇴했다고 보는 사람도 있을 정도였으니.'

이른바 하나의 세대가 끝나고 다음 세대의 이야기가 시작되는 것이었다.

'그러니 오히려 따지고 들면 나이는 한참 젊지만, 이태석이 곽한섭과 같은 급수라고 할 수 있는 거지.'

그래서 나는 이휘철의 말을 어색한 미소로 받았다.

"그럴 리가요. 저는 그저, 대한민국을 좌지우지하는 두 분의 만남에 놀랐을 뿐이에요."

"허허, 이 할애비는 일선에서 물러난 늙은이에 불과한데도?"

"⋯⋯."

그 말을 누가 믿나.

'지금도 은근히 이태석을 휘어잡고 계시면서.'

이휘철이 허허 웃으며 턱을 쓸었다.

"별거 아니다. 어느 정도 지위와 나이가 찬 사람들에겐 응당 고독이 따라오는 법이지."

이휘철이 말을 이었다.

"그러다 보니 비록 흉금을 털어놓진 못할지라도, 회장 직함을 단 늙은이들은 이런저런 구실을 들어 없는 자리를 만들어 가며 사람을 만나곤 한단다."

예, 부하 직원들은 그 의전 준비로 항상 죽을 맞이겠지만요.

"특히나 곽한섭 회장은 외로움을 많이 타는 양반이거든."

하긴, 그래서 슬하에 자식들이 그리 많으신가.

이휘철이 빙긋 웃으며 내 어깨를 툭툭 두드렸다.

"뭐, 나야 손주랑 노느라 그런 것도 모르고 살지만 말이다."

그냥 명예회장 같은 감투라도 쓰고 다른 데 가서 놀다 오시면 안 될까요, 하고 말하고 싶은 게 목구멍까지 나왔지만, 나는 이를 꾹 눌러 삼키며 미소를 지었다.

"하지만 곽한섭 회장님이야말로 많은 손주들에게 둘러싸여 계시지 않나요?"

내 말에 이휘철이 눈을 동그랗게 뜨더니 웃음을 터뜨렸다.

"하하하, 그야 그렇지. 그렇고말고."

이휘철이 웃은 건, 곽한섭이 처한 상황과 내가 한 순진무구(해 보이는)한 말 사이의 간극에서 말미암은 아이러니함 때문일 것이다.

"그래. 마침 잘됐다. 오늘 나온 이야기는 너와도 무관한 이야기가 아니니, 서재로 가자꾸나."

그러면서 이휘철은 휘적휘적 서재로 앞장서 걸었다.

'나 역시도 용건이 있었는데, 마침 잘됐다고 해야 하나.'

나는 이제 이휘철의 개인 사무실이나 다름없는 그의 서재에서 그와 독대하고 앉았다.

"들으니 조만간 있을 금일의 집안 모임에 참석한다고 하더구나."

이휘철이 자리에 앉으며 던진 말에 나는 고개를 끄덕였다.

"그렇습니다."

그 자체가 딱히 비밀은 아니었다.

관련한 이야기는 이미 밥상머리에서 나온 이야기이기도 했고, 사모는 사모대로 신이 나서 '이번엔 민정이가 성진이를 에스코트하겠네?' 하며 나를 놀려 댔다.

분명, 몇 년 전 이휘철의 생일잔치 때 내가 김민정을 데리고 갔던 걸 의식해 한 말일 것이다.

또, 이휘철은 방금 전 '금일의 집안 모임'이라고 말했지만, 반은 맞고 반은 틀린 이야기다.

'뭐, 사실상 집안 모임이나 다름없긴 하지만.'

공식적으로 그날은 금일 그룹의 창립기념일로, 금일 측은 이날 회사에 공헌한 인재들을 금일 그룹 소유의 아트홀로 대거 초청해 금일봉이며 상패를 지급해 근로의욕을 고취시킨다는 그럴싸한 명분을 내세우고 있으나.

굵직한 자리를 차지하고 앉은 임원들 대부분이 금일 가문 사람들이었으므로 사실상 '집안 모임'이 되고 만 것에 불과했다.

'겸사겸사 기강도 잡고.'

이휘철 또한 지난 몇 년간은 자신의 생일 때 비슷한 일을 해 왔으나, 이번 생에 내가 참석했던 생일잔치 이후로는 관련 행사를 더 이상 하지 않았다.

'그 사이 이휘철 안에서 무언가 결심이 선 것이었겠지.'

그날 전생에 없던, 내 종조부의 존재와 업적을 공식적으로 인정한 것까지 더해서.

'이휘철은 그때 이미 삼광전자에 올인하기로 마음먹었던 거야.'

전생과 달라진 변수라고 한다면, 아마 나라고 하는 존재일 것이다.

'자의식과잉이 아니라, 그게 아니면 전생과 달라진 지점을 도저히 설명할 수가 없어.'

하긴, 내 입으로 말하기도 뭣하지만 전생의 망나니였던 이성진과 이번 생의 이성진은 비교를 불허할 지경이지 않은가.

어쨌건 이휘철도 더 이상 기강을 잡을 필요가 없어졌으니, 그에 따른 돈과 시간을 허비할 필요가 없다는 생각에 행사를 중단한 것이리라.

이휘철이 고개를 주억거렸다.

"그래. 당연한 이야기이지만 곽한섭 회장도 그걸 알고 있더구나."

"……."

금일 쪽에서 나라고 하는 떡밥을 가만둘 리가 없긴 하지만, 그걸 곽한섭 같은 거물 선에서 의식하고 챙긴다니, 기분이 묘했다.

'거기 가면 곽한섭이랑도 한번 얼굴을 마주하게 될지도 모르겠군.'

이휘철이 미소 띤 얼굴로 말을 이었다.

"그리고 필요하다면 사돈을 맺을까, 하는 생각도 있는 모양이고."

"……예?"

"거기에는 네 또래인 아이들도 제법 많은 데다가…… 왜, 마침 그 집안 여식 하나와 제법 친하게 지내고 있지 않느냐?"

"……."

김민정 말인가.

'이 사람들이, 진짜.'

그 말을 받는 내 표정이 어땠는지, 이휘철은 다시 한번 껄껄 웃었고, 나는 떨떠름한 기분을 애써 억누르며 이휘철의 말을 받았다.

"저에겐 아직 이른 이야기라고 생각합니다."

나도 어딘가 팔려 가듯 장가갈 생각은 추호도 없다.

'게다가 아직 초등학생에 불과한데 말이야.'

생각하고 보니, 나도 나 유리할 때만 나이를 들먹이는구나, 싶었지만.

이휘철이 은근한 미소를 띤 채 나를 보았다.

"물론 난 그런 건 당사자 간의 문제이지, 늙은이들이 나서서 어떻게 할 이야기는 아니라고 생각한다."

그런 사람이 이태석이 결혼할 때는 그렇게 반대를 했나?

'……뭐, 결국 그 이휘철조차 사모에겐 한 수 접어 주고 말았지마는.'

이휘철이 빙글빙글 웃으며 말을 이었다.

"그래. 우리 손주 정도 되는 인물이면 나중에 몸값이 더 오르면 올랐지, 떨어지진 않을 테니 말이다. 게다가 지금은 조광의 여식도 후보에 있으니, 무에 아쉬워서."

"……."

"농담이다, 농담. 클클. 아무튼 놀리는 맛이 있는 녀석이야."

농담치곤 가시가 가득하군.

하긴, 경쟁 기업인 금일과 혼인으로 동맹을 맺어 봐야 별로 득 될 것도 없고—심지어 김민정은 방계 중의 방계이니—차라리 사업이 겹치지 않는 조광을 한 집에 들이는 것이 확장성 측면에선 더 이익일 것이다.

'그것도 당사자의 감정을 도외시하고 생각한 전략적 논의지만.'

이휘철이 몸을 살짝 앞으로 기울였다.

"그런 건 차치하고, 어쨌건 곽한섭 회장 그 양반도 반쯤 농담 삼아 던진 말이긴 했으나…… 슬슬 네가 속한 세대를 의식하는 모양이긴 하더구나."

곽한섭이?

이휘철이 씩 웃었다.

"그도 이번에 조광에서 벌어진 일이 퍽 신경 쓰인 모양이지. 그도 그럴 것이, 중학생 계집아이가 덜컥 조광을 대표하는 자리에 오른 데다가, 네가 그 아이와 친하다는 소문이 파다하니 말이다."

여기서 조광이 언급되다니.

'그래서였나.'

곽한섭이 오늘 이휘철을 찾은 건, 단순히 정점에 오른 자가 고독감에 사무치다 못해 말벗을 찾은 것이 아니었다.

'……경계하는 거로군.'

나와 조세화, 아니 삼광과 조광을.

만일 조광과 삼광이 손을 잡는다면, 판도가 기울어진다.

그리고 그 일을 반기지 않는 사람들이 무수하다는 것을, 곽한섭은 대놓고 말하는 대신 행동으로 보여 준 것이리라.

'아무 생각 없이 손을 잡으면, 온 힘을 다해 물어뜯어 주겠다는 거지.'

말인즉, 이번에 내가 금일 가족 모임에 참석하는 일이, 단순한 사교 목적의 방문이 아니게 된 꼴이었다.

나는 방금 전까지 경영을 벗어난, 세상사의 원칙 중 가장 중요한 한 가지를 잊고 있었다.

아니, 완전히 잊은 건 아니나, 벌써부터 내게 그런 일이 닥칠 거라고 생각하질 못했다.

'가장 잘나가는 대상은 끌어내려지기 마련이라는 거지.'

역학적 균형의 문제였다.

이는 비단 경영에만 적용할 수 있는 원칙이 아니었다.

정치권에서도 어느 한 후보가 다른 후보들을 압도하는 지지율을 자랑하게 된다면, 제2, 제3자들은 힘을 합쳐 1인자를 공격하는 것이 비일비재할 뿐만 아니라, 세간의 기초적인 전략 상식이었다.

하물며 기업 경영이랴.

어느 기업이 경영에 패러다임 전환급의 혁신을 발휘하고 신제품을 개발한 결과로 성장한 것이라면 괜찮다.

수준이 엇비슷한 후발주자에게는 후발주자 나름의 장점이 있고, 그들에겐 선두주자를 벤치마킹하며 혁신의 리스크를 줄일 수 있다는 것만으로도 족하다.

실제로도 현 이태석 체제의 삼광에 영광을 가져다준 MP3 플레이어와 클램이라는 혁신적인 신제품은 현재 경쟁사에서 다양한 카피 제품을 내놓으려 준비 중이라는 소식이 들려오는 중이었다.

'그 정도는 나도 예상했어.'

나는 저들 후발 주자들이 카피 제품을 내놓는 것에 불안감을 느끼지는 않았다.

'내게는 그 외에도 저들이 아직 생각지 못한 미래의 히트 상품 아이디어가 한참 남아 있으니까.'

그들이 따라붙어도, 그다음엔 더 큰 격차를 벌리면 된다.

그러면 저들에겐 우리 회사가 마치 제논의 역설처럼, 따라잡으려 해도 따라잡을 수 없는 존재로 느껴지리라.

하지만 그런 점진적인 결과의 격차가 아닌 갑작스레 불어난 급격한 체급 차이의 징조는 불안함을 낳고, 약자들은 결국 단순 경쟁만으로는 따라잡을 수 없을 듯한 강자를 상대로 힘을 합쳐 생존전략을 모색하게 된다.

그러니 만일 우리가 조광과 손을 잡은 결과로 상대와 단박에 압도적인 격차를 벌리게 된다면 그에 따른 저들의 전략이며 대처도 달라진다.

생존의 위기 앞에 선 금일(을 비롯한 여타 대기업들)로서는 삼광을 견제하기 위해서라면 자존심을 굽혀서라도 그 방법을 찾아내리라.

'하물며 조광에 균열이 가해진 이 시점에서는 오죽하겠어.'

그들로서는 삼광이 조광의 자본뿐만 아니라 강점마저 흡수하게 될 것이 탐탁잖을 것이다.

작정하고 이쪽을 견제하고자 한다면, 수단은 얼마든지 있다.

내가 앞서 우려했던 담합, 원자재 독점, 유통의 배제.

'클램의 기술적 바탕이 되고 있는 퀄컴과의 계약도 삼광의 독점이 아니니까.'

또는 TOB 따위로 조세화의 상대 파벌에 대놓고 돈을 쏟아부어 힘을 실어 주는 것도 한 방편이 될 것이다.

그뿐일까.

저들과 유착해 있을 정치권을 통해 끊임없는 세무조사와 감찰, 예정보다 역사보다 일찍 금융감독위원회를 출범시켜서라도 삼광의 발목을 잡을지 모른다.

'뿐만 아니라 이젠 사실상 분리된 것이나 다름없는 삼광 그룹 계열사들을 끌어들인다는 것도 가능하지.'

지금은 이럭저럭 한배를 타고 있지만, 이휘철의 조카들은 야심이 득시글한 이들이다.

그중 이진영의 아버지인 이태환(현 삼광물산 대표) 같은 인물이라면 저들의 제안에 못 이기는 척 눈감아 주는 흉내라도 낼 것이다.

'그러니 이건 이휘철을 조광의 CEO에 앉히느냐 마느냐 이전의 문제였어.'

특히 이휘철의 장손이 조성광의 손녀와 (물론 사실과 다르지만) 이러저러한 듯하다는 소문은 그들의 불안 심리에 부채질을 할 여지가 있었다.

그래서 이휘철도 당시 사모와 이태석의 결혼을 반대한 것이리라.

'삼광이 사모의 친정인 뉴월드백화점과 사돈을 맺게 된다면, 응당 그에 따른 견제가 들어오기 마련이니까.'

그 시절의 삼광은 지금보다 더 규모가 작은 회사였고, 두 회사의 결합을 의식한 협공을 버틸 힘이 없었다.

그에 따른 견제를 의식한 이휘철은 강수를 두었다.

지금도 세간의 인식이 그러하듯, 삼광은 뉴월드백화점과 관련하여 '아무런 일도 하지 않는 것'으로, 이휘철로서는 이 전도유망한 백화점 사업에 관여하지 않음으로서 회사를 지켰다.

실제로 사모 역시 그런 걸 의식했는지, 이성진의 외가에 한동안 의식적으로 발길을 하지 않았다.

'최근 들어서는 별로 눈치를 보지 않고 움직이지만, 그것도 이젠 서로가 각자도생하는 관계라는 것이 대중 전반의 인식에 박혔기 때문이지.'

그래서일까, 지금도 사모가 뉴월드백화점의 영애라는 사실을 모르는 사람이 많다.

'이휘철도 언론을 휘어잡느라 고생깨나 했을 거야.'

하지만 해외여행조차 자유롭지 않던 시절의 그때와 지금은 다르다.

삼광이 국내 굴지의 대기업으로 우뚝 선 지금, 이휘철의 생각은 어떨까.

'조설훈이 죽기 전에도 조세화를 꼬드겨 조광을 삼켜 보란

말을 했을 정도의 인간인데.'

이휘철은 그때 이미 조광의 상속 직후 분열의 조짐을 읽어 낸 뒤, 이를 파고들어 조광의 지분을 확보하고, 나아가 조광의 알짜배기를 흡수해 보자는 정도의 계획이었으리라.

하지만 그때와 지금은 또 다르다.

이번 상황은 나조차 예상 못 하게 '너무 잘 풀린' 바람에 벌어진 폐해였다.

차라리 조설훈이 건재했다면, 그래서 조성광의 죽음으로 3등분 된 조세화의 상속 지분만을 떼어 내 힘을 보탰더라면, 이렇게까지 견제가 들어오지도 않았으련만.

'이휘철도 당시엔 조세화에게 유산상속이 갈 줄은 몰랐겠지.'

……설마, 조성광이 조세화에게 유산을 물려주리란 걸 알고 있었나?

'아니, 알고 있었더라면 계획에 대놓고 박차를 가했을 인간이야.'

어쨌거나 현 상황은 내게 꼬일 대로 꼬여 이도 저도 못할 지경으로 만들었다.

'그래서 결국, 지금 이휘철은 무슨 궁리 중일까.'

그는 본디 피투성이 싸움을 즐기는 부류의 인간이다.

뉴월드백화점 측과 사돈을 맺을 때야 기업이 약소하니 어쩔 수 없이 한걸음 뒤로 물러났다지만, 톱 5 안에 드는 현 삼광을 물밑에서 쥐락펴락하는 지금이라면?

'다른 기업들의 도전을 기꺼이 받아들이겠지.'

그렇게 해서 경쟁 기업들과 싸워야 한다면, 어디 해 볼 테면 해 보란 식으로 나올 것이다.

'……문제는 나로선 그게 썩 내키지 않는단 건데.'

나에겐 그 불필요한 싸움으로 놓치게 될 것들이 크다.

몇 년 후에는 더 이상 우물 안 개구리 싸움이 아닌, 국제 무대에서 해외 기업을 상대로 경쟁을 해야 할 판국인데, 이런 하찮은 일로 발목을 잡혔다간 본격적인 때에 성장 도약의 발판을 놓치게 될지도 모른다.

'또, 미래가 내가 감당할 수 있는 것 이상으로 변하는 것도 대처하기 어렵고.'

더군다나 나 스스로가 조세화와 사이를 발전시켜 보고자 할 생각이 없다.

'벌써부터 결혼을 전제로 어쩌고저쩌고하고 싶진 않거든.'

그야 만일 필요하다면 정략결혼도 마다하진 않겠지만, 고작(?) 이런 일로 내 가능성을 닫아 두고 싶진 않다.

'그 결과 내가 삼광전자가 아닌 다른 무언가를 맡게 되어야 한다면 그건 그것대로 손해지.'

삼광전자는 그 성장 잠재성이 세간의 그 어떤 낙관적인 예상보다 훨씬 큰 회사였다.

삼광 그룹이 그 누구도 따라올 수 없는 국내 굴지의 대기업으로 우뚝 서게 된 건 삼광전자 때문이라고 해도 과언이 아닐 정도고, 나중엔 아예 삼광전자와 삼광전자를 제외한 삼광 그룹을 분리해 생각해야 할 정도가 되니까.

그 규모란 현존하는 대기업 몇 개를 합친 것보다 클 정도 며, 어지간한 국가 예산과도 맞먹는다.

당장의 이익에 눈이 멀어 감수할 리스크로는 소탐대실의 형국을 낳을 공산이 크다.

'나 참, 이래서는 이휘철에게 CEO 영입 이야기를 꺼내기 도 어렵겠군.'

이휘철은 그러한 내 생각을 읽어 내기라도 한 듯 싱글벙글 웃는 얼굴로 나를 보았다.

"무슨 생각을 그리 골똘히 하느냐?"

나는 퍼뜩 정신을 차리며 그 말을 받았다.

"아뇨, 왠지……."

나는 그 표정에서 이휘철이 내게 '던진 말 이상의 함의'를 읽어 냈길 바란단 걸 눈치챘다.

'저렇듯, 이휘철의 나에 대한 평가 기준이 나날이 높아지 는 것도 의식해야 하겠고.'

그냥 아무것도 모른 척 순진하게 넘길까?

'그 뒤, 조세화와 관계를 끊어 버리면…… 하고자 하는 일 에서 조금 멀리 돌아갈지언정 안전은 보장되겠지.'

아니면…….

결국 나는 이휘철의 바람을 따르기로 했다.

"……할아버지의 말씀을 듣고, 세간에서는 혹여 우리 삼광과 조광 사이가 어떻게 발전하게 될지 의식하고 있단 생각을 했습니다."

이휘철이 입매를 비틀었다.

"이제야 너도 지금 자신이 어느 판 위에 선 지 깨달은 모양이구나."

"……."

그뿐만 아니라, 나는 이 자리에선 이휘철에게 속내를 감추는 의미가 없다는 것도 깨달았다.

'이휘철 안에서 나는 평가치가 어마어마하게 높은 모양이군.'

나는 떨떠름한 속내를 더 이상 감추지도 않은 채 입을 뗐다.

"예. 덕분에 제가 지금 어떤 식으로든 조광과 관계된다면 응당 그에 따른 견제가 들어올 것이라고 봅니다."

"맞다."

이휘철이 고개를 끄덕였다.

"만일 우리가 조광의 유통망을 손에 넣을 수 있게 된다면, 그건 적잖은 위협이 되겠지. 국내에서는 더 이상 따라올 엄두를 못 낼 그런 존재로 거듭날 것이다."

"……."

"그리고 못난이들은 그런 우리를 두려워하며 어떻게든 발목을 잡아 보려 할 것이야. 한심한 일이지."

그는 냉소적으로 적을 평가하고 있었지만, 그런 이휘철도 같은 상황에 처하게 된다면 더하면 더했지, 덜할 인간은 아니다.

"뭐, 그래도 작정하고 싸우고자 하면, 이길 수 없는 것은 아니다."

예상대로였다.

'이휘철은 내가 조광을 집어삼키길 바랐으니까.'

이휘철이 턱을 쓸었다.

"뭐, 그러니 만일 네게 그럴 의사만 있다면 이 할애비가 얼마든지 도움을 주겠다만…… 굳이 그럴 필요는 없어 보이는구나."

단서가 붙긴 했으나, 이휘철의 말은 내게 다소 의외였다.

설마, 이휘철이 굴러 들어온 호박을 마다하겠다고?

그건 죽었다 깨도…….

'아니, 실제로 죽었다 깨긴 했지만.'

나는 자세를 갖췄다.

"그럴 필요가 없다는 건……. 혹시 할아버지께선 제가 지금이라도 조세화와 관계를 끊어야 한다고 보십니까?"

내 단도직입적인 질문에 이휘철인 한차례 눈을 동그랗게 뜨더니 클클, 웃었다.

"그런 말은 하지 않았다."

"……."

"모처럼 마당 안까지 굴러 들어온 호박을 방치해 두면 아깝지. 하물며 그 호박은 내버려 뒀다간 썩어 버리고 말 것이야."

하긴, 그렇겠지.

뭐, 이휘철의 말마따나 이대로 조광을 방치해 두면 필시 그리될 것도 분명했다.

'사분오열된 조광은 머잖아 올 장기적 불황을 이기지 못하고 역사의 저편으로 사라지겠지.'

부자가 망해도 삼대는 간다고, 조세화 개인은 부족함 없이 평생 잘살긴 하겠지만.

'나도 할 수만 있다면 그러고 싶구먼.'

이휘철이 말을 이었다.

"내가 파악한 네 성향상, 싸움은 바라지 않을 터. 그렇다고 해도 워낙 잔정이 많은 성격이니, 너는 조광의 여식을 이대로 내버려 두고 싶어 하지 않을 듯하구나."

내가 잔정이 많아서 조세화를 지켜 주려 한다고?

'천하의 이휘철도 허점은 있군.'

나로서는 어떻게 받아들여야 할지 모를 오해였다.

"그러니 만일 네가 그렇게 하고자 한다면, 어느 정도 외부와 균형을 갖출 필요는 있다는 것이지."

"……."

"보아하니 너는 너 나름대로 그 아이에게 도움을 주기 위한 방안을 구상하고 있었던 모양인데……."

이휘철이 빙긋 웃었다.

"일단 네 전략이 무엇이었는지, 한번 들어 보자꾸나."

내게 향한 그 미소는 '손주를 사랑하는 조부의 모습' 그 자체였으나.

'……왠지 나는 조세화처럼 마냥 그렇게만 받아들일 수가 없단 말이야.'

나는 마른침을 삼킨 뒤, 입을 뗐다.

나는 이휘철에게 조세화가 그와 만남을 청했다는 이야기를 전달했다.

이휘철은 이야기를 듣자마자.

"그 아이가 나를 고용해 볼 심산이구나."

곧바로 의중을 파악하며 껄껄, 웃음을 터뜨렸다.

'어떻게 알았대.'

나는 속으로 혀를 내두르며 대꾸했다.

"예, 그렇습니다."

이휘철은 싱긋 웃으며 나를 보았다.

"그건 네 생각이냐, 아니면 그 아이 생각이더냐?"

"……조세화의 생각이었습니다."

정확히는 김민혁이 툭 던진 말을 내가 받아 정리해서 조세화에게 전달한 것이지만.

'그게 나나 김민혁의 아이디어였다고 하면 내 입장이 조금 곤란해지거든.'

나는 오늘 조세화에게 몇 가지 당부를 하며, 이번 계획이 그녀의 머릿속에서 나온 것으로 하자는 제안을 언급했다.

「알아 둘 건, 첫째, 할아버지가 이번 제안을 수락하시더라도 조광 CEO에 임명되는 건 아직 확정 요소가 아니라는 것. 」

「응.」

「둘째, 이 제안은 어디까지나 네가 먼저 떠올린 것으로 해줘.」

「왜?」

거기서 나는 사유를 대강 둘러대며 세 번째 제안이자 당부 요소로 넘어갔다.

나와 이휘철의 관계는 조세화의 머릿속에 고착된 '일반적인' 조손 관계와 달리 어딘지 뒤틀린 면모가 있었다.

'그러는 조세화와 조성광의 관계도 일반적인 조손 관계라 일컬을 수만은 없는 것이지만.'

그래도 내가 이휘철을 생각을 떠올렸다고 말하는 것과 조세화가 생각을 떠올렸다는 것 사이엔 차이가 크다.

만일 내가 이번 제안을 떠올렸다고 말하면, 이휘철은 두 손 들어 환영하며 내게(그리고 삼광에) 유리한 방향으로 조광에 '경영 혁신'을 가져올 것이다.

'그는 어쨌건 내가 조광을 이 모양으로 만든 것에 일조하고 있었다고 여기는 눈치이고, 나아가 내 본의를 넘어선 해석을 할 여지가 다분하지.'

당시엔 이휘철에게 들은 타 기업의 견제를 의식한 건 아니었지만, 지금 이휘철이 작정하고 조광 그룹 전체를 좌지우지하게 된다면 그 파장은 나에게도 미치리라 생각했다.

더군다나 내 목적은 어디까지나 몇십 년 뒤, 누군가 내 목숨을 노릴 수 없게끔 경쟁자를 줄이는 것이지 삼광을 전생을 능가하는 초일류 기업으로 만드는 것이 아니다.

'사실, 이대로 내버려 두기만 해도 삼광은 자연스럽게(?) 초일류 기업이 될 테지. 나도 대단한 사고만 치지 않는다면 자연스레 그 후계자가 될 것이고.'

하지만 그저 무탈하게 삼광 그룹의 차기 오너가 될 뿐이라면, 죽음 또한 그럴지 모른다.

'안 그래도 전생의 내게 살인을 지시한 용의자를 특정하지 못한 현 상황이라면 더 그렇겠지.'

이번 생 들어서 조금씩 그 용의 선상에 올라온 인물을 줄여 가고는 있으나, 아직 죽음의 변수가 사라졌다고 안심하긴 이른 것이다.

하물며 내가 SJ컴퍼니를 경영하는 것도 그때 찾아올 미래에 누구도 넘보지 못할 확고한 지분을 만들기 위함이니.

'그래서 일부러 상장도 하지 않고 버티는 건데.'

그런데 만약 삼광이 조광을 흡수하여 발아래에 둔다면, 이는 본말전도다.

이번 일로 내가 '눈에 띄는 이득'을 얻으면 안 된다.

그렇다면 누군가는 분명 내가 조광의 몰락에 일조하고 있었다는 사실을 의심하기 시작할 것이고, 그 전후 맥락을 알게 된 조세화가 나를 비난하지 않으리란 장담은 할 수 없다.

'조설훈과 조지훈의 죽음은 그들이 자초한 것이지만, 극단적인 선택을 할 만큼 궁지에 몰아넣은 것이 나라는 것도 부정할 수는 없지.'

게다가.

'……그때 가서 형기를 마치고 나온 조세광이 무슨 짓을 할지도 모르니까.'

그렇다고 해서 지금 후환을 제거하고자 조세광을 '제거'해 버린다면, 그건 그것대로 리스크가 있다.

나는 어디까지나 이번 일로 박상대의 죽음과 조세광의 아킬레스건을 끊어 놓은 것에 만족할 뿐.

그에 따른 내 경영상의 이익은 부차적인 것이 되어야만 한다.

그러니 나는 이휘철을 조광의 CEO로 임명할지언정, 조세화가 영향력을 잃지 않은 상태의 균형을·발휘해야 한다고 보았다.

내가 조세화에게 밝힌 세 번째 당부 내용은 그런 것을 염두에 둔 것이었고, 차라리 이대로 이휘철 CEO 선임 건이 물건너가 조광이 망해 버리더라도—물론 그것만으로 폭삭 망할 리도 없고, 조광이 망하는 것 역시 내겐 가능한 피해야 할 요소지만—조광은 조광으로 남아야 하는 이유였다.

'그 모든 고려 사항도 어디까지나 이휘철의 승낙 유무에 달린 것이지만.'

이휘철은 잠시 뜸을 들이다가 고개를 끄덕였다.

"좋다. 그러면 내일 만나 보자꾸나."

암만 쇠뿔도 단김에 빼야 한다고들 하지만, 내일 당장?

이휘철이 나를 보며 씩 웃었다.

"아니면, 오늘 저녁으로 하랴?"

"아닙니다. 내일로 약속을 잡아 두겠습니다."

이휘철은 내 즉답에 껄껄 웃었다.

"그래. 그 아이가 너에게 그런 부탁을 했다니 오죽하면 그럴까 싶다가도 그런 대담한 구상을 떠올렸다니, 여간 잔망스러운 아이가 아니라는 생각마저 드는구나."

"네. 나이에 비해 의젓하고 똑똑한 애예요."

내가 조세화를 비호하고 나서자 이휘철은 잠시 나를 어처구니가 없다는 양 물끄러미 쳐다보았다.

"허허……."

"……왜 그러세요?"

"아니, 아무것도 아니다."

이휘철이 픽 웃으며 고개를 저었다.

"뭐, 하기야 김 실장의 이야기를 들어 보니 나이에 비해 되바라진 면이 있는 것 같긴 하더구나. 장례식장에서 한바탕 난리가 날 수도 있었던 걸 제법 잘 수습했다지?"

"예. 그랬습니다."

조성광의 장례식날 있었던 일은 김 실장을 통해 이휘철의 귀에도 흘러 들어간 모양이었다.

내가 방에 들어가 있는 사이, 바깥에서 서성이던 김 실장과 강이찬은 김보성의 방문부터 그 퇴장까지 과정을 모두 지켜보았다.

나중에 강이찬이 말하기로, 그때 나를 찾아 저택으로 들어가야 할지 망설였다고 하니 그 상황은 오죽했을까.

'좋은 소식을 가져와도 뭣할 판국에 그런 다시없을 비보(悲報)를 가져왔으니……. 그 자리를 찾아간 김보성이 뭇매를 맞아도 그럴듯한 상황이긴 했어.'

이휘철이 말을 이었다.

"그렇다고 하여, 그 아이의 제안을 승낙했다는 의미는 아니다. 어디까지나 내 손주의 얼굴을 보아서 만남을 청했으니, 그에 응한 것뿐이지."

"감사합니다."

"네가 감사할 일이 아니다."

이휘철이 딱 잘라 선을 그었다.

"그런 건 조세화란 아이가 내게 해야 할 일이지. 물론 나중에도 내게 감사를 할지는 두고 봐야겠지만."

거 섬뜩한 소릴 아무렇지도 않게 하시는군.

"그나저나 지금 조광 돌아가는 꼴이 어떠한지는 보지 않아도 알 듯하구나. 분명 이런저런 파벌이 나뉘어 네 밥그릇 챙기려는 일에 여념이 없으리랏다."

남 눈의 티끌은 보아도 제 눈에 대들보는 보지 못한다더니, 그런 걸 보지 않고도 꿰뚫어 보는 양반이 이태석을 그 모양이 되도록 방치했나?

'아니, 그조차도 최후에 이태석을 시험한 것이라면 할 말은 없지만.'

이휘철이 미소 띤 얼굴로 턱을 긁적였다.

"하나 우도할계(牛刀割鷄 : 닭 잡는 데 소 잡는 칼을 쓴다)라 하였다. 나 정도 되는 인간을 급한 불 끄는 데 쓰려 하다니, 한편으론 그 상황에서 나를 영입해 보고자 하는 용기도 가상하고."

이휘철은 나를 향해 비릿한 미소를 짙게 드리웠다.

"아무튼 일선에서 물러난 늙은이를 고용하고자 했다면 응당 그에 걸맞은 조건을 제시하여야 할 터인데……. 까딱하다간 나에게 회사가 송두리째 넘어가더라도 할 말이 없을 상황이지 않느냐?"

"……."

나는 그 거만한 말을 딱히 이휘철의 자의식과잉이라 생각
하지 않았다.

'다른 사람도 아니고 이휘철이니.'

사실상 고양이에게 생선을 맡기는 꼴이지 않을까.

나는 그게 반쯤 농담이라고 생각하면서도—반쯤 농담이란
건 다시 말해 반쯤은 진심이란 의미니—조심스레 물었다.

"그렇게 하실 건가요?"

"네 생각은 어떠냐. 네가 바란다면 뒤탈이 없게끔 잘 포장
해서 넘겨주도록 하마."

"……."

이번엔 농담을 싹 뺀 진심으로 들리는데.

곧잘 오해하고들 있지만, 나에게는 조세화나 이휘철이 생
각하는 정도의 역량이 없다.

지금 나에게 덜컥 조광이란 대기업이 손아귀에 들어와 봐
야, 소화도 못 할 음식이 한 상 가득 펼쳐지는 것에 불과하
다.

'또, 그래서도 안 되고.'

나는 일부러 사무적으로 들릴 만큼 정중한 어조로 대답했
다.

"저는 바라지 않는 일입니다."

"왜, 우리를 견제할 타 기업을 의식해서? 내가 작정하고 진흙탕 싸움을 하고자 한다면, 못 이겨 낼 것도 없다."

그야 그렇겠지요.

이 몸에 들어와 몇 년간 한 지붕 아래 살며 제왕학을 수료해 온 나로서도 이휘철이 가진 패와 역량 모두를 꿰지 못하고 있을 지경이다.

하물며 격동의 세월을 이겨 온 이휘철이 작심하고 지저분한 수를 쓰고자 한다면 조성광 저리 가라 할 정도의 술책도 얼마든지 쓸 수 있을 것이다.

'그 최갑철조차 결국엔 한 수 접고 물러났을 정도니까.'

암만 전성기에 비하면 한 수 접어 주어야 한다고는 하나, 안기부의 곽철용이 그와 한편이었으니, 곽철용의 신분을 알게 된 지금 돌이켜 보면, 운락정에서 있었던 일은 오히려 얌전히 수습한 편이었다고 할 정도다.

"아뇨. 타 기업이 저를 의식하기 시작했다는 건 오늘 할아버지를 뵙고서야 자각한 일입니다."

내 말에 이휘철은 그윽한 시선으로 나를 보았다.

"하면, 지금 조광을 집어삼키는 일은 네가 감당하지 못할 일이라 보는 것이더냐."

정답입니다.

그러나 '제 역량 부족으로 인해' 운운하자면, 이휘철은 도와주겠단 구실로 상왕 노릇을 할 것이 분명하니, 그걸 앉은 자리에서 인정하지는 않았다.

"상황이 사람을 만든다고 하였습니다. 지금은 비록 미숙하여 시행착오가 있을지 모르나, 하고자 한다면 못할 것도 없지요."

"호오."

"저는 장차 아버지의 뒤를 이어야 할 텐데, 고작 조광 정도 되는 회사를 경영하지 못해서야 미래의 삼광을 이끌어 나갈 수 있겠습니까."

약간의 허세를 담아 한 말이었지만 이휘철은 그럭저럭 흡족한 듯 보였다.

'끙…… 이런 게 쌓이고 쌓여서 지금 같은 고평가가 나오는 결과에 이른 것인데.'

어쩔 수 없지.

나는 떨떠름한 속내를 감추며 말을 이었다.

"하지만 제가 그것을 바라지 않는 건, 어디까지나 신의를 지키기 위함입니다."

"신의라?"

"예. 그런 것은 돈을 주고도 얻을 수 없는 것이니까요. 만일 제가 이번 일을 기회 삼아 조광을 손아귀에 넣는다면 앞으론 누군가 저에게 청탁하는 일이 생기더라도 이를 저어하게 될 것입니다."

또, 그런 일로 신의를 잃은 결과가 내 죽음으로 이어진다면, 그야말로 본말전도니까.

'그런데 뱉고 보니 그럴듯한걸?'

그러니 보통은 이쯤 하면 '허허, 훌륭하다' 하고 생각하고 말겠지만.

이휘철이 눈썹을 씰룩였다.

"너도 별 흰소릴 다 하는구나."

"……."

……상대는 이휘철이었다.

나는 나름대로 그럴듯한 명분을 세웠다고 생각했으나, 이휘철은 고작 그 정도로 만족하지 않았다.

이휘철이 딱딱한 얼굴로 나를 보았다.

"조그만 이익을 앞에 두고 있을 뿐이라면 네 말도 틀리지 않다."

"……."

"하지만 조광은 조성광이란 그럭저럭 걸물이 시대의 운과 타고난 재능을 쏟아붓고 평생을 바쳐 키워 내 지키고자 한 결과물이다."

그 조성광을 두고 '그럭저럭 걸물'이라니, 이휘철의 평가란 상당히 박하군.

"또한 그 성과란 범인이 인생을 바쳐도 얻을 수 없는 성과의 결정체이며, 이는 만일 조성광이 이 시대에 다시 태어나도 얻을 수 없는 것이야."

"……."

"너는 방금 전 '고작 조광 정도 되는 회사'라 평하였지만, 네가 지금 이룬 보잘것없는 성취도 어디까지나 나나 네 아비가 지원을 해 주었으니 가능한 것에 불과하다. 성진이 너는 신의란 돈으로도 살 수 없다고 하였지만 조광 정도 되는 회사를 손에 넣는 것 역시 마찬가지의 일이지."

아니, 이휘철 역시 조성광과 동시대를 살아온 인물이어서 그 성취를 향한 평가는 결코 박하지 않았다.

"네가 만일 관념뿐인 신의와 어엿한 실체를 가진 조광 사이에서 저울을 놓고자 한다면, 그때뿐인 허울 좋은 신념과 운, 실력, 시대를 모두 타고나 성취한 인생 사이의 무게를 염두에 두어야 할 것이다."

"……."

그에게 신의며 신용이란 건 어디까지나 목적에 다다르는 구실에 불과한 것이며, 신의를 바쳐도 얻지 못할 이익이 앞에 있다면 그는 응당 이를 손에 쥐어야 한다고 믿는 부류였다.

'그나저나 잘도 초등학생 앞에서 꿈과 희망도 없는 이야기를 하시는군.'

내가 평범한 초등학생이었다면 이런 교육을 받으며 비뚤어질 대로 비뚤어진 어른으로 자라났을 것 같다.

'이런 조부 아래서 자랐으니 이성진이 개망나니로 자란 건 아닐까. 그렇다고 나 같은 제왕학을 수료한 건 아니지만.'

그런 이휘철의 훈계에 어떻게 반응을 해야 할지 감도 오지 않는 와중, 그가 거뒀던 미소를 다시 지었다.

"그래도 한 가지는 마음에 들었다. 미래의 삼광."

"……"

"너는 감히 내가 경영했던 삼광보다 너나 네 아비가 꾸려 나갈 삼광이 조광을 합한 것보다 더 대단해질 거라고 생각하지 않았느냐?"

싱글벙글 웃는 이휘철을 보며, 이번에도 어떻게 반응해야 할지 모르겠단 생각이 들었다.

그래도.

"예. 그렇습니다."

"흐음?"

"삼광은 장차 대한민국을 넘어 세계 시장에서도 손꼽히는 회사가 될 것입니다."

그건 내가 딱히 아무것도 하지 않아도 이루어질 사실이니까.

"……"

"……"

"……크크. 하하, 하하핫! 좋다, 내 손주라면 응당 그러해야지, 크하하하핫!"

내 대답에 결국, 이휘철은 웃음을 터뜨렸다.

이휘철의 인생에서도 손에 꼽힐 만큼, 무척 만족한 웃음이었다.

'……동시에 그 안에서 내 평가치는 또 상향되었겠군.'

이번에도 내 무덤을 파고 만 일이었지만, 어쩔 수 없지.

6장

「그렇다고 바로 다음 날 약속을 잡으면 어떡해! 나도 준비를 해야 하는데.」

전날 조세화는 내게 전화로 볼멘소리를 늘어놓았지만, 그 준비할 시간조차 주지 않고 몰아붙이는 게 이휘철의 교섭 스타일인 것이다.

'갑작스럽긴 나도 마찬가지다만.'

그러면서 조세화가 덧붙였다.

「안되겠다, 바로 미장원 예약해야겠어. 맞춤 정장 기장도 다시 맞춰야겠고.」

상견례하냐.

아니, 그게 중요한 게 아닌데.

그리고 말릴 새도 없이 전화가 뚝 끊어졌다.

'뭐, 그런 거로 마음가짐을 다잡을 수 있다면야 상관할 바는 아니지.'

나는 우리 집에서 멀지 않은 카페 창가에 앉아 홍차 한 잔을 시켜 놓고 조세화를 기다리는 중이었다.

'암만 그래도 협상 전에 말을 맞춰 둘 필요는 있으니까.'

이번 교섭에는 나도 예기치 못한 변수가 발생했다.

'조세화와 내 행보가 세간의 주목을 받고 있단 점이었지.'

그것도 금일의 곽한섭 회장이 이휘철을 직접 찾아왔을 정도로.

'……정작 이휘철은 곽한섭을 만나 구체적으로 무슨 대화를 나눴는지 알려 주질 않았단 말이야.'

대화 내용은 이휘철이 내게 암시했던 내용만 있었던 것은 아닐 것이다.

'둘 사이에 모종의 협상이 있었던 건 아닐까.'

이휘철이 상대했으니 내게 불리한 방향의 이야기가 오가지는 않았을 터.

그래도 나로서는—설령 이휘철의 술수에 말려 들어간다 할지라도—지금 할 수 있는 최선의 방법을 택하는 수밖에 없었다.

'곽한섭도 내가 모임에 참석한다는 건 알고 있으니, 그때 무언가 신호를 주려나.'

아직은 무엇 하나 명확하지 않다.

나는 홍차를 한 모금 마신 뒤, 손목시계를 힐끗 쳐다보았다.

'그나저나 조금 늦는군.'

장마가 잠시 소강상태에 접어든 여름 하늘은 쨍쨍한 햇볕이 내리쬐고 있었다.

어딘가에는 수재민으로 난리가 났다지만 이곳 서울 한복판의 부촌은 그것도 마치 다른 나라 이야기라는 양, 거리에 늘어선 메타세쿼이어 나뭇잎은 여름 햇살을 잎사귀 위로 비스듬히 떨어트리며 물을 잔뜩 머금은 선명한 초록빛을 뿜냈다.

'한낮의 여유라.'

사장이어서 좋은 점은 이런 시간을 만끽할 여유가 있다는 점이었다.

내가 전생처럼 이성진의 따까리였거나 회사에 매인 평범한 직장인이었다면 잠시 여유를 내며 이토록 느긋하게 카페 창가에 앉아 에어컨을 쐬며 '덥겠군' 하고 남 일 말하듯 중얼거릴 일도 없으리라.

'그 전에 평범한 초등학생이라면 아예 바쁠 일도 없겠지만……. 응?'

창가 너머, 검정 외제 차가 갓길에 멈춰 서더니, 뒷좌석에서 잘 차려입은 여자애가 다급히 뛰쳐나왔다.

조세화였다.

'아니, 무슨 다이애나 왕세자비 납신 줄 알았네.'

진짜 무슨 상견례하러 왔나.

그녀는 운전석을 향해 무어라 말하곤 주위를 두리번거리더니, 나를 발견했는지 내가 앉은 창가로 성큼성큼 걸어왔다.

내가 인사차 살짝 손을 들어 보이려고 하던 찰나, 그녀는 유리에 대고 머리를 매만졌다.

단장을 마친 조세화는 몸을 돌려 가며 옷매무새를 점검하더니, 거울을 향해 빙긋, 만족한 듯 미소를 지었다.

그리고 눈이 마주쳤다.

"……."

"……."

조세화의 얼굴에 드리운 미소가 사라지더니, 그녀는 이내 성큼성큼 걸어가 카페 문을 열었다.

딸랑, 방울 소리가 들리고 조세화는 곧장 내가 앉은 자리로 다가와 맞은편에 앉았다.

"안녕."

"응. 그런데 방금 전에는……."

"방금 뭐?"

"……아니, 아무것도 아니야."

그래, 방금 전엔 아무 일도 없었다.

그런 걸로 치기로 했다.

나는 조세화의 빨개진 귓바퀴를 힐끔 살피며 말을 이었다.

"좀 늦었네."

조세화가 손목에 찬 시계를 힐끗 살폈다.

"치, 3분 늦은 거 갖고…… 아, 혹시 할아버님께선 시간에 엄격하신 분이니? 그러면 여기서 이럴 게 아니라 지금이라 도……"

"아니. 할아버지랑은 정오에 뵙기로 했는데."

내 말에 조세화는 안도의 한숨을 내쉬더니 나를 흘겨보았다.

"뭐야, 그러면 이렇게 서두를 필요 없었잖아. 나는 네가 오전 10시에 약속을 잡은 바람에 새벽부터 서둘렀는데."

응, 그렇게 보인다.

'애당초 그렇게 힘 빡 주고 올 필요가 없는데.'

나는 괜한 죄책감에 상냥한 미소로 물었다.

"뭐라도 마실래?"

조세화가 새침한 얼굴로 나를 보았다.

"아니. 물이면 충분해."

"물?"

"그걸로 참는 거야. 혹시라도 커피 얼룩 같은 게 생기면 큰일이니까."

그러면 그러든가.

조세화는 종업원을 불러 물 한 잔을 시킨 뒤, 나를 보았
다.

"근데, 나 어때? 괜찮아 보여?"

조세화의 말에 그제야 나는 하고 싶은 말을 할 수 있었다.

"무슨 상견례하러 왔냐?"

"상견…… 무슨 소리니, 그게. 당연히 이 정도는 해야 예
의라고 생각했을 뿐이거든. 정말, 남자들은 여자의 고충을
모른단 말이야."

조세화는 한 차례 투덜거림 뒤 나를 힐끗 쳐다보았다.

"……액세서리는 빼는 게 좋을까?"

"별로 신경 안 쓰실걸."

"화장은? 청순하게 보이려고 조금 옅게 했는데."

"애가 무슨 화장이야."

"이게 문제야."

조세화가 고개를 저었다.

"이때까지 너 만났을 때도 화장했었거든?"

"그랬냐?"

"……둔하긴. 남자들은 항상 '화장기 없는 얼굴'이 좋다지
만, 그 좋아하는 얼굴이란 것도 실은 화장한 거란 걸 모른다
니까."

그거, 전생에도 들은 것 같다.

나는 떨떠름하게 조세화의 투덜거림을 받아 주었다.

"뭐, 립스틱은 지우는 게 낫겠다. 과유불급이야."

"그래, 그런 거 좋아. 어드바이스 고마워. 그럼 화장 좀 고 치고 올게."

나는 조세화가 핸드백을 들고 일어서려는 걸 말렸다.

"됐으니까 그냥 여기서 해."

"너 진짜 여심을 모른다? 그런 거 남들 보는 앞에서 하는 거 아니야. 특히 이런 곳에선 더더욱."

"중요한 이야기거든."

조세화는 결국 자리에 도로 앉더니 핸드백을 열어 손거울 을 꺼냈다.

"에휴, 그래. 나랑 너 사이에 무슨. 하긴, 나는 네 알몸도 봤는데."

"……말은 똑바로 해야지. 그땐 수영복 입었거든."

"그게 그거 아니니?"

조세화가 히죽 웃으며 립스틱을 지워 갔다.

'진짜, 무슨 상견례 직전 나누는 이야기 같군.'

그사이 종업원이 조세화 앞에 물 한 잔을 놓고 갔다.

그러면서 웃는 게, '귀여운 커플이네' 하고 보는 것 같아서 나는 떨떠름한 속내를 감추고자 일부러 홍차를 한 모금 마 셨다.

"아무튼 오늘 일찍 만나자고 한 건, 미리 말을 맞춰 둘 필 요가 있어서야."

"어제 한 걸로 부족해?"

"변수가 생겼거든."

"변수?"

조세화가 거울에서 눈을 떼고 나를 보았다.

"할아버님이 무슨 말씀을 하셨는데?"

말이야 많이 했지.

너야말로 이휘철을 상대하는 내 고충을 알아줬으면 싶다.

"어제 금일의 곽한섭 회장이 다녀갔어."

"어?"

조세화가 눈을 동그랗게 떴다.

"너도 그분이랑 만났니?"

"아니, 나는 만나지 못했지만, 할아버지랑 대화를 나누다 가셨어."

"……놀랍다면 조금 놀랍긴 한데, 그거, 우리랑 상관있는 이야기야?"

"상관있는 이야기니 하는 거지."

나는 재차 말을 이었다.

"대강 돌아가는 상황을 보니까, 지금 이 바닥에선 네가 엄청 주목받고 있더라고."

"……뭐어."

조세화가 손거울을 내려놓으며 입을 삐죽였다.

"그야 그렇겠지. 명색이 조광 그룹 최대 주주이고, 어리니까."

"비슷한 이야기인데, 나도 덩달아 주목을 받기 시작했어."

"……그래?"

"응."

나는 그녀에게 내가 알고 있는 내용과 그 뒤 유상훈을 통해 들은, 주위에서 짐작해 받아들이는 정보를 전달했다.

세간에서는 SJ컴퍼니를 이휘철의 회사로 인식하고 있다는 것.

조광과 삼광은 직접적인 연관은 없으나, SJ컴퍼니를 통해 연결되어 있다는 것—이를테면 새마음아동복지재단 같은.

그리고 요즘 들어 부쩍 조세화와 내가 친하게 지내는 것이 눈에 띄었다는 점 등등—그야, 병문안도 다니고 종종 골프도 함께 쳤으니.

내 이야기를 진지하게 듣던 조세화는 어느 순간 '에이, 뭐' 하며 대수롭지 않아 했다.

"고작 그 정도로?"

"고작 그 정도지만, 지금 네 입장에서는 대수로운 이야기지. 조광이랑 삼광이 합병할지도 모른단 풍문마저 있을 지경인데?"

"에이, 그건 너무 나갔다."

조세화가 쓴웃음을 지었다.

"아무튼 뭐든 부풀려 생각하기 마련이라니까. 만약 그렇게 되려면 너랑 내가……."

거기까지 말한 조세화는 한 차례 입을 꾹 다물었다가 진지한 얼굴로 나를 보았다.

"난 괜찮다고 보는데, 너는 어때?"

"뭘?"

조세화가 의자에 등을 기대며 말을 받았다.

"너랑 나, 결혼하는 거."

"……."

……나, 지금 프러포즈 받은 건가?

'이 꼬맹이가 지금 무슨!'

오히려 당황한 쪽은 나였고, 조세화가 나보다 태연했다.

"사실, 그렇잖아? 우리 같은 사람들은 당사자의 의견 같은 거 없이 다 집안끼리의 이해관계로 성사된다는 거. 차라리 이 기회에 결혼을 전제로 교제 중입니다, 하고 공표해 버리면 너희 할아버님이 우리 회사를 경영하는 명분으로도 그만 아니니?"

"……."

"내 입으로 말하긴 그렇지만 조광 정도 되면 어디 내놔도 부족하지 않고, 삼광과 사돈을 맺으면 회사도 안정될 거야. 게다가…… 방금은 결혼이란 말을 꺼냈지만 어차피 지금은 피차 미성년자니까 결혼까진 시간이 걸리겠고, 그때 가서 없던 이야기로 돌려도 시간 벌이는 될 거라고 봐."

조세화가 물을 한 모금 마셨다.

"뭐, 너도 내가 싫진 않잖아? 아예 맞선으로 처음 만난 사이보단 나을 거 같은데. 어때?"

나는 그 말에 무어라 비아냥거리며 답하려다가.

'잠깐.'

조세화의 손에 들린 잔 속 물이 파르르 떨리는 걸 보았다.

'……하긴. 비록 그런 걸 아무렇지 않은 척 말했지만, 정말 아무렇지 않게 그런 말을 할 수 있을 리는 없지.'

그녀가 내게 호감을 품고 있는 것과는 별개로, 그래 봐야 어린애의 풋사랑이다.

이는 그녀 역시 자각하고 있으리라.

그러니 조세화라 할지라도 벌써부터 창창한 앞길의 자유로움이 사라지고 가문에 운명이 예속됨을 바라진 않을 것이다.

하지만 그럼에도 불구하고, 그녀는 각오를 했다.

어쩌면 오늘 상견례 오듯 차려입고 온 것 역시, 기업을 지키기 위한 각오를 염두에 둔 갑옷을 걸치고 온 것이리라.

꼬맹이 운운한 건 정정해야겠다.

'재벌가의 사고방식이군.'

나는 그녀 역시 재벌가의 인간임을 깜빡하고 있었다.

'가볍게 받아선 안 되겠어.'

나는 천천히 입을 뗐다.

"거절할게."

내 말에 조세화가 미소 지었다.

"나, 차였네?"

"오해하지는 마. 어디까지나 '정략적'으로 반대한다는 의미니까."

조세화가 눈을 깜빡였다.

"무슨 말이니?"

"아까 이야기로 돌려서, 오히려 사람들은 우리 사이가 결혼 같은 걸로 맺어지는 걸 경계하고 있거든."

"……."

"어제 금일 그룹 회장이 다녀간 것도 그것과 무관하지 않은 걸 테고. 그러잖아도 그쪽도 은근슬쩍 그런 이야기를 꺼낸 모양이야."

"……결혼?"

"응. 마침 조만간 그쪽 모임에 가게 될 일이 있었으니 그때 기회를 봐서 뭔가 나를 떠볼 심산이었겠지."

"나 참."

조세화가 물을 벌컥벌컥 들이켠 뒤, 탕, 소리 나게 잔을 내려놓았다.

"진짜 너무하네."

아니, 방금 전까진 너도 다를 바 없었거든.

오히려 이리저리 휘둘리고 있는 내 입장을 존중해 줬으면 하는데.

"즉, 그러니까 성진이 너랑 내가 맺어지면 그걸로 생겨날 타 기업과의 격차를 경계한단 의미지?"

일찍 알아들어서 좋군.

"말 그대로야. 만일 그렇게 된다면 여기저기서 삼광이랑 조광을 물어뜯으려 들겠지. 그래서 다들 우리를 주목하는 것 일 테고."

"……."

조세화는 잠시 생각하다가 고개를 들었다.

"그러면 너희 할아버님을 우리 회사 CEO로 모시는 것도 다시 생각해 봐야 하는 거 아니야?"

그녀가 처한 입장 때문인지, 조세화는 이휘철처럼 '덤빌 테면 덤벼라'고 호기롭게 나서지는 않았다.

'전생의 그녀라면 그랬겠지만.'

나는 고개를 저었다.

"아니, 그런 입장이 되었단 걸 할아버지도 알고 계시니 우리로서는 더더욱 협상에 여지가 생긴 거야."

조세화는 곰곰이 생각하다가 고개를 끄덕였다.

"아, 그거?"

"그래. 그 외에도 추가 협상의 여지는 있지만, 일단은 밀어붙여 보자는 거지. 오히려 구실로는 더 좋지 않아?"

내가 조세화에게 당부한 세 번째 사안.

「셋째, 할아버지는 분명 계약에 조건을 붙이실 거야.」

「고용에 따른 조건이 붙는 것쯤이야 당연한 거 아니야?」

「문제는 조건 내용이지. 그게 어떤 조건일지는 나도 확신할 수 없고.」

「응.」

「하지만 뭐가 되었건 간에, 절대로 네 지분을 양보하지는 마.」

조세화가 가진 지분을 남겨 두는 것.

마침 어제 앞서 이휘철에게도 밑밥을 깔아 놨으니, 이휘철 역시도 내(조세화) 제안을 수락할 수밖에 없을 것이다.

'뭐, 그것도 당초엔 이휘철을 경계한 것이었지만.'

다음 권으로 이어집니다

기갑천마

거짓이슬 퓨전 판타지 장편소설

종말을 막지 못한 절대자
복수의 기회를 얻다!

무림을 침략한 마수와의 운명을 건 쟁투
그 마지막 싸움에서 눈감은 무림의 천하제일인, 천휘
종말을 앞둔 중원이 아닌 새로운 세상에서 눈을 뜨는데……

"천휘든 단테든, 본좌는 본좌이니라."

이제는 백월신교의 마지막 교주가 아닌 평민 훈련병, 단테
그럼에도 오로지 마수의 숨통을 끊기 위해
절대자의 일 보를 다시금 내딛다!

에이스 기갑 파일럿 단테
마도 공학의 결정체, 나이트 프레임에 올라
마수들을 처단하고 세상을 구원하라!

ROK
MEDIA
로크미디어

황태자는 은퇴가 하고 싶습니다

로튼애플 퓨전 판타지 장편소설

황제가…… 과로사?
이번 생은 절대로 편하게 산다!

31세에 요절한 황제 카리엘
개같이 구르며 제국을 지킨 대가는
역사상 최악의 황제라는 오명?
싹 다 무시하고 안식에 들어가려 했더니……

"다시 한번 해 볼래? 회귀시켜 줄게."
"응, 안 해."
"이번엔 욜로 라이프를 즐겨 보면 어때?"

사기꾼 같은 신에게 속아 회귀하게 된 카리엘
즐기며 편히 살기 위해서는
황태자 자리에서 먼저 내려와야 하는데……

제국민의 지지도는 계속 오른다?
황태자의 은퇴 계획, 과연 성공할 수 있을까?

꿈의 도약, 로크에서 하십시오
(주)로크미디어에서 신인 작가를 모십니다

즐거운 세상, 로크미디어는 꿈을 사랑하고 도전을 두려워하지 않는 작가 분들의 참신한 작품을 기다리고 있습니다. 21세기 장르 문학계를 이끌어 갈 차세대 선두 주자 (주)로크미디어에서 여러분의 나래를 활짝 펴 보시길 바랍니다.

모집 분야 판타지와 무협을 포함한 장르 문학
모집 대상 아마추어 작가, 인터넷 작가
모집 기한 수시 모집

작품 접수 시 유의 사항

1. 파일명은 작가명_작품명.hwp형식을 갖춰 주십시오.
1. 파일에 들어갈 내용은 다음과 같습니다.
   - 성명(필명인 경우 실명을 밝혀 주세요), 연락처, 이메일 주소
   - 제목, 기획 의도
   - A4용지 1장 분량의 등장인물 소개
   - A4용지 2장 분량의 전체 줄거리
   - 본문
1. 작품이 인터넷에 연재되고 있다면, 게시판명과 사이트의 구체적이고 정확한 주소를 기재해 주십시오.

선택된 작품은 정식 계약 후 출판물로 간행되어 전국 서점에 유통됩니다.
작가 분은 (주)로크미디어의 전폭적인 지원하에 전속 작가로 활동하시게 됩니다.
※ 자세한 내용은 로크미디어 홈페이지(rokmedia.com)를 참조하세요.

(03920)서울시 마포구 성암로 330 DMC첨단산업센터 3층 318호
(주)로크미디어 편집부 신간 기획 담당자 앞
전화 : 02) 3273-5135
www.rokmedia.com   이메일 : rokmedia@empas.com

만렙닥터 리턴즈

13월생 현대 판타지 장편소설

인생 2회 차 경력직 신입
칼솜씨도, 인성도 '만렙'인 의사가 돌아왔다!

만성 인력난에 시달리는 흉부외과에 들어온 인턴
메스도 잡아 본 적 없는 주제에
죽을 생명을 여럿 살려 내기 시작한다?

"이 새끼, 꼴통 맞네."
"죄송합니다."
"잘했어!"
"네?"

출세만을 좇으며 살았던 전생
이렇게 된 이상 인생도 재수술 한번 가자!

무대뽀(?) 정신으로 무장한 회귀 의사
이제부터 모든 상황은 내가 집도한다!

ROK
MEDIA
로크미디어

魔 南
帝 宮
남궁마제

문운도 신무협 장편소설

회귀한 뇌왕, 가족을 지키기 위해
정파의 중심에서 제대로 흑화하다!

세상을 뒤집으려는 귀천성에 맞서 싸우다
가족을 모두 잃고 제물로 바쳐진 뇌왕 남궁진화
마지막 순간 원수의 뒤통수를 치고 죽으려 했으나
제물을 바치는 진법이 뒤틀리며 과거로 회귀하다!?

남궁세가의 양자가 된 어린 시절로 돌아온 후
귀천성이 노리는 자신의 체질을 연구하다 기연을 얻고
회귀 전과 다른 엄청난 미모와 함께
뇌전의 비밀마저 알아내 경지를 뛰어넘는데……

가족들에게는 꽃처럼 사랑스러운 막내지만
적이라면 일단 패고 보는 패악질의 끝판왕!
귀천성 때려잡기에 나서다!